太阳鸟文学年选

2023 中国短篇小说精选

丛书主编　阎晶明

主　编　陈　涛

未来之路

辽宁人民出版社

图书在版编目（CIP）数据

未来之路：2023中国短篇小说精选 / 陈涛主编. —沈阳：辽宁人民出版社，2024.1
（太阳鸟文学年选 / 阎晶明主编）
ISBN 978-7-205-10913-4

Ⅰ. ①未… Ⅱ. ①陈… Ⅲ. ①短篇小说—小说集—中国—当代 Ⅳ. ①I247.7

中国国家版本馆CIP数据核字（2023）第201425号

出版发行：辽宁人民出版社
　　　　　地址：沈阳市和平区十一纬路25号　邮编：110003
　　　　　电话：024-23284300（发行部）
　　　　　http://www.lnpph.com.cn
印　　刷：辽宁新华印务有限公司
幅面尺寸：145mm×210mm
印　　张：9.5
字　　数：207千字
出版时间：2024年1月第1版
印刷时间：2024年1月第1次印刷
责任编辑：高　丹
装帧设计：丁末末
责任校对：郑　佳
书　　号：ISBN 978-7-205-10913-4

定　　价：58.00元

让文学闪烁出更加多彩的光泽

◎ 阎晶明

辽宁人民出版社的太阳鸟文学年选丛书又要跟读者见面了。

以体裁划分类别，以年度为选编范围，为正在发生的文学进行优中选优的筛选，这是一件读者需要、文学界人士热心为之的工作。各类年选纷纷推出，它们绝不属于选题重复的原因是，当下中国，每一年发表和出版的文学作品不计其数，只有"海量"一词可以作为"定量"描述。即使再热心的读者，哪怕是专业的文学工作者，要从中立刻识别出优与劣，筛选出有价值、可称上乘的作品，也绝非易事，特别是那些散见于文学刊物及报纸副刊的作品，很多人恐怕连接触的时间和机会都没有，文学的年度选本于是应运而生。从众多报刊中选出若干作品，提供给为工作而忙碌、为生活而奔波，却又愿意为文学腾出一点时间、从文学中享受阅读快乐的人们，就是这种年选工作的目的。通过集中阅读与欣赏，读者又可由此打开一个更大的界面，去阅读、欣赏更广泛的文学作品。辽宁人民出版社坚持做这项工作已逾二十年，在读者中建立起了良好的信誉。继续做好这一工作，努力做到优中选优，为读者负责，是编委会的共同责任。

新出版的太阳鸟文学年选，分散文、杂文、短篇小说、小小说、随笔共五卷。承担每一卷编选工作的编委，都是从事文学创作、评论、编辑工作的专业人士。他们具有广阔的阅读视野，是文学动态的及时追踪者，对所选门类的创作有较多介入和较深理解。当然，即使如此，要完成好这一任务也非轻而易举。编选者必须对本年度文学创作全局具有广泛了解和全面掌握，同时还必须具有专业眼光，从大量的作品中寻找出确实能够代表本年度创作水准的作品来。他还应具有公正的态度，处理好个人审美趣味与兼顾不同艺术风格的关系，能够在一个选本里多侧面地呈现和反映过去一年中国文学发生的变化及其多样性。出版社也是基于这些考虑而聘请并组成编委会的。我们希望这些选本能够为读者喜欢和认可，让这些浓缩的精华可以最大程度地展现出中国作家取得的最新创作实践，最大程度展现文学创作的新风貌。

我们正处在一个急剧变化的时代，生活总是展现着新的、更新的一面。经济社会在发展，人们的生活方式在变化。中国与世界的联系越来越紧密，同时也出现许多新的复杂现象和问题。科学技术的迅猛发展极大地改变着我们的生活。全面、深入地了解时代，反映现实，饱满地、准确地描摹生活中的变与不变，绝非易事。但我们仍然要相信，文学是最能够形象生动反映时代生活的艺术。作家是时代脉搏最敏感的感应者，是时代生活的生动记录者。作家从广泛的素材积累中凝练题材主题，通过个人的情感过滤来抒怀，从个人的思想出发对所描写的人与事作出评价，表达态度。这一切的过程中，又无不烙印着时代的痕迹，刻写着社会发展的趋势。从小中总会看出大，小我总是交融于大我之中。党的二十大报告指出，文学艺术要"坚持以人民为中心的创作导向，推出更多增强人民精神力量的优秀作品"。"增强人民精神力量"，就成为对优秀文艺作品的本质要求。文学总是作用于人们精神的，根本上应该是积极的、向上的，满怀着理想和执着信念，给人以力量的。在作家创作与读者需求之间，如何便捷地、快速地嫁接起这种沟通的桥梁，让作家的表达和读者的心声形成呼应，产生精神上的共振，编辑在其中发挥着重要的、不可替代的作用。而我们这些从已发表的作品当中再进行筛选的编选者，同样承担着重要职责。我们希望自己的工作能够体现出这样的真诚，能够让读者感受到这种责任意识。当然，我们更希望的是，读者从这些选本中读到一个特定时期中国当代文学的优秀作品，从中看到一个广阔、丰富的人生世界和情感世界，获得广博的知识和信息，得到美好的艺术享受。

太阳鸟在阳光照耀下展现着精美而多彩的羽毛。愿我们的文学闪烁出更加多彩的光泽！

是为序。

阎晶明

2022 年 10 月 18 日

与"浪花"的对视

◎ 陈　涛

　　如果借用河流喻指人生，激情澎湃的上游代表着青年，深阔悠远的中段像是中年，而无息远去的下游则更像是老年。每个人的生命中都有一条大河，那些不时激起的浪花见证着我们或平淡或坎坷的一生。

　　短篇小说就像是那一朵朵的浪花。

　　相比于2022年的选本，今年的选本更加注重了两点，分别是作者的年龄与作品的字数。2023年的作品字数均不超过一万两千字，这也体现了作者在更短篇幅内的书写能力，而年龄，整体偏于中青年，这并非是对前辈作家的不敬，只是这些作品更易引起我的共鸣。

　　生活，排在第一位的永远是俗世的烟火。

　　宁肯的《闲趣》有人将其列作散文，或者非虚构的栏目，我却选为小说。所谓闲趣，何为闲？看似淡然的叙述下，是深情，是缅怀，以及忧伤；徐则臣的《手稿、猴子，或行李箱奇谭》写下了一段国外旅途的生活，整个作品信手而起，有着从容自在的气象；罗伟章的《洗澡》是关于地震的故事，主人公在灾难中抛弃旧我，迎来新生，实现自我的救赎，从而验证着"人世间，除了生死，其余都是擦伤"这句看似戏谑实则充满道理的哲言；黄咏梅的《昙花现》是老年人生的世俗日常，但当我们一点点掀开回望，迎接我们的是一个个的隐秘之痛欢。

面对并穿透，最终深入生活的内部肌理触摸并思索，展示人之如此的奥义，是许多作家持之以恒的探求。

金仁顺的《白色猛虎》是对中年女性人生困境的展示与探寻。整部作品中，一切都自成逻辑，顺其自然，但一切又都令人徒生慨叹；肖江虹的《九三年》中，原本拥有美好人生的天之骄子"他"对小镇的突然闯入与莫名死掉，带来的却是无尽的追问，故事讲完，作品结束，追问、反思开始了，这既关乎个体，同时也指向一群人或一代人；朱山坡的《日出日落》有很强的精神叙事特色，他通过不厌其烦围绕日出日落的观看和书写，表达对惯有生活的不满与反抗，进而探讨人生之活法；思辨与哲思是李浩小说的底色，他的《噬梦兽和我们的故事》中的噬梦兽更像是一个隐喻，它的存在是美好还是灾难，看似确凿的明证通向的却是怀疑的指向；蔡东的《外面下雨了吗》聚焦都市打工人，一切都氤氲着，毫无问题，同时处处是问题，一以贯之的是真切难言的迷惘；杨遥的《未来之路》借儿童的视角，叙写着人生之艰难与温暖，这是每个人都必须经历的旅途。

青年作家与少数民族作家的作品一直是我的偏爱。

海勒根那的《巴桑的大海》令我印象深刻，今年的《牧羊人失踪案》风格与以往不同，趋于冷峻与犀利，悬疑小说的外壳下是对命运的叩诘；乌兰其木格是评论家，同时也是作家，她的《良配》通过小叔与小婶的婚姻呈现了个体、群像与时代的往复与羁绊。在十五篇作品中，焦典与李一默是最为年轻同时充满潜质的写作者，焦典的《山中有虎》关涉成长，李一默的《巨人家族》同样如此，前者的风格敏感而灵动，后者的风格朴拙又厚实。

最后提及的作品属于陈鹏的《归来，马拉多纳》。陈鹏是一个对文学极其虔诚，同时又极度自信的坚持先锋主义的作家，这篇有着浓烈先锋色彩的作品会让你印象深刻。

十五篇短篇作品，十五朵"浪花"，它们在飞腾、破碎以及气息与光影中努力呈现着人生样貌与生活图景的细微与一角，并将我们引向人世间的开阔之地。

目录

001　　**总序**　让文学闪烁出更加多彩的光泽

　　　　　　　　　　　　　　　　　　阎晶明

001　　**序**　与"浪花"的对视　　　陈　涛

001　　闲　趣　　　　　　　　　　　宁　肯

011　　手稿、猴子，或行李箱奇谭　　徐则臣

026　　洗　澡　　　　　　　　　　　罗伟章

041　　白色猛虎　　　　　　　　　　金仁顺

063　　噬梦兽和我们的故事　　　　　李　浩

082　　昙花现　　　　　　　　　　　黄咏梅

103	九三年	肖江虹
120	外面下雨了吗	蔡 东
141	日出日落	朱山坡
164	牧羊人失踪案	海勒根那
189	未来之路	杨 遥
208	归来，马拉多纳	陈 鹏
227	良 配	乌兰其木格
247	山中有虎	焦 典
269	巨人家族	李一默

闲　趣

◎宁　肯

　　如今一些小事还有些闲趣。理发器电池失效，拆了，扔掉，焊上新的。随身多年的指甲刀解体，柄轴脱落，掉到地上。柄伸手即可捡起，小轴滚到了床下。应该放弃了，但还是捡起柄，在床底摸小轴，又到厨房去找来筷子在床下扫。苹果水时才煮煳了，忘了时间，黑得一塌糊涂，这会儿还有很大的煳味。父亲死了，像被海水带走，水落石出八十五岁没能过去。筷笼早已是两头包金的木筷，个个尖得像芭蕾演员。老竹筷子所剩无几，竹筷有纹理洗不净也不符合时代，但是长，居然也没扫出小轴。扫出了粘了毛的药片、扣子、小夹子、硬币，一碰就一股烟。床距地面不到两指，地球引力即使在床缝里也不复杂，小轴在如此小的垂直空间能蹦多远？斜率不会太大，很快被空间纠正，推力在哪儿？这事值得一探究竟，一个物理老师总该和常人有点不同？没有不同。墙角挂着艺术收藏品一样的乌木痒痒挠，父亲的痒痒挠，长度应足够了，果然一试便扫出了豆大的轴。按柄一头断裂，装上小轴也使不上劲儿，一使劲柄就掉落，轴掉地上。再次找出早年的电烙铁、锡条、松油，在玻璃板上轻轻点焊。阳光落在松油咝咝的青烟上，虽不是室外，虽说透过阳台、玻璃、花、鱼缸和鱼，虽说是散碎的淡淡的阳光，却更像一种时光。

按理说或者鱼都说过过了七十三、八十四就等于预订了九十，先别说一百、九十是可期的，就等于买了下一站的票。但海水不同别的，在书房陈了三天，去哪儿都没票，哪儿的票都卖光了，卡在时间里。不能老停在家里，算怎么回事，最终多花钱处理，幸亏钱何时都是通行证，而且得感谢钱，只是骨灰是不是真的难说。幸好父亲传统深厚，诗书礼易乐春秋，七十三之前就买了墓地，不然又是关口。不然又得讨价还价，钱能解决问题，也彻底解决了所有的问题。没有悲伤，不可能有悲伤，而且如果骨灰是可疑的，墓地也是可疑的。这些不愿想，可不可疑，算不算墓地都不新鲜，一切都不新鲜。

若非自己理发，还从没如此认真看过自己。发现不好看的脸更耐看，鼻有点歪，眼大小不一，早年痘留下的细密的火山坑很有质感，谁没被青春焚烧过，只是有人严重，永远也去除不掉过火痕迹。小的那只眼和歪鼻形成了不对称结构（二阶偏微分方程结构），若单只是一只眼小，或单鼻子歪，便构不成任何结构，纯属生长事故。自从街上理发店、美发厅、美容美发美容中心都一齐关了张，就再没进去过，虽断断续续反反复复像按键似的开关也再没进去。卡里还有不少钱呢，剃头不美发小哥的孩子出生不到一星期他就离开了家，动员卡里多存点钱。孩子现在也有三岁了吧？小哥在哪儿呢？黑格尔说历史上的大事会发生两次第一次是什么剧第二次是什么剧，父亲说的，父亲在书堆中总是说些莫名其妙的话。父亲稀疏的发型也出自这个理发器，稀得用不着理，也就是剃一剃虚毛，不过剃完了也还是比平时精神。父亲说还是具体的事有趣，具体和抽象父亲常挂嘴边。具体不就是小事？就是一根头发，而不是头发。看不见后脑勺，但指压、触摸这几年已相当另一双眼睛、看不见的看见。可视同时是盲人，很准确的盲人。父亲说不读书可惜了，没什么可惜不可惜，一根头发挺好，再具体不过，况这么稀疏的头发一根非常具体，将不可修没必要修的指甲刀修好与书有何不同？况一个中学物理老师读什么哲学，宗教，历史，诗书礼易乐春秋？父亲不让学文，却总自相矛盾。

一个神秘白铁皮箱子，里面放着锡、松油、二极管、三极管、电阻、电容、喇叭、线路板、电烙铁、半导体收音机外壳、浅绿色玻璃板、小镊子、小钳子、小剪子、小改锥，琳琅满目，散发着时间气息。玻璃板在箱子最下面，扁方白铁皮箱子就是按玻璃板大小特制并封存，有足够的电子元器件、大小不一的外壳，攒半导体的家什一应全，任何时候攒上三五个半导体没问题。就是说，既然因为指甲刀理发器打开了潘多拉的盒子，呵呵潘多拉盒子，那就继续许多年前的时间：一个十岁的天才少年就已会攒半导体，用电烙铁、锡、松油，将电容器、电阻点焊在祖母绿般镏金的集成电路板上，就是原初的芯片。那时咱们的芯片并不落后，起点不错，但家家反而都没有电视，甚至也没报纸，唯一与外界联系的就是耳机子和戏匣子。学名叫电子管收音机，二极管三极管都是电子管，电子管体积大得像电灯泡，打开后盖最显眼的就是一排竖灯泡，体大笨重，只可放两边太师椅的八仙桌子上。突然也不怎么突然就有了集成电路、晶体管，真是神奇，像父亲的山顶洞一样神奇。晶体管比护城河的蝌蚪还小，二极管有两条小须，三极管像有三条花蕊，一下不叫收音机也不叫戏匣子了叫半导体，你们家有半导体吗？半导体半导体半导体谁也不知道啥叫半导体为什么叫半导体，有人管瘸子叫半导体，听着挺像实际差着十万八千里，瘸子怎么是半导体？不过知道半导体等于收音机就行了，别的不必细究，和瘸子到底有没有关系也不必细究。稀有的半导体可以放兜里随身听，哈，当时咋不叫随身听，装置很简单，孩子也可以组装。孩子从课外书找到有关半导体电路方面的书，虽然不懂元器件电磁原理，但可以拿着电烙铁按照电路图，配合松油、锡条焊接元器件，直到装上喇叭、开关、外壳，最后那一旋转开关，响了，清晰的话语流出，真是激动人心，处理父亲的书可真是麻烦透，那些书都是父亲的另一种存在，松油氤氲上升的青烟与焚烧的白烟像量子纠缠，穿越了多少时光？父亲是大学哲学系的教授，教宗教，但也是后来接的这门课，半路出家，并无信仰，或者什么信仰也没有，不过以父亲的藏书量（非阅读量）父亲教任何课都没问题。

父亲的数万册藏书使他的晚年像一个山顶洞人。所有房间上上下下都是书，所有的房门都关不上，相互映现也全是书。窗，阳台被码得高高低低的旧书遮挡或半遮挡，房间晦暗，即使有光线也不规则，一如父亲稀疏半遮住的脸。父亲坐拥山顶洞，常常目光是房间最亮的。一生别无所嗜，只是买书，什么书都买，几乎本能行为，就像藏粮食一样。好像特别饿过，饿成了本能。正经的哲学、宗教、史记、十三经这些不必说，饭碗端得还是不错的，同时大多是五花八门的旧书。旧书也不特别旧，主要是上世纪六七十年代八九十年代出的书，三十六计、西洋百图、金庸古龙、第三帝国、希特勒、二郎神、八大山人、鬼谷子、文玩鉴宝、猴拳、太极、菜谱、大内秘方、摔跤、十字军、还珠格格、小凤仙、帕劳共和国……比百科还百科，什么琉璃厂、潘家园、报国寺，大街小巷的废品收购站父亲是常客，都跑遍了。父亲每次出门绝不走空，少则一本多则一捆，活到老学到老是父亲的口头禅，信条，真理。活到老活学到老不错，只是父亲并未意识到这话并不能完全解释他的购书行为，倒是他的大体都是学理科或生物的子女意识到了，戏称父亲仓鼠田鼠。父亲不让他的孩子学文科。一个都不让。但他自己却活到老学到老？饥饿到老？恐惧到老？

到处是书堆，书山，奇峰巉岩，幽深隧道，某种光线下甚至听到水声。除了书山还有一块"盆地"，那便是父亲的床，永远铺着狗皮褥子即使潮热的三伏天也铺着的床。也是一种恐惧？反正很难解释。父亲怕冷不怕热，多热都不怕，浑身水淋淋的才好呢，以至书都有一种味道。那床只有一侧低矮一些，其他一圈都是参差错落如片麻岩火成岩的书，散发着各种矿物味道。一套两室两厅的砖混结构的房子几乎没有装修，光看水泥地面以为是七十年代。倒也用不着装了，到了最后沙发上都是书。一台松下21遥彩电被书围成一个洞，许多年没看了，仿真鹦鹉不时出现在角落，一只真鹦鹉在床边伸手可及的笼子里。鹦鹉大概算是父亲书册之外的一个嗜好，其实也谈不上，那么多假鹦鹉算哪门子嗜好？为书母亲和父亲打了一辈子架，家徒四壁，为书所困，子女都成了家之后母亲据守一个房间，一本书也不要，只看电视，永远看电视，那21遥。父亲订了墓地的第二年，也就是十年前母亲走了。父亲即刻占据了母亲房间，不仅如此还完完全全地（以前只是强行占据了部分）占领了厨房，卫生间，过道，阳台，桌子，椅子，凳子，储物间，窗台，花盆。母亲死后所有她种的花也都死了，留下许多花盆，放书倒也合适，仿佛书是另一种生长。事实上更像是死亡，或死亡的纪念。

藏书没按照惯常图书馆式编目管理，父亲按出版时间和购买时间，时间到处都是，只有父亲能找到，凭着记忆，而父亲记忆力惊人，直到死前他的眼睛都滚动着弹幕一样的书名。没人像父亲与书建立了一种纯粹私人的秘密的关系，他是他世界的主人，他看不见自己，看着鹦鹉，确切地说，看着鹦鹉的眼睛就像看着自己的眼睛。他警告所有来人，他的四个子女：书籍如需取阅必须放回原处，他非常恐惧他的时间乱了，那无异于他出现了乱码。晚年，父亲紊乱地对中医产生了兴趣，大量购买医典医书，诸如《神农本草经》《黄帝内经》，马王堆汉墓的《黄帝内经素问》，张仲景的《伤寒论》，孙思邈的《千金方》以及《诸病源候论》《脉经》《本草纲目》《难经悬解》《伤寒悬解》《金匮悬解》《伤寒说意》《四圣心源》，同样也买了七十年代的《赤脚医生手册》《赤脚医生指南》《针灸与经络》诸多藏书，乱买书的毛病没完全改掉，想想父亲八十四五了还走街串巷在废品站买书，不是时间紊乱的结果又是什么？不过话说回来，比起别的书，哪怕《史记》，倒是这些混乱的医书无论如何对父亲的身体还是助益的，他甚至自己调药，没出过任何问题，不仅如此，一位八十多岁的人还能骑自行车买书能有几人？当然，即使是医典也没让父亲逃脱厄运。

但父亲死前非常清醒，最后回光返照时几近鹤发童颜，交代同样咳嗽不止的四个子女：他的书都没什么收藏价值；父亲没否认书的价值，只否定了收藏价值，分得非常清楚，但这有什么不同吗？父亲一直在咳，但身体几乎没震动，环视旧书构成的四周高处一如环视洪荒，甚至微笑地看了一会儿蓝色《赤脚医生手册》。父亲干校时当过几天赤脚医生，据说还扎过针灸，微笑如同麦田在父亲的瞳孔中一如秋天闪过。子女一阵剧烈的集体咳嗽，父亲灰烬的田野的微笑消失，也大咳起来，甚至身体有了明显的震颤。但声音仍不大，甚至更小，只是一顿一顿，眼便落到神农氏的《黄帝内经》和马王堆汉墓出土的《黄帝内经素问》上：

你们挑一挑，拣一拣，它们还有些用。

父亲喘，闭上眼，过了会儿又睁开：也没用，随你们吧。父亲说：其他的书你们整理下，不整理也行，找合适的渠道处理掉。父亲说时目光一直斜着，45度角对着上方的《黄帝内经》和汉墓的《黄帝内经素问》，人已逝却不瞑目，瞳孔永远停在斜视中。停在时间中，与时间无异。现在回想父亲的话句句不简单，父亲用了"处理，整理"这样的词，三天后车将父亲拉走便没任何整理，送回来时就像送回一套线装书，只是颜色不对，是褐色的，古籍线装应是蓝色。

父亲晚年跑废品收购点，几有抢救之意，但实际类似喜鹊衔枝，说不定现在真的是一只花喜鹊。那么废品站是合适渠道？捐赠当然是最合适的，但父亲没说。合适渠道——父亲说了一生最费解的话，费解到一方面也最容易理解：回流废品站父亲是可以接受的，甚至自然而然；一方面无法想象捐给图书馆？父亲当然知道不久前轰动一时的一则消息，上海复旦大学一位老教授去世，留下巨量藏书，子女在大街上当废品处理。消息说，这些书不仅是老教授一生的财富心血，更是教授一辈子的朋友，如今人去楼空，竟然没有老朋友容身之地。然而对于子女来说花几百万元放置旧书肯定是不能接受的，藏书特殊的地方在于需要空间存放，需要人付出精力整理和维护，一旦无力也无心就会被匆匆处理掉。图书馆不会接受赠书，除非是名人但也只接受部分捐赠。边远山区、农家书屋、中小学图书室且不说繁琐，也且不说清理、运输数万册旧书是一个浩大工程，就是这么多书到哪儿不是一场灾难？哪个小地方能一下接受得了这么多书？对于山区简直就是山洪。父亲的房子倒是价值不菲，二环内宣武门附近，离长安街不过百米，虽楼房但坐落在胡同中，仍可看到过去的北京。80平方米，二手房的售价15万/平方米，均摊下来四个当事人——就不说继承人了——每人300万。书是个麻烦，事实上处理书比处理在家陈了三天的遗体还要麻烦。总不能都卖了废品吧？就算卖得叫来多少废品贩子？还不成丐帮了？老四说话一向不管不顾，丐帮都抢出来了。要不干脆不卖了，当故居吧，老四东一榔头西一棒子，完全不靠谱，但就算胡扯等着钱用的大妹（送孩子出国）也总是一向认真。"瞎说什么你有病呀，当什么故居，你懂什么叫故居吗。""瞧瞧瞧给你急的，你等钱用着急吃不了热豆腐。""谁着急了，我看就你急得胡说八道，从小你脑子一团糨糊，满嘴跑火车，大家都在想办法，现在房子不好卖，以后不知道降成什么样，你还有工夫胡说八道，真是吃饱撑的了。""姐，你要这么说，我还就真不同意卖了，我不同意谁也别甭想卖，我不签字！"老四胡说着还真的认真起来，"老爷子好歹也是大学教授，当几年故居怎么了？怎么就不成了？""还当几年故居？你脑子没进水吧？那得是名人故居，名人才能建故居！""嗨嗨，你们俩闲得没事了是吧？"轻易不说话的当律师二弟开了腔，"这事不能拖，还是我想办法吧，你们都甭管了，准备材料，就等拿钱吧。"

"你真同意当故居？"

"大哥，我说着玩，逗我姐，还是听二哥的吧。"

当故居不是不可以，甚至还真是个不错的主意。需要钱。也不需要钱。老四爱胡说有时也歪打正着，没人想到故居就他想到了。当然不太可能实现，除非老四不是说着玩捣蛋，二比二有可能。或者要么就是一个人把所人都得罪光了，像老四说着玩的不签字卖不了，自然也就成故居了。只是说到底又何苦？山顶洞的一切本就无趣，何必更无趣？

清明前大家拿到了钱，书都处理了，房子卖了个好价钱。父亲生前的一切都没了，只剩下这个痒痒挠和照片。大家怀念父亲、母亲，像三个月前一样还是二弟开车，拉着四人前往墓地。钱是一方面，这时钱已不重要，只有往事，童年，父母的拉拉扯扯，不说什么，都在眼底。也要特别感谢二弟，二弟是这家里的顶梁柱，律师，原本学化学后来自主转向法律，现在是一间律师事务所合伙人，父亲的最后就是二弟找了一条龙办妥的，大家没均摊一分钱。书也是，不作为遗产，全部无偿交给一个二手书商处理，但有条件：一不能当废品卖掉，要将书送到各旧书店打最低折一分钱都行卖给读者。二将部分有价值的书，像孔子、老子、黑格尔、费尔巴哈、亚当·斯密、欧文、傅立叶、列宁捐给部分大学，特别是父亲所在的大学，以及市区图书馆、历史博物馆、中小学图书馆甚至幼儿园，报纸要见消息。单位联系二弟来做，具体由书商"一条龙"办妥，证书送达，一如骨灰。父亲应是满意的，父亲永存于大学、图书馆、博物馆、中小学，八吨重的卡车装了满满三辆，其中一辆底盘都压坏了，七八个民工小伙干了溜溜一天，房子干干净净。

今年清明热闹，是该热闹一点，人们尽情祭奠，提着水的、拿着供品的，鲜花的，绢花的，纸花的，冥币的，烟酒的，书的，收音机的，鸟的，宠物照的，甬道排了长龙，慢慢分流，各就各位，认真清扫。尘土，落叶，几年前留在碑上的仍绿肥蓝瘦的绢花被轻轻地摘除，挂上新的，喃喃低语，低首，泪糊住眼，给树浇水。

墓地坐落在昌平山里，三面环山，远眺俨然一把天造地设的太师椅，距十三陵朱由校的德陵仅八百米，倒是德陵矗在山坳口，像拱卫的城堡。父亲十三年前相中这里可思议，仰慕朱由校还是分庭抗礼？不得而知。德陵守陵人后裔如今在父亲所在的公墓绿化，清扫，雕刻，守护，描金，很难揣摸父亲。清明无雨，天很晴。母亲十年前就到了这里，字早早描了金。母亲是旧人，父亲是新人，字金光闪亮，二老不朽，永远安眠。最后要离开了。三鞠躬，老四说妈身边不是别人吧？胡说！爸，您答应一声？二弟走了。

半导体收音机攒了一排，每次最后喇叭刚一焊上就吡吡响，开关还没装上，吡吡声对第一次攒神器的孩子是破天荒的，激动得浑身颤抖、小脸通红，几乎拿不住吡吡冒白烟儿的电烙铁，这会儿又吡吡响了，一样的激动。

（原载《天涯》2023年第4期）

宁肯，小说家、散文家，主要作品有《宁肯文集》（八卷），包括长篇小说《天·藏》《蒙面之城》《三个三重奏》《环形山》《沉默之门》，散文集《北京：城与年》，非虚构作品《中关村笔记》等。曾获老舍文学奖、鲁迅文学奖。

手稿、猴子，或行李箱奇谭

◎ 徐则臣

    飞机上睡了一路，我有精神跟他们耗。他们那种吊儿郎当的敷衍态度，让我觉得还有戏，所以见着工作人员，不管是谁，我都要申诉一番，让他们想办法找到我的行李箱。已经来了两茬工作人员。五月夜晚的新德里机场温度宜人，我和恰马尔先生坐在各自的行李箱上，一边聊天一边等他们的寻找结果。

    恰马尔是个印度作家，我们在刚结束的加尔各答的一个文学活动上认识。他去过两次北京，见到个北京来的，就生出他乡遇故知之感，逮着空就跟我聊。恰马尔住德里，我想在回国之前看看泰姬陵，泰姬陵离德里不远，我们俩就订了同一趟航班。办理值机时，我原想只托运超标的大行李箱，登机箱随身带，恰马尔说，费那事干吗，一块儿托了。他以地主的豪迈把我的小行李箱也拎到传送带上。下飞机取行李，他的行李箱、我的大行李箱都到了，我的小行李箱不见了。恰马尔原本可以取了行李就回家，因为我的行李箱没了，他不好意思一走了之，认为自己负有责任。我们一遍遍嘱咐工作人员帮忙找。恰马尔宽慰我，在印度，从没有哪一只行李箱在风尘仆仆的旅行中没被弄丢过。他说的就是机场。

    我们已经在行李转盘前坐了一个半钟头，眼见着转盘转了又停、停了又转，乘客们一拨拨来，取了行李又一拨拨走。第四轮了，我的登机箱仍然没有出现在空荡荡的传送带上。从转盘那头走过来两个穿制服的工作人员。之前的工作人员显然已经被我搞烦了，去找了两趟之后，再也不回来了。这两个可能是新当班的，恰马尔示意我继续跟他们理论。

"听说了。"两个人中胖一点那个是头目，微笑时油汪汪的腮帮子上还有两个酒窝，他用动感十足的弹舌英语回答我。"他们跟我汇报过。真对不起，我们把机场往下挖了半米，还是没找到。"他看了一下手表，马上零点了。"您先回去，找到了我们及时通知您。"

我摇摇头："不行，必须今晚就找到。"

"全是细软？"他又露出职业的微笑，两个油汪汪的酒窝更深了。

"比细软还值钱。"

真的，比细软还值钱。我后悔没有将小行李箱随身携带。在加尔各答临时买的登机箱，淘到两件印度木雕，太占地方，一个行李箱装不下，此外，就是想把小说手稿随身带，搁手边更放心。那段时间正写长篇小说《王城如海》，用八开的大稿纸。我习惯手写，出门带着也方便，一卷纸，铺到桌上就可以开工，不必像电脑那样，开机关机都有强烈的仪式感。想到那繁琐的程序，我就没了写作的欲望。以我的写作习惯，这个手稿一旦丢掉，我肯定不会重写。重写对我来说像背书一样不可忍受。所以，只要不打算扔掉，要确保每个稿子都不能少。丢了，那就找回来。

"今晚就得找回来，"以恰马尔的经验，"今晚找不到，以后更别想了。"我们查过，系统显示，我的登机箱已经跟着这架航班来到了新德里。我的这位印度朋友说，他也一直没弄明白，为什么行李一旦丢了，就永远丢了。

"我们只能承诺您继续找，"胖酒窝说，两手一摊，"别的我也没办法了。"

跟他着急是没有意义的。我拍拍取到的大行李箱："我就坐在这里，直到箱子找到。"

胖酒窝又对我油汪汪地一笑："好吧，您是作家。我们继续找。"带着瘦下属走了。

我突然醒悟过来，问恰马尔："是不是需要这个？"我对他捻动右手的拇指和食指。

通货就是通货，这动作全世界都懂。恰马尔难为情地说："有，当然好啊。"

好，我们坐下来继续聊天。如果他们回来时还是两手空空，我得让他们攥点东西回去，继续找。我和恰马尔聊北京，聊中国和印度，也聊文学。还聊到《王城如海》，故事发生在北京。我没有告诉恰马尔，《王城如海》的写作遇到了障碍，这是我出国也将手稿带在身边的原因。我期待这个神奇的国度能给我灵感，及时把断掉的情节续上。

二十分钟后，新德里过了零点。胖酒窝没回来，回来的是他的瘦下属，有五十多岁？肤色变了，年龄就很难判断。深棕色的瘦下属对我摆摆手，还是没找到。恰马尔给我使了个眼色，我走到瘦下属跟前，向他伸出手。半晌不夜地握手，他显然没料到，他本能地把右手后撤一下，然后重新犹豫地伸过来。我们在手心里完成了交接。两只手松开后，他又把手递过来。我没明白，分量不够？他半握的拳头固执地杵在我手边，还对我眨了眨他的毛毛眼。这个印度老男人的睫毛是真长。他的眨眼似乎有某种真诚的力量，我握住了他的手。纸币又回到我手心里。

"我再去找，"他用口音极重的英语说，"您能跟我儿子谈谈，你们的文学吗？"他做出一个写字的动作，"他马上就来。"

"当然。"

瘦下属去行李房的路上掏出手机开始打。五分钟后，过来一个三十岁左右的小伙子。也可能不到三十，比他爸的肤色浅一点，但依然不足以恢复我的判断力。父子俩穿着同样的工作服。他的英语没他爸的口音重，跟恰马尔的发音比较接近。

他来谈文学，但话不多，席地坐在我和恰马尔对面，开口更多是提问，像个记者。对提问他似乎相当娴熟，每一个问题问得都干净利索，提前备了课一样。问我，也问恰马尔。主要是我，虽然我告诉他，他的同胞恰马尔也是作家，但丢箱子的是我。他问我的问题计有：

印度之行的目的；平常写小说、诗歌、散文还是戏剧；登机箱里的那部长篇小说写的是啥；为什么这个电脑时代还要手写；丢失的箱子里还有什么；这个登机箱的来历，即在哪里买的，为什么要买，从加尔各答到现在，这箱子还有哪些值得一说的故事；如果今天晚上找不到，我会作何感想。关于我屁股底下坐着的大行李箱，也问了几句。

最后他说："这箱子一看就是个好东西。"

就在我认为他只是在做失物招领处的常规调查时，我们聊起了文学。他在写作："您知道，我的工作就是把一个个托运的行李箱和货物从这里拎到那里。"他出示他手掌关节处磨出的一个个老茧。"再从那里拎到这里，一天到晚。我见过世界上几乎所有品牌的行李箱，但我喜欢写作，写小说、散文，诗也写，像先生您一样，像恰马尔先生一样。您在写作中总能一帆风顺吗？"

当然不能。我告诉他，大部分时间我都写得磕磕绊绊、跌跌爬爬，比如丢失的《王城如海》中，有个坎儿半个月了也没爬过去。小说里写到雾霾和环境污染，除了肉眼所见和PM2.5的科学测量，我找不到一种更为独特和形象的表达方式。

"手稿带在身边，没想过会丢？"他问。

"没有人会为了丢一件东西才把它带在身边，"我说，"我得没事就盯着它看，以便及时地找到爬坡过坎的方法。有人跟我说，印度到处都是灵感。"

"您还没找到？"

"目前没有。"

"也可能已经找到，只是您没有意识到。"

这么说也不是没有道理，印度是个神奇的国度。

"假如找到了，您会继续带着它在印度旅行吗？您说您还想去参观泰姬陵。""当然，"我拍拍放在脚边的双肩包，这才是名副其实的随身，"我会把它装进这个包里，晚上睡觉也抱在怀中。"

谈话到此差不多可以结束了，他从裤兜里掏出一个简陋的手机，一通按键。然后我就看见他的瘦父亲眨着毛毛眼从行李大厅的拐角处走过来，推着我的万向轮登机箱。谢天谢地！我从箱子上跳下来。毛毛眼说，我的箱子还是在行李房找到的。一定是我箱子的万向轮太好使，工作人员轻轻一推就跑远了，混进了另外一趟航班的行李堆。能找到，是因为那趟航班的所有行李要么继续托运开始下一个旅程，要么都被放到传送带上被乘客们取走了。

我的箱子和另一只箱子被孤零零地推到了遥远的墙角。那只箱子更可怜，托运的票号莫名其妙地消失了，主人是谁都不知道。

"您知道吗，"毛毛眼说，"在我走到墙角之前，至少检查了三百只箱子。"

我向他伸出手，他果断地把右手送过来。握住的那一瞬间，他在我的手心里抓一下。没找着，他迅速松开我的手，嘴角的微笑摊平了。

跟我一样激动的是恰马尔，凌晨一点，他终于可以心无挂碍地回家了。他的新婚妻子已经给他打过两个电话。

"泰姬陵非常伟大，"小伙子也从地上站起来，他的握手远比他父亲持久有力，"不过您也可以关注一下沿途的神牛和猴子。"

小伙子提醒得很好。我把大小行李箱都寄存在酒店，背着双肩包出门去看泰姬陵。包足够大，我把小说手稿带上了，然后是洗漱用品、两件换洗衣服，还装了两本书，其中之一是奈保尔的《幽黯国度：记忆与现实交错的印度之旅》。泰姬陵在阿格拉，在德里以南两百公里处的亚穆纳河南岸。因为要看沿途的神牛和猴子，我选了长途汽车，晃晃悠悠四个多小时才到。

在印度，坐汽车比火车和飞机看得更清楚。沿途要带客，汽车总往人多的地方钻，从城镇到乡村，两百多公里中的人间烟火我差不多看了一半。在印度，牛享有神圣的地位，谓之神牛，不干活儿，可以自由在大街上走来走去。这我知道，文字和影像资料以及各种传闻里比比皆是，但坐在尘土飞扬的长途车里亲眼见到，还是挺震撼。它们既是神，又是仙。是神，因为印度人供着它们，提供吃喝是义务；是仙，因为它们自在放旷，旁若无人，行当所欲行，止当所欲止。看心情，想歇着了，大马路中间扑通就躺下了，人和车都得绕着它走。拉屎撒尿也一派天然，在哪儿就哪儿，绝不委屈自己半步。

汽车穿过某镇子的一条街巷，前头正好有头雄伟的犍牛横在巷子里，尺寸正合适，把磕磕巴巴的水泥路面占了个完整。来往的行人过巷子，不愿从路两边的泥水里蹚过，都弯腰驼背，手脚并用地从牛肚子底下钻来钻去。他们对这种过路方式毫不经意，犍牛岿然不动，高人一般淡定，显然也习惯了自己的威严。我们的司机示意停车，等犍牛离开。路边有小店，可酌情采购，其他个人事宜，自行解决。我下车买了一瓶水。内急的乘客去了路边，背对我们就解开了裤子。该干的事都干了，犍牛还卡在巷子中间，同车的乘客有急性子的，不去赶牛，只催司机。大胡子司机连抽两根烟，牛还在，只好上了车，一连串地摁喇叭。那牛傲慢地看看我们的车，完全是瞧不上地晃晃大脑袋，踱着方步让开了道。

路上见到猴子的频率没有牛高，但数量绝对有压倒性优势，一只猴子出现了，意味着接下来会有一群猴子现身。它们不在路面上出没，而是攀在树上、墙头和屋檐上。大小各异，成群结队，搞不清同伙和门派。它们兀自在高处喧嚣追逐，丝毫不惧人间的清规戒律。它们也吃百家饭。有人从车内把面包和饼抛给它们，眼看着掉落地上，猴子们的胳膊好像突然变长，魔术般地就给捞上来了。我喜欢小猴子，最小的只有两三个拳头大，走在墙头和屋檐上还有颤巍巍的胆怯，嫩黄的毛色在太阳下闪着温暖的光。成年猴子大多通体柴灰，长毛被泥水和食物黏成绺、团成坨，整个一副流浪汉的邋遢模样。

从德里和泰姬陵来回的路上，唯一一次看见猴子下地，是在一个叫不上名字的小城。汽车穿过城市的中心大道，在路边一栋建筑的废墟前，一个本地男人正对着墙根撒尿，松松垮垮的裤子吊在屁股后头。不知道从哪里突然钻出一只小猴子，一跃而起，抱住了男人的裤子，然后，它和那条肥大的裤子一起滑落到男人的脚后跟处。很多人看见了男人的光屁股和两条长满黑毛的大腿。

泰姬陵之壮观和漂亮，无须我赘言，关于泰姬陵的故事也很动人，想必很多朋友也知道，我也不必啰唆。我在阿格拉待了两天，然后回到德里。单从旅行观光的角度，我也觉得这时间花得值。我应该看到了一部分真实的印度。回到国内重新开始《王城如海》的写作，我发现更值了。

在印度，小说毫无进展，原封不动带回北京，依然寸步难行，设想出的几种方式最终都过不了自己这一关。正打算暂时放弃，收到恰马尔一封邮件，此时距我回国已经二十三天了。他说："徐先生，您还记得新德里机场那个跟咱们聊文学的小伙子吗？他很可能是一个潜伏在机场的小说家。他甚至是一个只写'行李箱的故事'的主题小说家。如果我没猜错，他写到了您，当然也可以说，他虚构了您。"

恰马尔用英文写成的信挺长，嘘寒问暖的部分暂且略过，只说那个潜伏的小说家。

两天前，恰马尔陪老婆逛商场。老婆试衣服，他在商场的椅子上坐下，顺手捡起旁边座位上的一张报纸。当天的晚报，有个创作园地，相当于咱们中国报纸的副刊，看到一个专栏的题目：行李箱的故事。这天报纸上刊载的是专栏的"之十七"。这第十七个故事讲的是一个突尼斯商人，托运的行李箱丢了。不是丢在新德里机场，而是在迪拜机场分拣错了，被送到了孟买。从孟买转到新德里，他在机场接收时，打开箱子发现多了一万八千美元。若只是天上掉下美元，突尼斯人就闷声笑纳了，问题是包钱的纸上写着一行字：此钱有主，慎毋私吞，否则灭全家！底下附了个号码。突尼斯商人再爱钱，也不敢拿一家人的性命去冒险。此刻，他太太正带着六岁的双胞胎女儿等在酒店，待他取回行李箱后一起出门观光。他跟行李处说明了情况并报了警。

专栏作者作为工作人员之一，参与了处理过程。在文章中，他有节制地介绍了突尼斯人的身份、印度之行的打算，以及行李箱里的内容，重点提到一尊写意的甘地半身雕像。这种风格的甘地雕像作者从没见过，他在文中坦诚地表示了一个印度人的惭愧。为此他请教了突尼斯人，这位外国友人告诉他，他是甘地的粉丝，这尊雕像是两年前从阿尔及利亚一位雕塑艺术家那里高价请来的。价格昂贵，因为是限量版。甘地活了七十八岁，该艺术家就做了七十八尊，然后把模子毁了。他的这尊编号三十七。接下来，作者写到美元和包装纸的调查结果。根据威胁电话打回去，顺藤摸瓜抓到了孟买机场的一名工作人员。此人例行开箱检查行李时，在某行李箱里发现了这沓包裹的现金，财迷了心窍，把钱顺自己兜里了。要在往常，他把肚子挺一挺，腰间和鞋子里分别藏一点，没准儿就混出去了，但那天碰上领导突击检查，揣怀里容易露馅儿，分开藏时间又不允许，只好慌忙写句话，把钱就近塞到旁边一只箱子里。他果然没机会再打开那个箱子，但他依然心存侥幸，甚至为自己的机智得意，万一箱子的主人真被"灭全家"吓着了，拨了电话，他就赚大发了。作者写道：

"此人的确等到了电话，不过是警察打来的。"

花了漫长的篇幅讲完这个故事后，恰马尔说："徐先生，其实我想告诉您的是下面这个故事。"

看过突尼斯商人的故事，恰马尔先生对这个专栏有了兴趣。他在网上搜到这专栏。上一次，也就是第十六个"行李箱的故事"，题为"丢失的手稿、突如其来的猴子，或行李箱奇谭"。恰马尔觉得文中的中国作家很可能是我，便把文章从印地语翻译成英语，发给了我。

有个从加尔各答来的中国作家，在新德里机场落地，发现托运的一个行李箱不见了。他声称箱子里放了一部长篇小说的手稿，丢了等于要他的命，所以务必帮他找到。该作家坚决不离开取行李的转盘，从晚上十点一直耗到凌晨一点，四茬工作人员帮他掘地三尺地找。当然找到了。问题在于，箱子找到后，箱体上没有任何托运标识，工作人员监督他开箱验物时，手稿没找到，从箱子里爬出来一只气息奄奄的猴子。那猴子有多小呢，请各位发挥一下想象力。没错，拳头，没有正常人的一个拳头大。作为一个见过不下两万只猴子的印度人，我负责任地说，这么小的猴子我在印度从没见过。我查了资料，世界上最小的猴子叫侏儒猴，主要生活在巴西西部、哥伦比亚南部、厄瓜多尔东部和秘鲁东部的雨林里，体长十四到十六厘米。那猴子比侏儒猴大一点。我也听说，中国古代的文人喜欢养一种宠物，叫墨猴，平常塞在袖子里，或者放进笔筒里，写毛笔字的时候，它就跳出来给主人磨墨。不知道这种墨猴跟行李箱爬出来的猴子比，谁大谁小。

那只拳头小猴晕晕乎乎地爬出箱子，先是揉鼻子，打完一个尖细的喷嚏后才睁开眼。它缓慢地转动脑袋和小眼睛，又揉起鼻子，再打两个喷嚏。这小东西肯定是对某工作人员身上的气味有了反应，那家伙每天都要往胳肢窝里喷三次香水，靠近了我也晕。

私自在托运行李中夹带活体动物算违法行为。那位中国作家辩解，他根本没有托运过什么活体动物，见到这只猴子他跟我们一样震惊。事实上，他跟我一样，从没见过这么小的猴子，在加尔各答参加文学活动的几天里，一只猴子他都没见到过。他甚至对于猴子如何神奇地钻进他的行李箱完全没兴趣，他关心的是，已经写好的那部分长篇小说的手稿去了哪里。他说，以他糟糕的写作经验和习惯，丢失的稿子他不会再重写，也就是说，现有的大约小说篇幅三分之一的手稿如果真的丢失，等于这部小说也就废了。所以，本该活蹦乱跳的猴子此刻病病歪歪，没能缓过劲儿来，而困得眼皮打架的作家先生却急得火烧火燎，差不多要上蹿下跳了。

我们领导，行李管理中心的头儿，嘱咐我好好安抚这位焦躁的中国作家，他和我的同事这就跟加尔各答机场方面联系，一定要搞清楚中间出了什么岔子。接下来的聊天中，我听说中国有一出古老的戏剧，叫《狸猫换太子》，但我认为，手稿变猴子这事儿，比狸猫换太子更神奇。

中国作家喋喋不休地跟我说他的小说，谈起小说时他甚至都不看我，更像是自言自语。他的心思一直在手稿上。这我能理解。写作是创造，辛辛苦苦创造出来的东西不翼而飞，搁我可能比他还着急。他说这部长篇的写作遇到了困境，一个先锋戏剧导演找不到合适的方法，让英国来的教授形象地、超现实地感受北京的气味。我说这事好办啊，就地取材。

"就地取啥材？"他问我。

"猴子啊。"我提醒他，"那活猴爬出箱子先打喷嚏后睁眼，说明什么？对气味敏感。您把这只猴子带回去。"

"往哪儿带？非法托运活体动物我已经说不明白了，还往回带？"

"不是带回中国，是带进您的小说里。"

"一只印度产的猴子，没拳头大，被小说人物带到了中国？"

"完全可能。这只不合适，再换一只，反正咱们印度猴子够用。您不是想去看泰姬陵吗，去阿格拉一路上的村村镇镇，有一棵树，就有一只猴子。"

我们探讨了半天猴子引入小说的可能性，中国作家未置可否。他的心思在别处。如他所说，写就的手稿没了，后面再精彩的故事也等于零。这人的写作习惯真是古怪，为什么就不能重写呢？

同事呼叫，让我带中国作家去行李管理中心。加尔各答方回复，调看了办理值机的现场录像，是一个印度青年男子帮徐先生把登机箱拎上了托运传送带，画面上没看出任何猫腻。安检人员经验丰富，工作十一年从未出过漏子，他郑重声明，过检时没发现任何异常，别说一只猴子，就是一只跳蚤也别想混上飞机。接下来箱子到了分拣中心。现场录像显示，满屋子的行李箱除了被扔来扔去，没人动过。打开某个箱子取出一堆稿纸，再装进一只猴子，此事绝无可能。我们头儿也说，倘若箱子里头真装了一只猴子，被咱们搬运行李的大力士这么个扔法，有九条命也摔没了。

中国作家也一再声称他也莫名其妙，他对猴子不感冒，《西游记》里孙悟空的花果山就在他老家，快四十年了他从没去过。他不关心猴子，他关心的，是如何找回他的小说手稿。

天地良心，我们机场也把各个环节的录像调出来查看，同样没见到哪个环节出差错，除了搬运行李时下手重了点。最后警察站出来了，他问中国作家：

"您在印度很有名吗？"

"没有名。"

"那就是了。一个无名的外国作家，放在行李箱里写了半截的稿子，您告诉我，谁会感兴趣？"

"应该没有人。"

"这不就是了？我再问您个问题，这只打喷嚏的印度猴子珍贵不？"

"这体型，应该比较罕见。"

"您在印度无人知晓，您在印度也没有亲朋好友，存在别人送礼和行贿的可能吗？"

"应该不存在。"

"您看，您什么都懂。我再问您个问题，务请您照实回答：您真是个作家吗？"

"什么意思？"

"不好意思，我不懂文学。但我知道再傻的猴子也不会无缘无故钻到一只行李箱里。如果方便，可能得请您改变一下行程，配合我们调查。我们对出现一只猴子跟您对丢失一份手稿一样感兴趣。请吧。"

亲爱的读者朋友，别问我接下来这位中国作家怎么样了，我不知道；也别问我丢失的手稿和突如其来的小猴子是怎么一回事，我跟你们一样想不通。我的确写过几篇稀奇古怪的旅行箱故事，但这种奇谭，本人也是第一次经历。

文章到此结束。

恰马尔在邮件中先说，真够扯的，跟作者的名字一样，辛格·辛格，一看就不想让别人知道真名。接着他又说，但得承认，写得挺好玩。当然他的阅读体验也挺奇怪，读第一遍觉得荒诞不经，第二遍感到了些许意思，读过第三遍，突然问了自己一个问题：这一定就是假的吗？继而回想我们在加尔各答相识，然后一路同行到新德里机场，直到凌晨一点等来走失的登机箱，他不由得恍惚，他所见的是否只是事情的局部，或者，干脆就是假象？恰马尔是个实诚人，他承认自己到网上搜了是否有我在印度的犯罪新闻，遗憾没找到。他也承认，为了这封信，他特意喝了两罐啤酒，趁着酒劲儿才打开电脑，因为他的一个隐秘的目的是，想证实我是否已经平安回到北京。

接到恰马尔的邮件是在傍晚，饭后例行散步之前。没急着回复，看完就合上电脑出了门，散步时间比平常多了半个钟点。准备往回走时，脑袋里突然一亮，辛格·辛格这文章写得好啊，解决了长久困扰我的问题，为什么不能是一只比拳头还小的、来自印度的、超现实的猴子呢？小说中的教授完全可以把它带进北京，当然首先要先从印度把它带回到伦敦。他是如何发现这只猴子的？我想起去阿格拉的半道上，经过一座城市，一个站在路边撒尿的印度男人被一只猴子拽掉了裤子。在小说里，尿急站到路边的不是教授，而是他正值少年心性的儿子。有了！在多出来的那半个钟头里，我反复论证了这段情节的可行性。

没任何问题，我迈开大步往家跑。

我给这只猴子取名汤姆。如果你读过我的长篇小说《王城如海》，你应该会看到这一段：

"……突然，随着一声诡异的尖叫，小汤姆从教授的口袋里钻了出来。这个聪明的小东西，悄没声息地把扣子给解开了。它的尖叫里带着解放和自由的快意，饱含着奔赴新生活的激情。它跳下地，横穿舞台，横穿拥挤喧嚣的咖啡馆，奔向了下一个场景……"

2022年5月18日，远大园

（原载《万松浦》2023年第2期）

徐则臣，1978年生，毕业于北京大学中文系，现任《人民文学》杂志副主编。著有长篇小说《北上》《耶路撒冷》《王城如海》，中短篇小说集《跑步穿过中关村》《如果大雪封门》《北京西郊故事集》等。曾获老舍文学奖、冯牧文学奖、华语文学传媒大奖、鲁迅文学奖、茅盾文学奖、中国好书奖、中宣部"五个一工程"奖等。部分作品被译为二十种文字出版。

洗　澡

◎ 罗伟章

　　伤员都运走了，死者都以尽量体面的方式埋了，活下来的，马不停蹄地悲伤，也马不停蹄地清理废墟。这是地震后的第三天。孙亮也有三天没拉伸睡过一觉了。他经营的民宿只裂了几条细纹，客人一个没伤，但村民的房子垮塌过半，伤了十九人，死了两人。燕儿坡一百四十多人，外出打工的六十多人，剩下八十来人，死伤近三成。孙亮把老人和孩子安置在民宿里，年轻人都去抢险了。他刚好五十岁，也算村里的年轻人。

　　实在撑不住的时候，他会去村口吹吹凉风。那里有个满月石盆，或坐或躺，都很称心。地震扬起的尘土把石盆变成了土盆，不过那是无关紧要的，三天下来，他浑身都像是土做的。这样子让他自己满意。他没有袖手旁观。他不是本地人，非要说，也只能算本县人。六十公里外的县城曾经有他的家，他在那里出生、成长，上大学后，父母调走，他就没再回来过。九年前，县里开发峡谷，需民宿设计师，他是这道上的行家，应县里召唤，回来"作贡献"。这是当时县长的说法，按他的身价和给他的报酬，说得也恰如其分。

　　峡谷里的民宿都是他设计的，本想干完活儿就走，可那天到了燕儿坡，他决定留下来。暮春时节，起伏的山体成了花海的波峰浪谷，遍野涌动着颜色、香气和光芒。花的光芒在夜晚也能照耀。百花在下，星群在上，天地辉映。但真正打动他的，是风。燕儿坡卧于半山，从河谷上山的公路那时还没完全修通，他带着同伴步行上来，每一步都踏着岚烟。来到村口，一队风正好经过，满山摇响，四方动荡。"那是我第一次听到猎猎风声。"以前在家乡时，他没到过峡谷，之后走南闯北，见过了千般景致，但也没听到过这种风声。那是大地的深呼吸，刀砍斧削般的硬度，硬度里潜藏的妖娆把他"吃"住了。

燕儿坡民宿由他出资修建，取名听风阁。

他在听风阁坐镇经营。但他和村民的关系处得并不好。不是不好，是不亲。他和他们，是各自独立的两个世界。他身上的城市味儿太重了。但他并不想为了融入有丝毫妥协。气味只会同化，不会融入。怕自己被同化，他很少去村舍走动，多数时候是躲在听风阁看书、听音乐、喝咖啡、泡工夫茶，当然，也听风。他把他的城市搬到了峡谷深处。

峡谷处于地震带上，尽管县志没有过地震的任何记录，他还是按要求设计了峡谷的所有民宿。因造价高，别处是否全照设计施工，他不清楚，但听风阁是他亲自把关的，造价的四成都埋在了地下，足以抵抗八级强震。也只是有备无患罢了。他和峡谷人一样，不相信会有地震，正如健康的人不相信自己会生病，活着的人不相信自己会死亡。

八月九日那天午后，他像往常一样，坐在前庭的躺椅上看书。

看了半页，就睡了过去。

睡过去是另一本书。

仿佛在上海，转眼又到了西湖，阳光细碎，湖面深蓝，朝远处望，是大片雾。雾里藏着多少时光里的往事。他的故事也成为往事了。活到将近四十岁，他没正经爱过，因此也懒得结婚，可那半年前，一个女人从波光粼粼的西湖南岸，带着水汽，走入了他忙碌而干燥的生活。爱在水汽里发芽。每个星期，他都从上海去杭州见她，每见一次，爱就向深处扎一寸，被切割的感觉让他疼痛。他由此知道，爱是让人痛的，以前没爱过，是因为没痛过。然而，正当他准备把自己往后的日子都交到她手上，她却跟别人好上了。

那个"别人"，是他朋友，他曾带着那个朋友和她见过几次。

那段时间，他眼前的一切都是红色的。开着车过马路，绿灯也是红色的，后面摁破了喇叭，他也只是像块石头，招致的怒骂，像石头被爆开。他把身体和心都掏成了深井，让爱在井里洋溢，可猛然间，一半抽空，一半迷茫，他成了皮囊和游魂。好多个夜晚他都去酒吧，喝得醉醺醺的，在大街上乱走，有时从子夜走到天亮，当曙色从城市里涌起，比街灯更加悲悯地为他指示着方向，他才看清这并不是家的方向。

是故乡救了他。在他为情所伤失魂落魄的时候，故乡召唤他了。

他留下来不走，"猎猎风声"或许只是一个借口、一个比喻。

故乡是一回事，故乡人是另一回事。他在每个细节上，包括说话的方式、走路的姿势，都禁止自己成为故乡人。他要让她认得出他。尽管不再跟她联系，也不再跟她的他联系，但他总感觉有一双眼睛，甚至两双眼睛，在某一处闪闪发光。他要活得气宇轩昂，让那一双或两双眼睛暗淡下去。爱，已经说不上了，忌恨也说不上了，因为他不再痛了，但被一刀割去的尊严，并没像韭菜那样长出来。长出来的是脸上的线条，那是风吹的，风雕刻着他，让他在脸上留下风的力度和气息。他的脸似乎越长越长。

她终究认不出他来了。

好像也无所谓了。

确实是不再痛了。

但他从来没有忘记她。从某种角度说，十余年来，他都和她一起生活。在这个午后，他坐在前庭的躺椅上，拿在手上的书是她送的。他读得几乎都能背诵。"打猎归来的狮王，满面红光地穿过平原。"这天读到这句，他停下来，想象着那孤独而盛大的场面，想着想着，就迷糊过去了。远古神话里，睡神和死神是孪生兄弟，那个满面红光的狮王，那个死亡制造者，却同时制造着空阔天地间的生机，如同上天制造着夜晚和日出。而他，是只能看见日出的人，所以不完整，要被抛弃。

睡梦中，那些沉痛的回忆又在狮王的满面红光里复现。

他的脏腑被抓了一把。

接着又被狠狠地抓了一把。

他遽然醒来。眼睛睁开，首先看到的，是灯柱在晃，墙壁在晃，首先想到的，是两个疑问：谁在摇房子？谁在摇大山？疑问形成意识之前，就被铺天盖地的响声淹没。这响声很奇，奇在没有东西不响。当本来以为不会响的东西也响，世界就变得陌生了。

"小琪……"十余年来，他第一次出声地叫了那个女人的名字。

"小琪呀,我差点死啦!"

那时候,落脚听风阁的游客已经下山。他劝他们稳一稳,但劝不住。逃离,似乎永远是最安全的。可手机断了信号,无法付款,游客急得乱嚷,急得哭,有个四十来岁的女士哭得妈天妈地,像刚出生要奶吃,却被抽走了怀抱。他给了他们一个微信号,游客明白那意思,如获大赦,纷纷保证,什么时候恢复通信就什么时候加号打款。

游客还没走,服务生就焦心断肠地跑了,他们都是本村人,说要回家看看。

燕儿坡的村舍在听风阁上方,相距不过百余步栈道,但看不见,只听得见,高大的水杉、丛集的灌木、倒挂的藤萝切断了目光,却切不断声音。声音像来自地窖,阴气森森。狂暴的狗吠,追赶得阴气四散奔逃。这天阳光灿烂,阳光并不因为地震就不灿烂,它不惊不诧,走着自己的路,照得山水光明,可当那声音传来,阳光也软了腿,仿佛绊了一跤。

孙亮也绊了一跤。

院坝里两块石板之间,可能是哪位游客掉了瓶矿泉水在那里。

其实是因为余震。

重新站稳后,他叫了那声"小琪",说自己差点死了。

听风阁除了他,再没别人,从县城请来的厨师也进村看灾情去了。他希望如此。他要啃啮自己的孤单。他要以自己的孤单来惩罚那个抛弃了他的女人。

这种自怜自爱,注定得不到回应。

你早就是小琪的茫茫人海了，是死是活，她早就不关心了。跟她分手过后，将近两年的时间里，他每天二十四小时开着手机，等待她的信息——等待她的忏悔和解释。至少要给一个解释。没有她的任何信息。他因此恨所有给他发信息和打他电话的人，因为都不是她的信息和电话。后来他很早就关机。特别是驻扎燕儿坡后，他以日升月落计算时间，太阳从对面山头的松垛上落下去，落到树下的草窝里，变成冷却的阴影，他就把手机关了。有些日子，他整天都忘记了开机。可是今天，分明断了信号，他却渴望跳出一声问候。

然后他就告诉问候他的人：我差点死了。最好是什么话都不说，根本就不回复。让她去猜。让她以为他真的死了。让她背负绝情的债务，度过每一个白天黑夜。

然而，对孤单和"惩罚"的索求，最终成了自戕。他恐惧起来。听风阁最安全，可这时候他非常恐惧。情不自禁地，他也朝村里走去。他不想去，是恐惧逼着他去。平时，他少跟村民接触，村民跟他也是。他隐隐约约感觉到，村民心里怨他。简陋的农舍吃不上旅游这口饭，饭都被他吃了。他只是在村里招了几个服务生。想修房子，娶媳妇，村民还是只能外出务工。他的样子村民也不喜欢，一米八二的个子，太高了，峡谷人都矮，是便于攀爬的基因选择。他还留披垂至肩的长发，用橡皮筋束住，这在峡谷人看来是女人的打扮。

或许，最看不惯的，是他没有女人。山里穷慌了的男人才没有女人，是娶不上，你那么发财，为什么没个女人？未必你打扮成女人就当自己有了女人？

他知道村民这样看他，心想我不是没有女人，只是那个女人跟了别人而已。

但他在心里拥有她。

他把心里的拥有当成真正的拥有。

许多时候，这想法并不能说服自己，甚至让他厌恶，因此村民看他的眼神，同样让他厌恶。他和他们之间，不仅不亲，还抱着某种程度的敌意。

难以置信的东西，却往往真实地存在着、发生着，这是生活最不可思议的地方。她抛弃他，嫁给了他的朋友。他离开城市，来到乡野。亲身经历地震。敌意。恐惧。敌意在恐惧面前不值一提……他混乱的脑子里跑过这些念头，双脚打绞，踉跄上山。

栈道已拦腰折断，只能从旁边的林子里钻。枝条和刺藤，动不动就拍他一掌，扫他一腿，锥他一针。当他走出林子，眼前的景象让他震撼。房屋大多断了脊梁，摊了一地，如果那些木头砖块是水，就从地底下流走了。狗跑来跑去叫，人却如木偶。有人的头发被血浸透了，但已看不出是血。分明不见谁张嘴，却到处响着人才能发出来的声音。

"娃娃呢？我家老头子被埋了哇……"

不知过了多久，终于有了第一个清晰的声音。发出这声音的老人，颠颠扑扑上前，一把抓住了他的手。紧跟着，更多的人朝他围过来，更多清晰的声音响起：弟弟被埋了，爸爸被埋了，孙子被埋了……痛的沉渣再次泛起，说不出来由。或许是他感觉到，自己不仅没被怨恨，还被依赖。曾经，他也这样被依赖过。心里抽空的井，壁上已长满青苔，然后青苔也干枯了，住满了蝙蝠，而这时候……他将老人揽进怀里，以怒吼的腔调，给他的服务生发布指令：把所有老人和孩子立即送到听风阁。又是以怒吼的腔调，让各家各户清点人数。出入峡谷的路多半毁损严重，救援队不可能短时间赶到，必须自救。清点了人数，才能心中有数。

救援队是当天晚上到的。他们来之前，已救出了六个伤员，都是轻伤。

到第三天清早，两位死者和别的伤员也找到了。救援队把重伤员抬走了。

燕儿坡其实只是村的很小一部分。峡谷地区面积广大，随便一个村，方圆都有十余公里。之所以选定燕儿坡建民宿点，是因为这里有温泉和滑草场，视野也相对空阔。燕儿坡隶属鸡唱村。从村委会过来，要走三个多钟头。到第三天，村干部也没来。山上到处是滑坡，滑坡倒也拦不住山民，但要关照的地方太多、太分散。何况，村委会本身是否安全，也是未知数。连村民小组长也不住在这里，也有好几里路。

几天来，听风阁供给所有人吃喝。没有电，就架大锅，烧柴火。断了水，但水是不缺的。地震像个干渴的巨人，一口就把温泉喝得罄尽，多条山溪也骤然枯竭，好在听风阁底下有个石潭，清澈的潭水毫无损伤。食物也不缺，听风阁食物储备充足，近期又不可能有游客，正好拿来招待村民。谁想睡觉，也是去听风阁，那里开着所有的房间。

到第二天夜里，除手机信号，水电都通了，就变得更有保障、更有秩序了。

然而，所谓秩序，只是灾后秩序，不是正常生活的秩序。

当重伤员被运走，死者停放在废墟上，真正的伤疤才亮出来。

必须立即安葬。但按照峡谷地区的风俗，死者至少要在家里住三天，请来阴阳，作法念经。燕儿坡本身没有阴阳，要翻山越岭，去二十里外的桑树坪请，整个峡谷都是灾区，桑树坪的阴阳同样是灾民，自己家都忙不过来，哪有心思外出？即使能外出，也不能等。大灾之后须防大疫。

当孙亮说出及时安葬的话，死者亲属呼天抢地，别的人也反对："又不是死猪死狗……"

孙亮没接话，只说："大家都饿了，先吃饭。"

那是第三天上午十点多钟，还没吃早饭。

孙亮让厨师先备两份供品，他带着一个服务生，端着供品，敬到两个死者灵前，并让那服务生守住，然后把死者亲属也劝到了听风阁。

饭菜快上席的时候，孙亮对众人说："春娃和冉嫂不仅要及时埋，还要深埋。这是为大家好。不是我为大家好，是他们两家人为大家好。走，我们现在就去埋。全村都去给春娃和冉嫂送葬。这是天灾，燕儿坡从没遇到过的天灾，一个人的死，是我们共同的伤痛。我知道你们祖宗八代两三百年住过来，讲究辈分，今天就不讲了，我们都去给他俩当孝子！"

都沉默。

都坐着不动。

然后，春娃的母亲首先起身……

峡谷人家，到一定岁数就都提前备着棺木，冉嫂自己有，春娃没有，只好找人借。垮塌的房屋刮坏了生漆，但棺床未损。把人送到墓地，存有纸钱的人家都拿来烧化，听风阁的两个服务生各自捧着一份供品。下葬之前，春娃的母亲把供品接过去，端到儿子面前，说："娃，你孙叔叔也来了，你的肉哇菜的，都是你孙叔叔给的，你吃吧，吃了上路吧……"

孙亮闻言，流出了眼泪。

埋了死者，活人才吃饭。

然后是清理村道，收拾残局。

孙亮一直待在村里，跟他们一起拿扫把、挥铁锹、搬砖块、抬木头。村民劝他歇着，他说累了的时候我知道歇。到下午四点多钟，确实累得不行，他便又朝村口的石盆走去。

暑气蒸腾，石盆上却凉飕飕的。

对他来说，这凉意是一种仁慈。就像地震，既然是自然现象，发生在白天，也算是老天的仁慈了。他本来只想找个清净地方坐会儿，却不由自主地躺了下去。他抽着烟，尽力睁大眼睛，是怕一旦睡过去，就要错过和村民在一起的整个白天。

天上云朵如丝。天空也寂寞，也在找存在感。白云就是天空的存在感。世间的一切，都是这样吗？地震，也是大地在找存在感吗？他由此想起一个人来，这个人住在养老院里，平时对工作人员骂不绝口，甚至动手打人，节日里送给他的玫瑰花，他当着人的面，一片一片撕碎。后来，他死了，死之前留下一句话："我不是故意为难你们，我是想你们别忘记我。"这个人，是"他"的父亲。这个"他"，是他曾经的朋友，小琪的丈夫。

真奇怪，今天怎么想起"他"来了？他捋着自己的思绪：由天空和大地的存在感，想到养老院那个人，由养老院那个人，再想到"他"。

可他感觉到，正是因为要想到"他"，才有了前面那些弯弯绕绕。十多年来，"他"是他的深渊，甚至是枪口，他不愿去想，更不愿凝视。不是怕，是恨。然而，恨其实也是怕。

更怪的是，今天想起来，怎么既不恨也不怕了？

他居然敢于大大方方地说出那个人的名字了：胡应华。

他干脆又喊了两声：胡应华！胡应华！

胡应华不是个坏人，对父亲也并非不孝。父亲好酒，脾气古怪，胡应华上大学后，父母离异，从此，父亲更是酗酒成性，不上六十身体就垮了。胡应华工作忙，不能照顾老人，迫不得已，才把父亲送到养老院。但每个星期都去看望，无论自己多么焦头烂额。他比孙亮小几岁，但早已结婚，且有个女儿，女儿不满四岁，夫妻就离了，胡应华独自带着女儿。

"她宁愿去当后妈，也不跟我。"

孙亮被伤，伤得最深的有三根刺，这是其中一根。

可是今天，连最深处也不痛了。

躺在石盆上，面对高远蓝天，他使劲揉了揉胸口。确实不痛了。

一切都过去了。他差不多要祝福他们了。

但他并没忘记自己当初说的话。他说："我们都死了。"

话说出来之前是水，说出来后就成了石头，刻在时间上——这是一本书上讲的。她送给他的书。她送过他五本书，每本书他几乎都读得能够背诵。说了就说了吧，刻在时间上就让它刻吧。一切终将过去。就像"听风阁"几个字，他是请人刻在右侧一块天然石壁上的，可是，永恒的时间却不会永恒地保留这几个字。

不过，此时此刻的天高地阔，是不是本身就代表了永恒？

"通了！通了！"

一个女子丫手丫脚地朝他跑来。

那女子名字就叫小丫，能干、实诚，孙亮让她做了收银员。她是给孙亮报告，手机信号通了，那些游客都加她微信了，打款了。孙亮给游客的微信号，就是小丫的。

他坐起来，点点头。干土乱飞。他把头拍了一下，结果越拍越多，把脸都罩住了。

"这证明他们都很安全。"他在尘网里说。

然后他和小丫一起，回到村里，又跟着大家搬石运土。

不一会儿，孙亮接到镇长的电话。镇长跟他同姓，平时就有联系。孙镇长来电话之前，鸡唱村支书给燕儿坡的小组长打了电话，小组长打给一个村民，知晓了这里的全部情况，并经由支书汇报到了镇上。孙镇长打电话来，是对孙亮表示感谢。

吃晚饭的时候，孙镇长又来了电话，这回是告诉孙亮：明天上午，省电视台要来峡谷采访，他们经过研究，决定让省台重点采访燕儿坡。到时候，县领导和镇上领导都会跟来。

孙亮不想影响大家吃饭，没急于说出这个消息。

几天来，虽然每顿饭都开，但每顿饭都吃得有一筷子没一筷子。

他不急于说还有个原因，他在思考，电视台记者来，肯定要采访他，他应该如何面对镜头。自从坐镇听风阁，他就没再面对过镜头了；刚回县里的时候，也有过采访，那都是县电视台。现在是省台。县台很难传播出去，省台就不一样了。省台的很多节目，不仅在台里放，还做成各种视频，视频都是孙悟空，翻个筋斗就十万八千里，那么，她就会看到。

本来以为不痛的地方，又有些反应了。

是的，他要让她看到，他并没有因为她垮掉。

连地震都没让他垮掉。

他照样活得气宇轩昂。

然而，这种想法刚冒头，他心里就涌起一阵悲怆，又把握不住悲怆的方向。很可能是四面八方。只是，四面八方的悲怆竟没让他空，反而更加充实，这是让他深感诧异的。

气宇轩昂，不是他一个人的。

当村民吃完了饭，他站起来，转告了镇长的话，然后他说：

"领导是来看望灾区，电视台采访，也是采访灾区，听风阁好好的，不是灾区，因此我就不在镜头里出现了。是你们出现。我只是想，以往我们在媒体上看到的灾民，都是灾民的样子，而灾民的样子也会形成灾民的心态，事实证明，我们燕儿坡受了大灾，垮了房子，死了人，但燕儿坡人很争气，大悲大勇，积极自救，我们是灾民，又不是灾民！"

村民等着他说下去，他接着说：

"所以，我们要干干净净地面对镜头！地震弄得我们灰头土脸，几天下来，都没洗过澡，没换过衣服，好些家庭也没衣服可换，从废墟里抢救出来的那些，不是被钉子刮破了，就是脏得完全洗不出来。但也不是没有办法，我们就用穿在身上的换。"

大家一时没明白他的意思，于是他解释：今天晚上，所有人都洗个澡，然后好好睡一觉，连续多少个钟头没横着睡过一觉了，这样下去，铁打的身子也要拖垮，不如趁这个时候，认认真真像模像样地睡够。脱下的衣服，由服务生洗，男人的就晾到外面，天亮后绝对能吹干，女人的就用烘干机烘，很快就又能穿上身了。

确实想好好睡一觉了。

确实想洗个澡了。

夜里，听风阁的各个房间，先是把尘土和汗盐板结的衣服从门缝里递出来，随后响起哗哗的水声。水声响到前半夜，服务生忙到后半夜。

次日上午十点零七分，领导和电视台记者来了。

燕儿坡的灾情，在峡谷地区不算最重，最重的是月亮湾、土黄岭、扇子垭、桑树坪，都有不下五个人遇难，除上述地方，就数燕儿坡重了。然而，他们看到的燕儿坡人却衣着整洁、精神饱满，垮塌的房子面前，站立着一组"打不垮的群像"。

当天晚上，省台的《新闻联播》把关于燕儿坡的新闻放在了头条，并且加了编者按，"打不垮的群像"就是编者按里的话。

孙亮组织全体村民在听风阁收看了新闻。

他坐在角落里，思绪飞到很远，飞到了江南。她看得见吗？知道他就在燕儿坡吗？只要她看到，就会知道。村民都说他好话，对他表达深沉的感激。这些，对他不那么重要，他希望她看到，并不是让她听别人说他的好，而是让她知晓，他这个孤独的游魂，而今又走入了人群。这群人和他休戚与共。不是同化，是融入。他真正得救了。

　　他发自内心地祝福她，也祝福他们，祝福所有人。

（原载《人民文学》2023年第5期）

　　罗伟章，著有小说《饥饿百年》《大河之舞》《太阳底下》《谁在敲门》《尘世三部曲》等，散文随笔集《把时光揭开》《路边书》，长篇非虚构作品《凉山叙事》《下庄村的道路》。作品入选亚洲好书榜、《亚洲周刊》十大华语好书等。

白色猛虎

◎ 金仁顺

　　他们差不多是最后出来的。齐野推着行李车，车上有两个拉杆箱，加上一个双肩包，边走边扭头跟身边的女人说着什么。她穿了件白色紧身T恤，前面印着几个黑色英文字母，下身穿条牛仔裤，背着帆布双肩包，脚上是双帆布鞋。

　　有人拉着拉杆箱从后面急匆匆地奔跑，在出口处朝着齐野他们直撞过去，齐野把女人拉到怀里躲避，那个人一边冲他们点头表示着歉意一边毫不减速地拉着箱子继续往前冲，齐野看着他的背影说了句什么，环住女人的手在她肩上拍了拍，验过行李出门后，齐野朝接人的人群里扫了一眼，动作一下子僵硬了。

　　齐芳举起手，挥摆了几下，看他们走到近前。

　　"跟你说了不用接的，"齐野说，"我们都定好专车了。"

　　"你坐你的专车，"齐芳说，"我开车在后面跟着你们。"

　　"你好，"女人笑了，朝齐芳伸出手，"我是杨枝！"

　　杨枝的手跟她的名字一样，肌肤柔嫩，但骨节分明，软中有硬。

　　"欢迎来长白山。"

　　这些年齐芳在机场说得最多的就是这句话，针对不同客人，汉语、英语、韩语、日语，切换自如，流利至极。

　　"很高兴。"杨枝说。

三个人一起往外走，齐芳想，"很高兴"是指什么呢？很高兴见到你？还是很高兴来到长白山？还是说她现在的心情？之前齐野说她在国外读完了高中、大学、硕士才回国的，"很高兴"只是她的口头语？她如此揣摩一句口头语是假意还是真心是不是有病？

"我们真的叫了专车。"快走出大厅时，齐野对齐芳说。

"谁拦着你了？"齐芳沉下脸。

"跟专车司机说一声儿我们有车接就好了啊，车费照付。"杨枝拍了拍齐野，南方口音软软糯糯的。

出门后齐芳径自往停车场走，听齐野在身后打电话退专车，行李车发出"卡嗒""卡嗒"声响，她的心里疙疙瘩瘩的。上一次齐野回来的时候，她来机场接他，一米八五的大个子从出口奔出来张开双臂抱住了她，"芳芳，想死你了！"

"别整没用的，"她把他推开，"啥时候领个女朋友回来？没有漂亮的丑的也凑合啊。"

"女朋友分分钟换一个，老妈才是常青树。"他搂住她的肩膀，跟他撒娇，"今天晚上我要吃烤肉！明天吃紫苏汤年糕，榆黄蘑菇馅儿饺子，野生蓝莓给我买好了吧？多多益善啊——"

她打开车门上了车，杨枝坐到了后面，齐野开后备箱把行李放好后，也拉开后车门。

"你坐前面陪陪妈妈吧。"

"巴掌大的地方，坐哪儿不是陪？"齐野边说边上了车，在后视镜里对齐芳笑笑，"是不是老妈？"

"说谁老呢？"齐芳瞪了他一眼，发动了车子。

要说老，杨枝倒是有点儿，34岁了。齐野跟她说找了女朋友的时候，说她如何酷，如何聪明，如何漂亮，如何阅历丰富、年轻有为；时间长，她品出不对劲儿来，"阅历丰富"是几个意思？另外，再年轻有为，大学生或者研究生能是高级白领，在事务所的位置举足轻重？在她追问下，齐野才承认杨枝34岁，是他当实习生时的顶头上司。

齐芳把车停到客栈门口，让齐野和杨枝先下车。齐野把行李箱拿下车后，她把车开进车库里。走回来时，发现杨枝站在客栈前面，用手机拍照。

客栈的外墙是青砖，上面涂着白色油漆，涂得不厚（人工费越来越贵，最近三年都是齐芳带着张嫂李嫂自己动手，每次都预备涂三遍，最后都是涂两遍将就了）。偏冷的灰白色在下午的光线中，透出抹橙红色的调调，大门右边用几块带皮的桦木板拼接出一块招牌，上面是黑色铸铁的几个字——

"白色猛虎"。

"名字很酷！"杨枝笑着说，"怎么起这么个名字？"

"——就随便那么一取。"

客栈装修的那一年冬天，镇上一共没多少居民。齐芳把齐野安顿在市里亲戚家，独自在山上，每天整这整那，忙得不可开交。那年冬天雪多，小雪天天都下，大雪隔三岔五，铺天盖地，齐芳有几天感冒窝在家里没动，等病好些了想出门，门已经推不开了。她走到三楼，费了好大劲儿打开一扇窗户，往下一看，大雪把半栋楼都埋进去了。客栈变矮了，再往远处看，整个镇子都被埋进了白茫茫中。

雪湮没了所有。天、地、云、风。只剩下了白和冷。风在雪面上刮过时，会打起一个个旋涡，雪沫儿扬起又落下。

她给林场场长打电话，说客栈被雪封住了。

他也被封在家里，闲着没事儿，两人在电话里聊了半天。他说以前也遇上过这么大的雪，"那会儿我还是青头小伙儿，刚成了林场正式工，得意得不行。那年冬天，我在林场值班，刚入冬那一个月没觉得怎么着，冷是肯定的，零下四十多摄氏度，大烟泡儿风能把我这样的大老爷们儿卷飞。有一天晚上下大雪，冬天日头短，睡得早，半夜里我们几个突然就醒了——屋外的风刮起来时像哀嚎声，撕心裂肺的，那天晚上的风里还夹杂了别的声音，以及气息，说不清道不明的。我们把屋里能搬动的东西全擦到门口儿堵着门，围在火炉边儿上坐成一圈儿，一边烤着火一边打着哆嗦：我心里这个憋屈啊，刚有个正式工作，美了没几个月，命就要没了，我没孝敬过爸妈，也没娶媳妇儿呢，这辈子活得太窝囊了。我们听着外面的动静，守着炉子不敢动也不敢说话，坐了好几个小时，最后太困在椅子里睡着了。天亮后推开门一看，屋外的雪地上，有好多脚印，一圈儿又一圈儿，岁数儿最大的老陈腿一软坐在门槛上，说，妈呀，这是东北虎啊！"

而且不是一只，他们确定不了东北虎是因为风雪太大，借用房子来挡风；还是闻到什么味道把他们当成了食物。它们没撞开门，但雪地里冻的几只鸡一头猪被它们发现了。它们吃光抹净，走了。接下来的两个月林场值班职工们只有白菜土豆可吃，但他们仍旧庆幸不已。

"东北虎是吧？"放下电话，齐芳对着窗外的白色喊，"来啊！谁怕谁?!"

她站在窗口，不到 10 秒，身上就被寒风打透了，但她持续对着白色世界喊叫："来吧，来啊！谁怕谁?！"

寒冷在长白山的冬季是看不见的固体，喊声刚发出去就被撞得稀巴烂。喊叫的碎片儿和寒风雪屑混在一起，反打回来，让她脸颊生疼。她关上窗子，在客栈里走来走去，像个困兽，不，她就是困兽！没到半分钟她又推翻了这个想法，不，她不配，她最多是个蛐蛐，在笼子里面转圈圈儿，叽叽咕咕，哭哭啼啼。

"来之前我上网查过这个客栈，"杨枝指了指门口的招牌，"是网红打卡地呢。下面还有很多留言，什么'不入虎穴，焉得虎子'？什么'威虎上山'，女孩子自称'虎妞'，男人说自己是'虎兄虎弟'，可热闹了。"

"年轻人喜欢搞事情。"齐芳笑笑，推开门，示意杨枝进来。

"老妈，"齐野把拉杆箱放在门厅里，自己钻进吧台里面，在电脑上查找空房间，"我看'美人松'被预定了，不是让你给杨枝留着吗？"

美人松是客栈里最贵的套房。旅游旺季时，一天的费用是 888 元。齐野定了机票后，齐芳一早在网上把这间房挂上了已预定，昨天一对情侣跟她商量只住一晚上她都没给。

"是给杨枝预留的，"齐芳说齐野，"你的房间也收拾好了。"

齐野顾不上拿行李，先拉着杨枝在客栈里转来转去：客栈一楼一进门是前厅吧台，往里面走分别是客厅、餐厅、小酒吧和厨房。客厅里摆了三组沙发，落地窗对着外面的广场，广场依湖而建，湖水幽蓝黑绿，湖边树林郁郁葱葱如一块海绵，时不时地，飞起些鸟儿来，羽毛斑斓，惊飞了在广场上啄食的鸽子，湖面如上古宝镜，白天鹅和黑天鹅脖子弯成半个问号，悠游游走，鸳鸯在湖畔不远处耳鬓厮磨。穿过过道往里面走是餐厅，整面墙的落地窗，窗外的那片树林仿佛巨幅天然油画，除了白桦树外，大部分是岳桦树。山里的树绿得纯粹，新生的叶片嫩黄或者浅红，蜷成小小蜗牛的样子，高山树种树干坚实而纤细，五六十年的树也瘦瘦一根，根系却是个巨大的爪子，在地下拼命地抓挠、纵深，抵御15级的大风对它们是家常便饭，25级的风能把整个客栈刮成碎片，能把树拦要折断，却拿地下的大树根爪子毫无办法。厨房摆着两张能容纳20人吃饭的长桌，吃饭、咖啡和喝酒，都在这里。厨房是开放式的，岛台和壁炉是前年客栈二次装修时添加的。齐芳在岛台和壁炉之间放了把自己专用的沙发椅，忙活累了，她喜欢坐在这儿喝茶，落地窗外的景色随着季节变换，春绿秋红，夏凉冬暖，山中日月如一段段哲思。

客栈是用石头、水泥、钢筋加固垒盖起来的（花光了齐芳离婚时拿到的钱，银行贷款十年才还清），二楼和三楼是客房，大大小小加起来有15间房。三楼上面加盖了120平方米的房子，一个客厅加上两间各带卫生间的卧室，是齐芳和齐野的家。其余的200平方米阳台，春夏秋三季是空中花园，冬天如果放任大雪不清扫，几天就会把整个房子埋进去。齐芳带着张嫂李嫂在阳台的雪里面挖过地道，但大部分时间，她们及时把雪清扫成一个个雪堆，再把雪堆堆成一个个金字塔。每年冬天都有些艺术家在镇上搞冰雕雪雕，齐芳曾想找人雕个狮身人面像，但费用太高，就作罢了。

齐野带着杨枝四处参观，边走边介绍，杨枝听得津津有味。然后他们各自回房间淋浴换衣服。晚餐是每次齐野回来必吃的烤肉，三楼阳台上，齐芳早早地准备好了木炭，新鲜玉米，山药和带皮土豆也早就洗干净，用锡纸包好了待用。

齐野带着杨枝上来，杨枝换了条墨绿色长裙，头发松松地挽了个发髻，穿了双夹趾凉拖，妆容精致，端庄大方又风情万种，齐野看着齐芳的目光落在杨枝身上，冲她挤了下眼睛，用口型说：我女朋友漂亮吧？

"去厨房里拿酒，"齐芳对齐野说，"想喝什么拿什么。"

齐野答应一声转身下楼了。

"这里太美了。"杨枝在阳台四周走了走，"我在朋友圈儿里发了几张照片，好多朋友以为我去了欧洲。"

"客人们都这么说，"齐芳说，"好多人来了就不想走了。他们觉得长白山很神奇，也很神秘。但他们只是这么说说，真正留下来的很少。"

"美是用来膜拜的，注定是寂寞的。"杨枝吟诗似的说，在齐芳身边坐下，"小野刚来公司的时候，话特别少，我们都以为他无比内向，有一天公司加班结束去吃烧烤，大家闲聊说起旅行，提到长白山，他就跟换了个人儿似的，手舞足蹈，说山，说树，说动物植物，说你，还有'白色猛虎'，话匣子打开，跟滔滔江水似的，拦都拦不住。"

齐野提着个篮子上来了，听见杨枝最后的两句话，笑了。

"你还不是被我说动了心？"

他把篮子放到她们面前，里面有冰镇啤酒，红酒和白兰地。

"公司里的人知道你们的关系吗？"

"——不知道。"齐野说。

"有人可能会猜到些。"杨枝说。

齐芳用镊子翻了翻木炭，烧得正是时候，她把烧烤架支起来，把穿好的牛肉串儿摆上去。

"当地的黄牛肉，"她对杨枝笑笑，"小野最喜欢了。"

齐野以前回来，总是一手握着串儿，一手举着啤酒瓶仰着脖子"咕咚""咕咚"，嘴里吵吵着"大口喝酒大块吃肉，人生豪迈！"这次他吃得很斯文，细嚼慢咽，啤酒倒在杯子里喝。他知道齐芳在盯着自己，转开目光不与她交集。杨枝在齐芳的介绍下，用紫苏叶片和野菜叶加上蒜片儿辣椒段儿，卷着烤肉吃。

吃完饭张嫂李嫂上来收拾，杨枝说回房间回几个电话和邮件。

齐芳和齐野回了"自己家"。

齐野说吃了烧烤身上有味道，又冲了一次淋浴，出来时见齐芳坐在客厅，手里端着杯茶，他在齐芳对面的沙发上坐下。

两个人沉默了一会儿。

"杨枝挺好的，"齐野说，"除了年龄，她几乎没有缺点。而且年龄这事儿也分怎么看，按社会标准来说，她还很年轻。"

"她是你领导，又比你有钱，别人背后会怎么说你？傍富婆？还是抱大腿？"

"她算什么富婆？我们是姐弟恋。再说了，你是客栈老板娘，长白山金香玉，我凑合凑合也算富二代，谁傍谁啊。"

"女人老起来很快的——"齐芳顿了顿，"我离婚那年就34。"

"你离婚跟年龄没关系，你遇上的是个混蛋！"齐野犹豫了一下，"——田大雨最近联系你了吗？"

"——联系你了？"

"嗯。"

"——说什么？"

"他说他生病了，很重，问我能不能去看看他。"

"——你怎么回的？"

"我说你哪位？打错电话了。"齐野说，"然后我就把他拉黑了。"

一个半月前山上春光如同滤镜，随手一拍都是美景，整个镇子水绿水绿，桃花李花粉白粉白，客栈远看像是银子盖成的；客人多时，齐芳把茉莉花茶叶直接扔进杯里，冲上热水，得空"咕咚"几口，那天客栈里面就她自己，花香和春风潮汐般一波又一波地从窗子里涌入，春天轻盈而繁盛，齐芳拿出工夫茶茶具，给自己泡了一壶存了20年的班章。那还是刚开"如意居"时，她去云南进货时买的。

门被推开，风铃响的时候，她刚喝了一口，感慨20年的时光，发酵了茶的甘甜，浓郁了茶的香气。

她放下茶杯，刚站起身，来人已经进来了，很瘦，戴着帽子，捂着口罩，穿着薄羽绒服，走近时，身上有股奇怪的味道。

齐芳心里"格登"了一下，开店久了，什么事儿都经历过，这是来了硬茬儿？来人摘下口罩，叫了她一声"芳芳"，她眨了眨眼睛——

她从未想过田大雨会变成这样儿：皮包骨，脸色黑黄，眼睛四周青得像被人打了，脸颊凹进去，鼻子眼睛显得特别大。

"——你生病了？"

"肺癌晚期，撑不了几天了。"

她一时不知道说什么好，让他坐下，拿了个杯子放到他面前。

"咱俩离婚时你骂我做了亏心事，不得好死。"田大雨笑了笑，"让你说着了。"

"恶有恶报。"

话语涌上田大雨的嘴边，但随后而来的咳嗽声把他的话吞掉了，他转过身去咳嗽，声音大得吓人，他的身体内部变成了风箱，呼啦呼啦地响，背对着齐芳的肩胛骨隔着羽绒服支起来，仿佛两个翅膀要从他身体里面展开。

好几分钟后他平息下来，转身看着齐芳，"我都快死了，你就不能客气点儿？"

"你以为你死了就完事儿了？想得美！我爸在地底下等你呢，还有赵小环。你们两个狗男女欠的账，地上地下连本带利，一分一毫也别想少。"

15年前齐芳妈妈生病住院，她去医院陪床，饭店忙，她把放寒假的齐野送回娘家，让他跟姥爷做伴。有天晚上齐野闹着要回家取寒假作业，齐芳爸爸拗不过他，打车去齐芳家里取，一开门，撞见床上两个人。老爷子一股气上来，脑血管迸裂，送到医院时，人已经走了。

齐芳手持菜刀满大街找人，就想砍死这对狗男女，杀人偿命！整整两天两夜，她不吃不喝不睡，在"如意居"和所有她能想到的地方翻找这两个冤家，派出所的两个警察寸步不离地跟着她，第三天的时候，齐芳满嘴火泡，嘴唇开裂，嗓子哑得说不出话来，她在"如意居"门口的马路牙子上坐下，整个人都虚脱了。

警察把齐野（那会儿他还叫田齐野）带来，齐野眼睛红肿，"姥姥一个劲儿地问你去哪儿了？姥爷去哪儿了？"

"姐，"刚认识两天的女警察劝她，"你杀了那两个王八蛋容易，但杀人得偿命，这孩子没爸没妈的，以后怎么活？还有你妈，现在还在医院住院，你忍心留下老的老小的小病的病？"

齐芳扔掉菜刀，把齐野抱进怀里，放声大哭。

一个月后，齐芳妈妈也走了。临走时，她握了握齐芳的手，她的手瘦得皮包骨，"握"也是象征性的。

"芳啊，"她看着女儿，过了好久，眼泪从眼角流出来，"芳——"

老太太咽了气，那滴眼泪凝固了似的，挂在她脸颊上。

齐芳盯着那滴眼泪，在床边坐了很长时间。护士提醒她再不换衣服人就硬了，她才起身去取寿衣。

"半个月前，田大雨死了。"齐芳看着齐野，"他留了张卡，里面有一百万，说是给你结婚用。"

齐野嘴唇半张，说不出话来。

第二天早上杨枝先下楼吃早餐。她的T恤是紧身弹力的，胸部像藏着两颗果实，当她走动，或者做某些动作时，腰会露出来一截儿，白腻润泽。她边喝咖啡边跟加拿大中年夫妇聊天。他们很高兴遇上语言交流如此顺畅的客人，问了一大堆问题。

"从长白山流下来的那条河叫什么？"杨枝替他们问齐芳。

"白河。"

"山是白色的山，河是白色的河？所以名叫白河？"

"这么说也行，"齐芳想了想说，"一年之中有半年，河是封冻的，冰雪是白色的；其他季节瀑布和河流远远看上去也是白色的。"

加拿大人又问，他们昨天上山，看到岩石上面长着很好看的花朵，越野车开得太快了，他们看不清花朵具体的样子。

"野花很多种，他们看到的可能是高山杜鹃。"

"这里有雪莲吗？"

"没有。有一种冰凌花，春天的时候开在冰雪里面，黄色的花瓣是透明的——"

齐芳从手机里找到照片，给他们看。

"这么娇弱，"他们一片惊叹声，"却开放在冰雪里！"

"美强惨！"刚从楼上下来的齐野看一眼照片，笑着说，"最流行的。"

他坐在杨枝身边，和加拿大人互相问好。

他们聊得那么愉快，齐芳把新鲜玉米磨碎煮粥时，给加拿大人带出来两份儿，上桌前，每碗粥里撒了几粒松子仁。

齐芳昨天订了温泉鸡蛋，鸡蛋是当地散养的本地鸡下的，在温泉水里面煮熟，蛋清是透明的，蛋黄是溏心的。她装了一小筐送到桌上。

"哇哦！"他们纷纷发出惊叹声，"太美味了。"

"这里有黑松露吗？"

"不知道——"齐芳说，"这里有松茸。稀少，很珍贵。"

"昨天晚上他们闻到烧烤的味道了，"杨枝扭头问齐芳，"他们问今天晚上可以在楼顶开烧烤派对吗？他们可以付费。"

吃完早餐，加拿大夫妇去大峡谷地下森林，齐野和杨枝去看天池。几个人换了衣服背着双肩包出门，在门口互相告别。

"小野这女朋友，"张嫂打量杨枝，"性格挺好的。"

齐芳最不相信性格。当年的赵小环就是因为性格好，才被她挑出来，在饭店做最让人眼热的收款员，厨师满头油汗，服务员跑断腿，她坐着收款，工资不比别人少一分。饭店里忙起来从早到晚，她让赵小环三不五时地去家里做做保洁，照顾下齐野。可赵小环是怎么回报她的？

齐芳按杨枝嘱咐的，把晚上阳台办派对的消息写在黑板上，支在门口处，客人进出时一眼就能看见。

当天晚上客栈里有一半客人来参加阳台派对，加拿大夫妇穿上了西装和低胸碎花裙子，几杯酒下肚，笑得很大声。杨枝穿了一件抹胸小黑裙，腰细得像个漏斗，裸露的肩背奶油似的，男人们的目光时不时地黏在她身上。

齐野楼上楼下来回好几趟，把酒水饮料拎上来，再把空瓶收拾进空箱里搬下去。没活儿的时候他也拿了瓶啤酒，站在栏杆边儿往远处看。杨枝走过去跟他说了几句话，还用手在他头发上揉了揉。

墨蓝天幕上星星亮晶晶的，既近又远。音乐声欢快悦耳，有几个人手里拿着酒杯摇摆着跳舞，笑容灿烂，越来越多的人从座位上站起来，跳起舞来。

派对持续到半夜才结束，杨枝回了房间，齐野帮齐芳她们把阳台清理出来，把餐具酒具送到楼下。齐芳和张嫂李嫂在厨房一边清洗餐具一边准备明天早餐的备料，回房间都快一点了。齐野坐在客厅玩手机，听见她进来抬起了头。

"你怎么在这儿？"齐芳有些意外。

昨天半夜她听见齐野轻手轻脚地开门、关门。她在监控屏幕上看着他穿过二楼走廊，走到最南侧的"美人松"套房门口敲了敲门，杨枝穿了一件吊带睡裙，把齐野让了进去。

"——等你啊。"

"想喝茶吗？"

齐野摇摇头，收起手机。

"——田大雨这笔钱，赵小环知道吗？"

"他们早就离婚了。"齐芳叹了口气，"我也刚知道。"

跟齐芳离婚后，田大雨带赵小环去了南方，开了家餐馆。赵小环以前眼热齐芳是老板娘，住大房子，有车开，在店里呼风唤雨，她如愿以偿后，才知道老板娘意味着什么。前两年她嫌辛苦哭哭啼啼，天天抱怨，田大雨被她哭烦了就一巴掌抡过去，打得她闭嘴。她开始藏心眼儿，收银的钱一半掖进了自己的小金库，再后来她遇到一个油嘴滑舌的帅哥，跟他走得头也不回。

"遭报应了。"田大雨太瘦了，笑起来时满脸皱纹动起来，更像哭。

"他怎么没回来找你？"齐野问。

"拉不下脸吧。"

她接到电话后回去参加葬礼。以前的公公婆婆还活着，见到齐芳哭得稀里哗啦，把她弄得泪水涟涟。他们哀求齐芳，让他们见见孙子。

"'三七'的时候，你回去一趟吧，上个香，烧点儿纸，"齐芳说，"也看看爷爷奶奶，八十多岁了，怪可怜的。"

"如果他没留这笔钱给我，你还会让我回去吗？"

齐芳自己也想过这问题。答案是不知道。

"你有了这笔钱，是不是可以考虑找一个正常的女朋友。"

"杨枝怎么就不正常了？我跟杨枝在一起是我高攀她——"

"高攀容易摔下来，所以让你找个正常的。"

齐野看着她，叹了口气，"——我不想跟你吵架。"

"好像我想似的——"齐芳转身往自己房间走，她六点不到就起床，忙到这个时间，后背酸疼，腿像灌了铅，"你要去找杨枝就大大方方去，别偷偷摸摸跟搞外遇似的。"

"谁搞外——"

"客栈从里到外都是监控摄像头。"

"——我已经25岁了！"

"可不，你都25了。"

第二天他们一起下楼吃早餐。

"早安呀。"杨枝对齐芳露出笑容，她的牙齿整齐漂亮，白得像刚下的雪，跟齐芳打招呼的同时，冲正吃早餐的加拿大夫妇摆手。

"早！"齐芳也笑笑。

齐野像跟谁生着闷气，没帮忙往餐桌上拿东西，一屁股坐在杨枝身边。

齐芳也没像前一天那样，给他们额外准备小灶儿。齐野坐了一会儿才反应过来，自己去取咖啡面包。他把东西摆上桌的时候，杨枝正跟加拿大夫妇聊天，有些意外地抬头看了看他。

　　齐芳给自己煮了杯咖啡，坐在她的"专座"上，看着落地窗外的树林，把咖啡喝完。开客栈，当老板，听着很酷；只有她自己知道有多累。干不完的活儿，操不完的心，每天晚上临上床前，腰都僵得跟块钢板似的，她花了十年还完银行贷款，又攒了三年的钱，前年重新装修了客栈，刚装修完，就闹了疫情，好多店铺撑不下去，关门大吉，齐芳算是幸运的，好歹没有贷款压力，能够撑到疫情消停，游客回来。

　　早餐吃了一个多小时，加拿大夫妇退房离开，杨枝和齐野送他们到门口，四个人互相拥抱，依依惜别，仿佛他们才是亲人。

　　把他们送走后，齐野和杨枝回房间换了衣服出门去原始森林的"林中漫步"，齐芳在楼上库房听见齐野跟张嫂李嫂说下午回来。

　　"美人松"套房里，齐野比前一天小心多了，一些物品没再大咧咧扔在垃圾筐里，被褥也整理了一下，杨枝的衣物还是有些乱，出来玩儿，居然带了两个大拉杆箱，客栈衣橱被塞得满满的，拉杆箱里仍然有至少一半衣服没挂起来。鞋子也有四五双，洗护用品七七八八，都是大瓶，排成了一排，护肤品化妆品浴室里房间里到处都是。小客厅茶几上也堆得满满的，电脑、平板电脑，以及几本书；杨枝还带了茶叶茶具，几盒挂耳咖啡，但都没用。她更乐意喝店里提供的饮品，直言没想到会这么好。

　　齐芳在房间里寻找齐野的痕迹，几乎没有，至少能放到台面上的东西，没有一样是他的——

　　房门被房卡刷开，发出"嗞——"的一声，齐野走了进来。

看见齐芳，吓了一跳。

"你怎么在这儿？"

"——你说呢？"齐芳扬了扬自己戴着胶皮手套的手。

齐野脚步僵硬地走进来，在拉杆箱里面翻了翻，拿出个眼镜盒，"我来取杨枝的墨镜。"

齐芳把垃圾袋系紧、收好，扔到门外。换了另外一副手套收拾卫生间。

"——我回来收拾就行。"齐野一脚门里一脚门外，看着齐芳，"你放那儿吧。"

"你是就收拾这一个房间，"齐芳直起腰来，问，"还是帮我收拾所有的房间？"

"你抬什么杠啊？"齐野变了脸色，"我哪儿惹着你了？"

"你这话儿说的，"齐芳冷笑，"就好像你以前不知道我打扫客房似的？怎么了？不好意思了？你不用不好意思，走的时候付房费就行。"

"我爸不是留了卡吗？"齐野转身往外走，"你从卡里扣。"

齐芳手里的抹布扔出去打到门框上，"留了张卡给你，他就又变成你爸了?!"

门外静了静，然后是齐野下楼的声音。

齐芳浑身发抖，做了好几个深呼吸才平静下来。她收拾完二楼所有的房间，把需要洗的床单被罩扔进洗衣机清洗，毛巾浴巾扔进另外一个洗衣机清洗，又把仓库收拾好才下楼。

"小野想吃蘑菇馅儿——"张嫂正和着面，抬头看她一眼，"——怎么了？"

"没怎么啊。"她从她身后过去，倒了杯水。

"儿大不由娘，跟孩子较什么劲？"

"就是，"李嫂也劝她，"小野是男的，这种事儿上吃不着亏。"

下午有两个韩国女生和一个澳大利亚中年男人入住。他们在餐厅里跟杨枝相谈甚欢，晚上的阳台派对也得以继续下去。旁边旅馆的客人看到他们这边热闹，也跑来凑趣，虽然折腾了些，但收益倒很可观。

"你这未来的儿媳妇儿，脑袋瓜儿真好使。"李嫂说。

"卖了小野，小野还得谢谢她，帮她数钱。"

接下来几天齐野大部分时间都在杨枝房间里待着。每天下午杨枝来餐厅喝茶，跟齐芳聊天，他有时候帮张嫂李嫂干点儿杂活儿，有时候出门跟朋友见面。

齐芳自己烤点心，烘焙的香气经常把客栈里的客人勾引出来，他们下来点杯咖啡，或者要壶茶。

"这是我想象中的生活，"杨枝说，"不紧不慢，岁月静好。"

齐芳煮了一壶咖啡，用玻璃茶具沏了壶菊花茶，血菊是当地的，小小的花头，入水后一朵一朵活了过来，茶水（或者说花水）冶艳无比。她们坐在沙发椅上，面对着玻璃窗外的树林，雨中的树木绿如新翡，通透、干净，开着的窗里，空气中流荡着植物鲜嫩的气息。

"我会想念这个地方的，'白色猛虎'。"杨枝望着餐厅落地窗外的风景，隔着一层玻璃的森林，几近魔幻，雨停的时候张嫂李嫂带着篮子出去，一个小时就能捡回满满一筐的蘑菇，最近几天的食谱一直有蘑菇汤和蘑菇馅儿饺子。

"一想到明天就回去了，怪舍不得的。"杨枝笑着说，"我现在理解为什么每次提起长白山，小野就一副打了鸡血的样子。"

"你们可以再来。越来越多的客人喜欢冬天来这里了，虽然冷，但冰雪漂亮，山上雪大，有时候一下一整天，客栈快被雪埋到看不见了，网上订房的客人经常找不着门。客人里面，年轻的大部分是来滑雪的，年纪大的是来泡温泉的，一来都能住个十天半月的。壁炉里面的火炭不断，烤松子、榛子、核桃，还有地瓜、土豆，整个客栈香喷喷的。"

"听着都让人流口水，"杨枝笑着说，"冬天我带着欢欢乐乐来。"

"来这里的人都欢欢乐乐的。"

"——欢欢和乐乐是我的孩子。"

齐芳的笑容定在脸上，举到嘴边的茶也忘了喝。

"我结过两次婚。欢欢是女儿，今年7岁，乐乐是儿子，今年5岁。他们各有各的爸爸，"杨枝笑了笑，"——我就知道小野不会把这些事情告诉你。"

"——我就说嘛，"齐芳喝了口水，仍旧觉得嗓子干得厉害，"你这么漂亮、聪明、优秀，怎么可能——"

这些年齐芳开店，阅人无数。杨枝是个厉害的。温柔起来，嗲嗲的调调能哄得人骨酥肉烂；认真起来（齐芳听见她在网上安排工作），领导的架子端得又稳又高；又是个贪玩儿的，疯闹起来不管不顾，烟酒都上手。齐野跟在她身后，就是个小迷弟。

"小野以前没正经谈过恋爱，喜欢他的女同学有过几个，他跟我吧啦吧啦地讲，听着挺热闹，但转眼就凉了；遇上你，他什么都不跟我说，我知道这回他是真动心了。"

"小野来我们公司应聘实习生，我觉得这小孩儿跟别人都不一样，气息清新，眼神儿干净，其实他的业务能力不太好，但我仍然把他留下了。"

"那天晚上他给我打电话了，高兴的啊，"齐芳说，"说能进这个事务所实习，即使留不下，以后想找个工作也很轻松。那天他跟我说主管是个女的，气质好、气场大、气势足。我还逗他一句，领导这么多气，你以后不得变成受气包？"

"我没想到会跟他变成现在这种关系——"杨枝看着齐芳，"他就像个小老虎似的，让我招架不住——"

"你会和小野结婚吗？还是，只是跟他谈场恋爱？"

"你希望我们结婚吗？还是，希望我们只是谈场恋爱？"

他们走的那天天气晴朗。

齐芳开车送他们到机场，第一次，她希望齐野快点儿走，早点儿走，飞机千万别停航，别延误。

离开前，杨枝结了这几天的房费。

齐芳跟她在吧台前面争执了半天，"你是小野女朋友，是我们家的客人。"

"如果我住他房间，我就不会结账，"杨枝笑着说，"但我是住了你们最好的套房，我是客栈的客人，账是必须结的。"

齐芳说不过她，最后给她打了个七折，收了她五千块钱。刷卡的一瞬间，她觉得她输了。

车上，杨枝坐在副驾驶位上，跟齐芳聊了几句对长白山的印象，对"白色猛虎"的喜欢。到了机场，齐野忙着打开后备箱搬运行李，她对齐芳轻声说："我会对小野很好的，你放心吧。"

齐野找了个行李车把两个拉杆箱放上去，齐芳跟他们挥挥手，正要开车离开。齐野叫了一声，"妈!"

齐芳愣了愣。

杨枝冲她摆摆手，推着行李车先进候机厅了。

齐野绕到齐芳车窗外，脸都憋红了，"能不能把——田大雨那个卡给我?"

齐芳看着他。

"借我也行，我以后有钱了，会把钱还回去——"齐野低头说，"——过几天是杨枝生日，我想给她买个包。"

齐芳拿起自己的包，从夹层里面拿出张卡，随手扔出窗外，"密码是你身份证最后六位。"

她一脚踩上油门，车子忽地蹿了出去，一辆刚停下来的车跟她的车差点儿撞上。

"你有病啊你——"那辆车的司机伸头骂她。

败家玩意儿!

啥也不是!

山喜鹊，尾巴长，娶了媳妇儿忘了娘!

齐芳骂个不停。踩着油门时，她觉得自己精神油耗在更快地消失。15年前，齐野还小，需要抚养，但现在他不需要她了，他有了杨枝——性感上是女朋友，年龄上可以当姐姐，阅历上能充任妈妈——她算什么呢?"白色猛虎"和长白山金香玉不过是齐野跟人聊天时的一个噱头，一个逗趣?

齐芳抬头看着公路的前方，天蓝得像块冰，云彩丝丝缕缕，寒烟似的从冰面上掠过。她想起小时候看过的一个电影，一个医生在阳台上对一个男人说话，语调平稳而魅惑，"多么蓝的天啊，一直朝前走，你就会融化在天空里——"

她把油门踩到底，就会融化在天空里，融化在蓝色里。

齐野乘坐的飞机像只银鸟飞过这同一片天空，落地开机时，他会接到消息，然后立刻再回来：他会难过，会后悔，但同时他也会觉得解脱，她和客栈就像一个被废弃的茧壳，遗留在长白山上，变成他的过去和记忆，它们在他的生命里所占的比例会越来越小，直至缩成胶囊——

齐芳的思绪回到了35年前，她是高一女生，一心想考个好大学，窗外的秋蝉叫声响亮，她的同桌田大雨才高一个头儿就蹿到了一米八，在操场上打球打到上课铃响才冲进教室，他拉开她身边的椅子坐下，她为他那一身汗味儿皱起眉头，他冲她呵呵一笑，棕色的脸孔上，一口牙齿白得耀眼——

阳光如一柄利刃，朝汽车穿刺而来，白得耀眼！

（原载《万松浦》2022年第1期创刊号）

金仁顺，吉林省作协主席。著有长篇小说《春香》，中短篇小说集《桃花》《松树镇》等，散文集《白如百合》《失意纪念馆》等。编剧电影《绿茶》《时尚先生》《基隆》等，编剧舞台剧《他人》《画皮》等。曾获全国少数民族文学创作骏马奖、庄重文文学奖、林斤澜短篇小说奖、《小说选刊》短篇小说奖等多种奖项。部分作品被译为英、韩、日、俄、德等多种文字。

噬梦兽和我们的故事

◎ 李　浩

一

　　一个古老的故事，它是我爷爷的爷爷讲的，是我爷爷的爷爷听他爷爷说的。他们总是强调这是一个真实的故事，里面不含半点儿虚构或者寓言的成分。现在，这个故事要由我来讲述了，我想的是，尽可能地保持它的原貌，我爷爷的爷爷怎么讲的我就怎么讲出来——但出于胡思乱想和总想着把曲线拉直、把直线掰弯，以及试图不断建立逻辑和可信度的习惯，我也许会做一点点的增和删，但也不准备向里面添加半点儿寓言的成分。

　　在很久很久以前——我爷爷的爷爷就是这样说的，他说这是这个故事的开头，他的爷爷也是这样开始——在很久很久以前，有一个猎人，这一天他去山里打猎，在追逐一只漂亮的豹子的时候走入了一片被大雾笼罩的黑色山林。两天一夜。在这座山林里发生了什么没有人知道，猎人带着遍体的伤痕和几乎能把人的骨骼都会挤压出来的疲惫回到村子，不久，他就去世了，没能留下一句话。耗尽力气的猎人变成了哑巴，他本来应当和大家说些什么的，可是，他没有说。不久。真的是不久，村子里的人都在深夜里听到了巨大的脚步声，它甚至使整个村子都跟着它一起颤动——早上起来，村里的人试图去寻找那个脚步声来自何处又去了哪里，是一种怎样的庞然大物发出的，它会不会像"年"那样给村子带来灾难和恐惧：当他们打开门，立刻被眼前的所见惊呆了。他们看到的是一片黏稠的、灰白色的大雾，整个村子和所有的出路，都被这片大雾所笼罩，散发着一股混合了毛皮、发霉的草叶和血腥味的气息。一天，两天。五天，十天。大雾一直不散。

"不是年。"更老的老人们说。他们对年和年的气息还有记忆。

"年来的时候，也是咣，咣，咣。"有老人回味。一提到年，他的身体还禁不住颤了两下。

"年也没带来雾。有时有雪，有时有风。"

"我们找到了对付年的办法。可现在来的这个……我们还真不知道怎么办。"

"父亲，它是什么呢？"

"它是雾，孩子。"

"我问的是雾的后面……昨天的脚步声我也听见啦，那时我正在做梦，一下子就醒啦。"

"……我不知道。你没看到它躲在雾的里面了吗？"

二

村子里几个大胆的人前往雾中搜寻，回来说，里面除了雾还是雾，浓浓淡淡，起起伏伏，眼前一直是模糊的一团，什么也没有找见。他们承认，他们这些人是结伴而行的，为了相互有个照应——他们害怕，要是一个人在大雾中迷失，很容易弄错方向再也回不到家了。但有一个人不信邪，他非要找出大雾笼罩的原因来不可，于是，在众人决定往回赶的时候他离开了队伍，一个人径自朝雾的更深处去了。"那个人是谁？""还能是谁，一定是铁匠，只有他才能有拳头那么大的胆！你们说，是不是他？""是的，就是他。""在咱们村，除了死去的猎人，胆子最大的就是铁匠。你们一说，我就猜得出来。""是的，就是他。"

铁匠走向了更远处。每个人，村子里的每个人，包括男人和女人，老人和孩子，都支着自己的耳朵朝外面听着，希望他能在回来的时候给大家带来好消息。大约五天，铁匠回来了，手里还紧紧握着打铁用的铁锤——"你，你看到了什么？是年吗，还是……""你没受伤？是你没找到它还是它放过了你？你应当，打不过它吧？"

铁匠说，看到了，他看到了。村外不远处山崖上，蹲着一只像是棕熊，但长着一对猪耳朵的怪兽，它的眼睛则更为吓人，看向哪里，雾中立刻会闪过两道射向很远的寒光……铁匠说，他没敢惊动这只怪兽，它太庞大，太可怕了，再说，要是猎人都不能把它杀死，那他铁匠也一定不能。于是，他决定跑回来给大家报信。

"会离得那么近吗？就在村外？要知道，我们也是走了很久很久……"大胆的人们感觉有点儿委屈，"你不是欺骗我们吧，真是难以置信——我们，早就经过了村外的山崖，那是我们砍柴、伐木经常去的地方啊，我们怎么没有发现？"

"从山崖那到村子，一天一夜就足够了，可你走了那么长时间……"

小孩子们的兴致不是这些，"它会哼哼吗，它咬人吗？""它有牙吗，它有舌头吗？""它是不是这么这么跳，你看着我……是不是这样跳？""你看到它的尾巴了吗，长不长，是像牛的尾巴那样、马的尾巴那样还是猴子的尾巴那样？""怪兽没尾巴！它要尾巴干什么！"

不知道为什么，村里的人并不信铁匠的话，除了那些刚长到板凳和条桌高度的孩子们。他们无法相信，那只所谓的怪兽已经距离他们这么近，而那些胆大的人们竟然连这么近的距离也没能走到。有人猜度，铁匠看到的，是一只能够制造幻觉的怪兽，它利用幻觉让铁匠相信他自己看到的山崖和自己其实都不是真的，也许，这只怪兽其实并没那么大，那么可怕，也许就是一只……刺猬或者山鸡。"刺猬！""山鸡！"

不过是刺猬和山鸡的说法沸沸扬扬，让和铁匠一起出去但提前回来的几个壮年很没面子，于是，他们经历了第二次的协商，然后再次上路。这一次，他们背足了干粮和水，瓦匠还带上了爷爷的爷爷留下来的罗盘。三天，五天。村里人蜡烛一样慢慢短下去的耐心就要被耗尽得只剩下最后的烛芯的时候，他们拖着疲惫和惊恐回到了村子。没有。这一次，他们是一直朝着一个方向走的，然后又沿着原有的记号返回的——他们既没看到赋予大雾的尽头也没看到什么怪兽，太安静了，鸡不叫狗不咬，树上跳下来的鸟、路上蹿过去的鹿和草丛里爬进去的蛇，都是一副呆呆的样子……他们越走越怕。这些大胆子的人在携带的干粮吃到过半之后迅速地往回赶，再也不敢多走一步。不过，没有怪兽，没有铁匠所描述的怪兽。他们似乎经过了山崖，但谁也没有见到有什么异常，没有。

——轮到铁匠要自己解释了……可他的赌咒发誓都起不到作用，除非他能把全村的老老少少都拉到山崖那边一起看见，或者他把那只怪兽捆好了丢到大家面前：就是它！我说的就是它！都是它搞的鬼、捣的乱！然而这是做不到的。外面的雾那么大，一出去好几天，除了几个兴致勃勃的小孩子之外再无响应，而这些小孩子哪来的自主，拉着胳膊打一顿也就不再闹了；把怪兽抓来捆好——哪有那么容易啊，想都不用去想，村子里功夫最高的是猎人，他都不行，别人自然就更不是对手了，铁匠的胆子是大，但他也不至于胆大到一个人去和怪兽拼命。"爱信不信！我就是看到啦！你们爱信不信！"铁匠怒气冲冲，他把全部的力气都用在了铁器上面。要不是他老婆盯着，四溅的火花说不定就把房子给点着了。

那一夜，村子里又听见了脚步声。噔噔，噔，噔噔，噔噔。

"别说话！"当母亲的捂住孩子的嘴，"别让它听见！所有的怪兽，都喜欢对小孩子下手，千万别把它招来！"

已经很长时间了，雾还没有散去，人们已习惯了这样的生活，尽管它也确实带来了种种不适。相对于不可知的危险，村子里的人更愿意小心些，更小心些，宁可只围绕着村子摸索着来来回回——事实上，他们走出院子，走出村子，包括走过村口的那个小石桥，都没遇到过任何的危险也没有任何阻拦，除了雾还是雾，它严重影响着视觉，让人对略略的远处便看不清楚。"我们可不可以……走得更远一些？""也许，来的这只散布了灰雾的怪兽，是一只好的怪兽——它什么也不想做？""怪兽怪兽，能来和我玩吗？"

三

"铁匠说的，应当是对的！他真的看到了怪兽！"

村里的教书先生显然兴奋异常，这个鼻孔朝上的人，第一次，几乎是挨家挨户，坐在人家的板凳上向人家念叨他从一本名为《山海别经》的书中看到的内容：铁匠说的那个怪兽是存在的，古人早已见过并且在书中写了下来。那个怪兽，名叫"噬梦兽"，它出现在哪里大雾就跟到哪里，只有它离开了当地才会恢复正常——它以食一种名叫"瞿如"的鸟和一种名叫"阴蝼"的虫为生，一般而言是不出深山的，除非……"除非有人招惹了它！逞什么能！好像天下就他是第一似的！"听到这里，男主人和女主人往往截住话头，一副愤愤的样子，他们的孩子也跟着表现出愤愤的样子，虽然他们未必清楚父母愤恨的究竟是谁。

教书先生说，噬梦兽之所以叫噬梦兽，是因为它只要把大雾带到什么地方，那里的人就不会再做梦，所有的梦都会被它吞噬下去，存在腹部下面。教书先生还说，噬梦兽本来是"豹身"，就是像豹子那样，只有梦吞得多了才会显得像是熊身，甚至会是猪身——一旦它成了猪身，就会变得更懒，就会住下来不走了，那么，大雾笼罩的村子也就将永远地、永远地被大雾笼罩下去。

"可恶！都是他招来的！现在好啦，它都不准备走啦！"村里的人继续他们的愤愤，若不是猎人早已死掉，还不知道会发生什么呢——要知道村子里胆子大的人很多，他们能干出很多的事儿来。

"噬梦兽——对了，它是不是真的会吞掉我们的梦呢?"

大家都开始回想。是，似乎是。谭豆腐说，怪兽来的那天晚上，他做了一个晒豆子的梦，那些金灿灿的豆子个个颗粒饱满，别提多诱人了。在梦里，谭豆腐将豆子放在苇席上晒，突然间它们就哗啦哗啦地跳起来，越跳越快也越跳越高，然后变成了一只只黄色的小鸟——梦在那时候醒了，他听到了脚步声，感觉到自己的炕在颤。之后……他真的就没再做过梦。田家嫂子说，她也做梦来着，在此之前她总是做梦，可自从那天开始，她也一个梦都没做着……有天半夜突然醒来也不是从梦里惊醒的，而是一只老鼠掉到了枕头上。木匠说，听到脚步声的那天他也在做梦，他梦见自己打开院门，竟然在南偏房的草垛边上发现了一只硕大无比的獾（两年前，他确实在自己家南偏房的草垛边上发现过一只獾。这只獾也被他捉到了，猎人还帮助他扒掉了獾皮，为他的女儿做了一件皮坎肩——从那之后，木匠总是隔三差五地梦到同样的梦，他又又又在南偏房的草垛边上见到了一只獾），与以往在梦境里出现的獾不同，这只明显更大，脾气也暴躁了不少，在木匠拿起叉来朝它靠近的时候它竟然发起火来，咚咚咚地跺着地……就在那时梦就没了，木匠睁开眼，耳边响起了巨大的脚步声。"我也做了个梦! 我梦见一大堆的萤火虫!"木匠的儿子从人缝里钻出来，"然后……后来……就没啦! 一点儿也没啦!"

教书先生叫大家仔细地想：在那晚之后，是不是所有人的梦都没了? 如果是，那就说明铁匠看见的怪兽是真的，它是一只噬梦兽。

大家拼命地回想：是，是这样。没有再做过梦。没有。从那天开始，梦真的没了。

大家再想想……再想也是。所有人都扬着脸回忆：没，昨天没有，前天没有，大前天，大大前天……没有，都是没有。你要不说，大家就完全没注意到，可你这么一说……嗯，还真是，没再做过梦。一个也没有。

上了年纪的、晚上睡觉总是盗汗的二奶奶没有再做过，原来，无论是谁进她家门，她都能给人讲一串晚上做的梦。她都能记得一清二楚。现在，她一清二楚的是，她最近，真的不做梦了。虽然身上的汗还是那么多。

总是梦见被鬼压床，一晚上不知道多少次从可怕的梦中尖叫着醒来的瓦匠媳妇，也已经很长时间没做过梦了。自从大雾笼罩之后，梦里的鬼和床都已不知去向。

"对了，那个上山采药的赵散，他不是总爱做噩梦吗，他不总是梦见他弟弟赵汇来向他索命吗？我们问问他，最近还做梦不做了！""对对对，问他！"

村里几个好事儿的人走到赵散家的门口，却被赵散的妻子挡在门外：别，你们别进了，赵散正在睡觉呢！你们要把他闹醒了——他那脾气，你们可别说我没提醒过！"不是……他还在晚上做噩梦？还是天天做？"赵散的妻子说，那倒不是，晚上不做噩梦了，可是他因为不做噩梦才更不敢睡——他总觉得，噩梦就在墙角的哪个地方埋伏好了等着他，他一睡，噩梦会以比之前厉害一百倍的恐怖扑到他身上。熬不住了，他就在白天睡，反正大雾天也不好出门。"找到……你们找到赵汇没有？"上哪儿去找，赵散的妻子摇摇头，从山崖上掉下去，肯定骨头都摔成末了。他们兄弟情深，要不然，赵汇也不能缠着他哥哥不放。

对对对。村里人点着头，散开了。铁匠说的是对的，教书先生说的也是对的，猎人引来的是噬梦兽，是它制造了大雾，同时把村里人的梦也给吞了。

四

一个村子的人都不再做梦，他们的梦，被一个叫"噬梦兽"的怪物给吞了去——几乎是过了一个月的时间，村子里的人经教书先生的提醒才意识到：噢。有这样一个损失。当然说是损失也不确切，因为对于像瓦匠媳妇、采药人赵散和寡居的二奶奶来说，没有了梦反而是件好事儿，求之不得的好事儿，尤其是赵散，在得知他的噩梦也被噬梦兽给吞掉了以后再也不用担心噩梦连连之后，他开始睡得极其安稳，鼾声雷动，倒是他的妻子患上了失眠症，一时不见好转。

被雾笼罩着。太阳照下来也只是一个淡黄的光晕，再无往日的威力，而田野间的庄稼、禾苗依然在茁壮成长，看上去并没多大影响——唯一的影响是，禾苗的叶子是灰绿色的，丝瓜结出的果实是灰黄色的，玉米刚刚吐出的穗是灰紫色的，而这些颜色还都是靠近之后才分辨出来的，相对之前有较大的不同。"要是你们一生下来，见到的都是这种雾天，也就不感觉有什么别扭的了，不就是个颜色嘛，现在看上去不也挺好的吗？"村子里的锢锅匠辛爷爷说。他的眼早在十几年前就看不太清东西了，在他眼前一直有一团灰白色的雾，现在，不过是那团雾更重了一些，更宽阔了一些。"没那么多事儿。适应了就好。"

之所以要提铜锅匠辛爷爷的这些话，是因为村子里那些大胆的年轻人正在密谋，他们试图想办法把噬梦兽杀死或者驱赶出去，这些蠢蠢欲动的人已经影响了大半个村子，尤其是那些更为年轻的孩子们。关于这个冒险，村子里的人并不统一。

"为什么要梦？不要就不可以吗？我觉得现在晚上睡得可香啦。"

"可梦是你的啊，是你的，你就得要回来。"

"是我的但我不想要的东西可多啦，你看，我现在就想把这双穿旧了的鞋子丢了。"

"它们不是一回事。你需要梦，和你需要不需要一双旧鞋子不同。"

"我觉得就是一回事。"

"你想想，嗯……你是木匠，我要把你的斧子和锯拿走……"

"可它没有拿走我的斧子，也没有拿走锯。你还是说点别的吧。"

"……天天生活在雾里，你不觉得厌倦，憋闷，难受？这难道不是理由？"

"是理由。不过我也不想参与你们。你想想猎人。太可怕了，是不是？"

"……

这些密谋者们没有获得成功，因为村上的人很少响应，而那些试图响应的人也被自己的父亲母亲或妻子给拉走了，他们的计划只得搁浅。不就是有雾吗，不就是见不到太阳吗，据说遥远的蜀地和黔地一到秋天就见不到太阳了，直到第二年夏天，偶尔的晴天才能重新见到——他们能那样活我们也能，我们又不会比他们少一条腿；至于被吞掉的梦，它本来就是些可有可无的东西，不影响吃也不影响穿的东西，有和没有能有多大的区别？要为这个不当吃也不当穿的东西去和危险的噬梦兽搏斗，就毫无道理了，要是像猎人那样弄得遍体鳞伤最后还要搭进性命，就更无道理了。

是有点不适。但忍着吧。忍忍，也就过去了。

这是一个古老的故事，它是我爷爷的爷爷讲的，是我爷爷的爷爷听他爷爷说的。他们说，经过一段时间，村里的人已经习惯了没有梦的生活，没有梦其实挺好的，至少让他们能够睡得安稳了，而且不必再为梦境里的出现而提心吊胆，或者猜来猜去。只有一些胆大的人还在心有不甘——这里面，不包括那个胆子更大的铁匠。他很少出门，而是在家里专心致志地打一把锋利的宝剑。村子里的人都说他在专心致志地打一把宝剑，只有铁匠本人给予了否认，他说不是，他要打的不过是一百把锄头，因为数量太多而不得不废寝忘食，不曾出门。没有谁肯相信铁匠的话，但也没有谁会在意铁匠的话，反正，蠢蠢欲动的密谋已经失败了，铁匠打出来的是宝剑还是锄头又有什么关系呢？

五

是什么时候起的变化？具体的时间可能没人说得清楚，但具体的事件则是村里人的共识：因为收红薯。一般而言，收红薯的日子是村子的节日，男男女女老老少少，种田的和不种田的，所有的人都来到田间，大家一起帮着农家收红薯一起分享收获的喜悦……在大雾笼罩的那年，不知道是出于怎样的原因红薯的秧苗长势极旺，叶子和叶子、蔓子和蔓子层层叠叠地叠加在一起，冒着一层灰绿色的油——人们猜测，所有人都那么猜测：那年应当是一个丰收年。村子里的种田人笑得啊，真的是合不拢嘴，那种矜持的样貌他们谁也保持不住。

然而。当他们剪掉了秧，收走了叶，刨开了土，理清了茎，拽出了……埋在地下的红薯竟然结得那么小那么少，小得就像是鸡蛋、鸭蛋甚至鸽子的蛋，少得只有往常收成的一半儿或者不到一半儿。合不拢嘴的种田人还是合不拢嘴，不过他们的脸上挂出的则是悲戚的、失望的或者不敢相信的表情。

收红薯的日子是村子的节日，然而它变成了一个被破坏的节日，一个打击到所有人的节日，一个人心惶惶、议论纷纷的节日。在窃窃私语、交头接耳和发出呼喊之间，有人早早地认定并笃定地认定，这件事与笼罩村子的大雾有关，与可怕的、可恶的噬梦兽有关。肯定是它造成的，甚至，这只噬梦兽不只是会吞掉村里人的梦而且还会偷偷地吃掉地下的红薯，若不然，怎么解释今年的收成会变成这个样子？

收红薯的事件在村上议论了很久才慢慢平复，但随后，发生了田家的孩子在村口的草丛里撒尿被毒蛇咬伤的事件，织布的刘家下蛋的母鸡毫无征兆地失踪而鸡蛋还在窝里的事件，梁家小酒馆凉棚在无风的日子突然倒塌的事件，牛家新过门的儿媳用剪刀刺伤赵家爷爷的事件，以及铁匠的锄头突然断裂的事件……这些事件貌似纷乱、孤立，但村上的明眼人看得明白，这都是因噬梦兽的存在而引起的，是它在操控着、安排着这一切，有的事可能并不是它安排的但它依然摆脱不了关系：如果没有大雾，田家的孩子怎么会注意不到游到脚边的蛇？刘家的母鸡怎么能那么容易地被谁抱走不叫也不逃？赵家的爷爷怎么会因为看不清路而误闯进牛家引起新媳妇的误会？至于铁匠的锄头……要不是没有看清，使用锄头的人一定不会用力地去砸一块石头，他是一定会绕开的，他会把石头丢到田垄的外面去……

收红薯的事件是个引子，然后就是一连串的这样那样的事件，这些事件让村里人无法回避消失的梦和噬梦兽的存在，它在那里，你越来越不能忽略它了。

"整日被大雾笼罩，好好的太阳一直都看不清楚……你是不是感觉乏力，胸闷，疲倦，什么事儿都不想做？是的，你一定是这样的，因为我就是这样。大雾让人迷茫。噬梦兽吞掉的远远不止我们的梦，它其实还吞掉了和梦相关的一切，譬如梦幻、梦想、梦乡、梦魇、魂牵梦萦、酣梦、迷梦、恍然若梦和痴人说梦……现在，你再想想，就拿梦魇来说吧，是多有趣的一件事儿啊，多可贵的一件事儿啊……"

"大雾正在使人变傻，你没感觉出来？看看水家赵四你就知道了，昨天我让他背《论语》的第一段，他竟然吭哧哼哧背不出来……好好好，你说他没脑子，那王家当铺的老七总是聪明的吧，连脚指头上都是一百二十个心眼！你没看到，前几天被他爹追在院子里打！他竟然算错账，给他爹亏了好多的钱……"

"没有梦就是不行！行，咱们就说赵散，他睡得好了，大白天有精神了，看看他做的那些好事儿！天天打老婆，到处欺侮人——原来，他哪来这么大的精力？"

……蠢蠢欲动的人们再一次活跃起来，这一次，加入他们中的人就多啦，男男女女老老少少，胆大的胆小的，有胆的没胆的——反正，两个人走在对面只要你开口不是对大雾和噬梦兽的抱怨，对面过来的人一定不会搭理你，而且你很快就在村子里遭到孤立，你不得不在别人面前说出三倍到五倍的抱怨和愤恨才会获得村里人的原谅，才会重新被接纳。你是德高望重的关二爷也不行，你是耳背的、总是和别人打岔的、别人说东你说西的田四奶奶也不行。

蠢蠢欲动的成为村子里的大多数，他们是最受大家敬重的一群，太多的人在加入他们中间。"实在是无法忍受！这样的日子可怎么过哟！""可不能这样过下去了，这日子，什么时候是个头啊！"

……如果说，大雾弥漫的村庄像一口大锅，人们的怨气就像是咕嘟咕嘟冒泡的开水，而蠢蠢欲动的人们和他们的鼓动则如同干柴和加在锅下面的火焰。所有人都意识到，那一天会来临，它终会来临的。已经没有什么可以阻止它的到来了——至于最后的结果是什么，已经没人在意，至少是，不那么在意了。

六

你可能读过许许多多人们挑战巨大的猛兽而进行殊死搏斗的

故事，挑战者是一个猎人，在菩萨、仙人或者道士的帮助下最终战胜了对手；挑战者是一个半人半神的勇士，他借助从神灵、仙子和巫师那里得来的工具，最终战胜了一个又一个的对手……你可能听说过屠龙的战士最终变成恶龙的故事，听说过因为战利品分配不公而造成战士们自相残杀的故事，听说过勇士赢得了胜利但国王已经忘记了他的诺言的故事……而我要讲的这个故事是真的，是发生在我们村子里的真实故事，是我爷爷的爷爷讲的，是我爷爷的爷爷听他爷爷说的——它和那些故事有所不同。它的里面不包含什么寓意，只有事件。

摩拳擦掌的村里人集中起来了，一个个生龙活虎的样子让人看着心惊。村长和教书先生一起给大家分配着任务：谁谁谁，使用枪和矛；谁谁谁，把猎人的弓箭拿来，他的更好用些，力量也更大；谁谁谁，你负责把噬梦兽引出来，因为你学驴嚎完全可以乱真，几次把邻村的驴子招到家里——书上说，那种叫"瞿如"的鸟发出的声音就像驴叫，你就用这个方法……谁谁谁负责治疗，要是有人受伤的话，谁谁谁，谁谁谁，你们俩负责物资供应，要是谁的剑、刀或者矛损坏了，你们要能及时为他们换新的，等等。

铁匠拿来了一把新打的宝剑。"你不是说，你在专心地打造锄头……""不是锄头，是剑。我早就想打一把宝剑了，剑柄上的图案，还是猎人活着的时候设计的，可惜他再也见不到这把剑了。""可你当时说是锄头……""我就是随口一说。"

采药师赵散也加入队伍中。谁都知道他并不喜欢噩梦，所有人都不会喜欢噩梦，可他还是来了。"就是噩梦，也比没有梦更有意思。"他向众人解释，虽然大家都不会真的相信他说的这句话。

来了就好，就是一个大帮手，至于他内心里想的是什么谁又会那么计较呢？

教书先生为他们设置了路线，进攻方向，注意事项——这里都是书上有的。村长则根据教书先生的设置补充：谁谁谁在前，要先进攻什么方向，后面的谁谁谁要注意，别让噬梦兽如何如何——"你还有补充的吗？"村长问。教书先生摇摇头："没有了。这里后面还有一小段话，我一直弄不明白是什么意思……也许是咒语？要不，让谁谁谁他们也记下来。"

一村人，几乎是整个村子里的人，除了老人、女人和孩子，浩浩荡荡地走进了大雾中，很快就再也看不到他们的影子。一天。两天。三天。留在家里的老人、女人和孩子，村长和教书先生一起拔长了脖子等待，可是没有等来半点儿的消息。这天早上，教书先生从一个模糊的、令人不安的睡梦中醒来——我似乎在做梦！我又开始做梦啦！

教书先生高兴地从炕上跳下来，他把昨夜一直不停翻看、盖在被子上的那本《山海别经》甩在了地上。从地上拿起来，教书先生重新翻到有关噬梦兽的那一章节，仔细地揣摩着最后一段话的意思……突然，他一屁股坐在地上，大声地哭泣起来："我错啦，我弄错啦！是我害了他们啊！是我害了他们啊！"

"你错在哪儿啦？你怎么错啦？"闻讯赶来的村长、老人、女人和孩子向他询问。

"它，它说的是……杀死噬梦兽，只能到梦里去，唯一的办法就是到梦里去……可我们的梦都被它给吞掉了啊！他们，是杀不掉它的！"

——教书先生的话，真像是一个晴天霹雳。

七

这是一个古老的旧故事它是我爷爷的爷爷讲的，是我爷爷的爷爷听他爷爷说的——因为年代久远的缘故，因为讲述的人记忆偏差的缘故，他们竟然漏掉了其中最最重要的环节，反正，我爷爷的爷爷已经无法解释清楚。他说，老人们就是这样讲的，他也就是这样听的，但这个故事里的一切都是真实发生，没有半点虚构或寓言的成分。

不知道是不是书上记载的不对还是别的什么巧合，反正，村子里的勇士们经过半天的搏斗最终杀死了噬梦兽。噬梦兽被杀死之后大雾并没有马上散去，但所有人的梦却立刻被还了回来……已经受伤的赵散在一个喘息的瞬间便被噩梦附身，他再次梦见了自己的弟弟，带着他的断肢和满身的血来向他讨债。这时候，采药人赵散已经不肯再接受这个纠缠自己多年的噩梦了，他大喊一声，直直地跳下了山崖。

两天之后大雾散去，村里迷路的勇士们马上找到了回家的路——原来，它真的像铁匠说得那么近，原来，他们在雾中绕弯、在雾中做下的记号不过是给自己制造了迷宫，使路程变得远了太多。大雾散去，村里的一切都恢复了正常，只有赵散的妻子——她竟然疯掉了——坐在村口，见到过往的人就扑过去抓住他：我们家赵散是个好人，他没有害死自己的弟弟，他不是那样的人，你们别听他们胡扯！这些人，除了我们家赵散，没有一个是好东西！

　　大雾散去，村里的一切都恢复了正常，当然是一切。在屠杀噬梦兽的过程中使用长矛的田家二哥喝醉了，在小酒馆里滔滔不绝，过度的自我夸张引起了赵家三叔的不满，他走过去嘲笑田家二哥在噬梦兽面前就像个跳来跳去的跳蚤，直到噬梦兽死掉一枪都没刺中过——两个人自然而然地打在一起，砸碎了盆，撞翻了碗，被老婆提着耳朵拉回家去的时候还不时朝空气中踢腿："踢死你，踢死你！"瓦匠到赵家偷鸡被人抓住，他向人狡辩：这是我们家的鸡，你看它的冠子，不信让我老婆来认一下！只有两记耳光，他就承认了自己偷鸡的举动，而且还供出多年之前在谁谁谁家偷过盆，在谁谁谁家的灶台下面偷过钱。在路上欺侮赵家侄子、从他手里抢走了两块烤红薯的木匠被赵家人堵在门口大骂，有人看见，木匠悄悄地从后窗那里跳了出去，一路跑进了野地。赵家爷爷再一次摸进了牛家的小门，这一次，看到他的是牛二和牛三……"老不死的！你怎么这么不要脸！"是的，村里的一切都恢复了正常，在爷爷的爷爷的爷爷讲述过的旧故事里，村里的勇士们劣迹斑斑，实在和他们屠杀噬梦兽的身份不相称。

　　这天，阳光灿烂得几乎能把整个村子都晒成玻璃的早晨，一位来自远方的货郎来到了村口。他眯着眼，看了看厚厚的阳光，然后推着小车朝村里走去。经过种植了玉米的田野，在一片小树林的边上他发现小树林的上空有一小片彩虹，而树林里则雾气昭昭，仿佛那么灿烂的阳光也晒不进里面去。富有好奇心的货郎走向树林，突然，一只长着一对猪耳朵的细毛小兽蹿到他面前，一副活泼的、可爱的样子。货郎心生欢喜，不自禁地伸出手去。

"干什么！走开！"

一个只有十几岁的男孩，死去的猎人的儿子，拿着一根木棒出现在他面前。

（原载《长江文艺》2023年第4期）

李浩，作家，河北师范大学文学院教授，河北省作协副主席。出版有小说集、诗集、评论集二十余部，曾获得鲁迅文学奖等。

昙花现

◎ 黄咏梅

　　阳台那里有一个区域，信号一定会不稳定。有可能是那根粗大的廊柱，挡住了网络通行。这是父亲的判断。不过语音竟然不受影响。从疫情开始到现在，两年不能回家，视频通话变成我的必修课。做惯家务的母亲动手能力强，加上比父亲年轻几岁，她操作手机更流畅，提及家里每个角落每件物事，她都能准确移动镜头让我看见。她每次非要炫耀她种的花，一说起，就动身晃去阳台，手机扫向凌空加盖的那排花架子，月季、海棠、石斛兰、绣球……运气好的时候，镜头会定格在一朵绛色的月季花上，背景是河对岸绿茵茵的榜山，看着像一幅画。但大概率画面会停留在她脸上某个松垮垮的局部，或者一排锈迹狰狞的铁栏杆。

　　"妈，别往阳台走。"我对着手机大声喊，像来不及阻止一个人踏进路边的水洼，眼睁睁看她麻利地拉开那扇镶嵌着隔音玻璃的移门，又迅速关上。

　　这一次，镜头刚好停在晾衣竿一端挂下来的几只年代久远的竹篮。闭着眼睛我都能认出那里用牛皮纸包着的草药，凤尾王、一点红、百花草、蒲公英、车前草……

　　"林姨妈走了。"母亲的声音从几只满当当的竹篮里跑出来，跑到一千多公里以外我的手上。

"我知道，妈你说过了，是在养老院。"

频繁视频，我们已经没有什么话题可聊，不像真的坐在一起，围着功夫茶盘，东扯西扯，就连微微感受到空气中湿度加重了，我们都可以一起抱怨今年的"黄瓜季"过于绵长，导致人酸软无力，然后顺着这个话题交流去湿养生的做法。我们相聚的时间多半都是这么度过的。屏幕画面有限，一周或两周甚至更早以前说过的话，又经常被当作新的事情被母亲说一遍两遍，倾听很考验我。要是有耐心的话，我会装作第一次听，间中还提些已经知道答案的问题，但多半我会像现在这样，简单总结试图阻止她主题不集中的絮叨。

"嗯。她好像知道自己要走，给我打电话说，阿莲，我要回家了。我问她是不是小坚要来接她回家，她没说是，也没说不是，又重复两句，我要回家了。之后电话就断了。不像是挂断的。养老院那里信号总是不好。"

第一次讲这些的时候，母亲尽力克制，哽咽得像个孩子。我比她更早流下了眼泪。母亲自责在电话断掉以后没回拨过去。她反复强调自己以为林姨妈说的回家，是指小坚来接她回家过中秋，就想着等过两天中秋节再给她打电话，毕竟她接电话的时候，锅里正处于小火转大火的收汁阶段，她怕搞焦了那只花一下午工夫卤起来的猪肚。她们之间从来没有什么要紧的事情要急着打电话，几十年都没发生什么要紧的事。母亲责怪自己现在很没用，已经不能同时做两件事。

"我哪里知道，她说回家，其实是走。"已经过去两个多月了，母亲说得平静。我也静静在听，眼睛盯着屏幕，希望信号如同福至心灵，会跳出母亲的脸。可那几只静止的篮子一动不动。

"妈，翻篇儿吧，不要再去想这些负能量的事。"

不记得从什么时候开始，父亲将一些不好的消息统统称为"负能量"，要求我们的通话避开负能量，恨不得在耳朵外竖起一根粗粗的廊柱。对于七八十岁的老人们，不好的消息无非就是生病和死亡。这些年，陆陆续续从他们那里听到的负能量，多数来自他们认识或者知道的远远近近的人。与其说害怕这些负能量会影响血压、脉搏的数值，不如说是害怕负能量的残酷本身。中年以后，我也不知不觉害怕残忍的事情，在手机上看网剧，遇到诛心的情节，会不由自主拉进度条跳过。

"嗯，你爸在书房。"我忽然意识到母亲跑到阳台的廊柱后边，不是为了重复讲林姨妈的去世。一下子心被揪了起来。说到底，害怕听到他人的负能量，不就是害怕负能量终于降临我们自身？我担心那里微弱的信号支撑不了母亲的吞吞吐吐。好在，那几个篮子虽然纹丝不动，但母亲的声音还很连贯，除了在一些地方是因为她本人的停顿。

母亲是求我做件事——找一找钟俊仁，如果他还在的话，"告诉他，林姨妈回家了……但是要让他明白，她是走了，时间是2021年9月16日，酉时。"

我的几个姨妈当中，林姨妈最好看。母亲一直是承认的。她们当年一起从农村被招到文工团，到各个区县演样板戏。不是科班出身，但都在十七八岁的年龄，学东西也快。林姨妈必然是主角。《红灯记》里她是铁梅，母亲是慧莲，而徐姨妈和王姨妈因为骨架宽大，肉多，显老，往往只能轮流化装演李奶奶。《红色娘子军》里，林姨妈是吴琼花，她的腿又长又直，"向前进，向前进，战士责任重，妇女怨仇深"，她稳立舞台中央，腿绷直抬高，一点不影响脸上昂扬的表情，母亲她们几个则站边边，矮下去半截，腿潦草上踢。林姨妈身材比例好，腰短，腿长，脖子细，穿肥大无形的土布衫都好看，又有一张小鹅蛋脸，化妆最省心。母亲说，她最费事的是眉毛——样板戏要求一字粗眉。林姨妈的柳叶眉是她的苦恼。我看过林姨妈演戏的照片，只觉得她五官精致，哪里都好看，唯独那道粗黑的眉毛突兀，好在底下有一双明眸救场。在她们几个人的生活合影照中，即使不站在C位，我也能一眼确认林姨妈的主角相。我母亲仅有过一次主角时刻。因为长得的确蛮像陶玉玲，她在《霓虹灯下的哨兵》里捞到了演春妮。

　　主角往往是会遭到嫉妒的，但林姨妈和配角们玩得很好，她们的友谊跨越半个世纪。文工团解散之后，她们得到了样板戏的回馈——安排进城里工作。林姨妈在棉纺厂，徐姨妈在印刷厂，王姨妈在工人医院，而母亲因为早在进城前嫁给了父亲，作为家属被安排到了政府后勤处。四个人按照时间给出的剧本，各自演着人生这出大戏，结婚生子，工作至退休，继而含饴弄孙。那些样板戏的岁月，仅作为几张黑白照片存放在各家的相册或抽屉里。父亲书桌的玻璃板下，压着母亲演春妮的一张后期放大处理过的黑白照片，不过已经不完整——围巾、额头、脸颊、脖子以及斜襟扣子系得紧紧的胸部，这些地方都被我和弟弟的彩色照片盖住了，而我们那些彩色照片又陆续被他们两个孙儿的搞怪大头贴盖住了大半。

林姨妈跟我母亲最亲密，她是我家的常客。她挨着母亲窃窃私语的样子，倒像她是母亲的妹妹，实际上她比母亲大一岁。奇怪的是，我并没有遗传到母亲对林姨妈的亲密，整个童年我最怕见到她——她的到来必然伴随一个热烈的见面礼，这种热烈不见得是有多喜欢我，而是进他人家门那一刻的开心。她抓住我，像啃苹果一样，口水印在我胖嘟嘟的脸颊，接着又从正面乱亲一气。我肯定是挣扎躲避过的，但这讨厌的见面礼几乎伴随我整个童年，等我长到有足够的力气，能让她感到我的挣扎是认真而不是出于小孩子的忸怩，她才停止这样做。有一次，林姨妈开玩笑问我，妹妹，分了新班级，同桌男同学好不好看？我大方地点点头。又问，有多好看啊？我恶作剧地大声喊，像钟俊仁那么好看。那时，我已经不止一次从母亲与林姨妈的窃窃私语中听到过这句话。林姨妈用手把整张脸捂起来，手心里传出一阵咯咯咯的笑声，像是在害羞，笑过之后，忽然将我一把拉到她的腿边，不顾我的挣扎，对我一阵乱亲。她亲得很用力，好像怀着某种善意的报复，又好像在我脸上撒娇，嘴里咬牙切齿般喊出钟俊仁这个名字。

"妈，林姨妈嘴巴好臭。"我终于确认我的不适来自那些口水的臭味。我小时候有一些奇怪的逻辑，比方说看到满脸皱纹的老人，我会悄悄对母亲说，这个老爷爷好痛啊。同样，林姨妈的口臭让我认定她总是不开心，甚至觉得她身体里藏有什么东西在腐烂。

"你林姨妈白长了一张好脸壳。"母亲认为林姨妈不经营自己，更不经营家庭。样板戏主角在台上演着别人的人生，催人振奋，台下却一塌糊涂。但这反倒使林姨妈和母亲她们之间构成了一种平衡，她们和谐安好一辈子。她们时常聚会，各自牵着两个或三个孩子，呼呼喝喝，鸡飞狗跳。只有林姨妈单丁独户，偏坐一侧，瘦瘦的两腿间夹着一个同样瘦瘦的小萝卜头。小坚向来不合群，融入不到我们这些时而合作时而互相抢地盘的孩子中间，他咯嘣咯嘣咬完一块水果硬糖，就开始闹着要回家找爸爸，嘴里被塞进一块新的水果硬糖才消停。塞多两次，他不干了，脸埋在林姨妈腿上故意使自己憋气，两只手在林姨妈身上抓来挠去。林姨妈一点办法都没有，只得草草收兵回家。她们说，小坚好像不是林姨妈生的一样，养不熟，也治不住。林姨妈根本没有心思研究出对付小坚的办法，同样，她也没心思研究出跟林姨父家和万事兴的秘诀。那个沉默寡言的林姨父，一辈子在生产资料局工作，凭票购物的时候有过点小权力——我们家第一台黑白电视机，就是托林姨父拿到票买的。新旧世纪交替之际，单位转企，毫无斗志的林姨父干脆提前退休回家。林姨父总是一个人到河边小公园看人下象棋，间中按捺不住低声发几句议论。像小坚一样，林姨父也没能融入棋局作为对弈的任何一方。他和林姨妈各玩各的，直到最终先于林姨妈独自走上黄泉路。

上世纪七十年代，独生子女这个词还没有被造出来，只有一个孩子的家庭，时常被人暗戳戳地揣测问题出在男方还是女方身上。林姨妈生下小坚，刚出月子，就跑去工人医院找王姨妈，瞒着林姨父做了结扎。我母亲知道这事后，把王姨妈大骂一通。王姨妈说，你来拦拦看？林莉这个颠婆，死都解不开那个结，她一遍又一遍搬出钟俊仁来说，你叫我怎么劝？母亲一听，怒气顿时熄成叹气。

那只节育环早早地在林姨妈子宫深处套上了一个结，就好比现在一个已婚人士把一枚戒指套在了无名指上。只不过，这种宣誓的形式不是出于爱，而是——拒绝。因为身体里的这枚"戒指"，林姨妈跟林姨父关系变得很糟糕。有段时间，林姨妈像是把家当成旅舍，一到晚上就爱跑我们家。有时给我妈的家务搭把手，更多会坐在窗下一张板凳上，默默地织毛衣。母亲没工夫理她，父亲在书房写领导发言稿，我和弟弟趴在桌子上写作业，差点忘记了屋子里还有个林姨妈。到我们准备刷牙洗脸睡觉了，她才理平针脚，毛线团一卷，小篮子一装，塞到板凳底下，伸个懒腰，好像刚结束夜班收工。隔天，她又来我家上"夜班"。

中秋节晚上，林姨妈也照样来。月亮还没升起，她就拎着用油纸包的四只大月饼和一网兜柚子，直接爬到天台等我们。那时我们住在宿舍楼最顶一层。我家门口往上还有一截楼梯，尽头是一扇虚掩的小木门，从小木门走出去是个公共的天台。除了邻居偶尔趁天好爬上来晒晒被子，这里几乎属于我们家自用。母亲施展农民出身的本领，在天台四周用大大小小的花盆种满了蔬菜，中央搭起一个高高的瓜架，丝瓜、苦瓜、葫芦瓜、葡萄……藤蔓四处攀爬，绿叶密密麻麻隔出来一个小天地。父亲从家里牵出根电线，在瓜架上吊两只小灯泡，这里就变成了一个小茶室。天气好的时候，我们在地上铺席子，放张小茶几，坐到这个小天地里喝喝茶嗑嗑瓜子望望天。逢着节假日父亲有空，检查我和弟弟背诵唐诗宋词，也在这里进行。"谁知林栖者，闻风坐相悦。草木有本心，何求美人折？"父亲最欣赏这几句，摇头晃脑单拣出来背。这些时候母亲是插不上嘴的，她只会简单的"鹅鹅鹅"。母亲指着夜空中那三颗等距排列的星说，看，扁担星，多平。白毛女逃进深山老林，夜夜望星空，盼救星。林姨妈穿着破衣裳，一头披散的白发，对着夜空苦大仇深地唱。舞台一侧那棵纸皮糊起来的树梢顶端，挂着三颗整齐的红五星。团长在台下一看，蒙了，这一场，八路军还没杀到，哪里来的红五星？仔细又一想，后边出场的那些八路军帽子上不是两颗扣子？谢幕之后，团长调查这几颗无中生有的星星，才知道，我那几个没文化的姨妈，为了增加舞台效果，请钟俊仁在部队仓库里翻出些褪色废弃的旧红旗，剪下三颗红星，用毛线整齐串在一起。高高挂着的扁担星陪伴凄苦的白毛女。

样板戏从上边出发到区县，专业性会大大减弱，业余班子业余演出，在故事情节大方向不变的情况下，道具会因地制宜作些微调整，有时细节也会结合当地观众的喜好进行改动。比方说，《沙家浜》的芦苇荡在我们这里变成了一塘荷田，《智取威虎山》里座山雕的皮草大衣改成了我们这里有钱人穿的香云纱袄。类似这样的改动很常见，是为了更能引起当地观众的共情。反正这里的观众谁也没有看过正版的演出。但这三颗被姨妈她们发挥出来的扁担星，使团长大发雷霆，责令她们逐个写检讨书。

"这个死馒头，差点要给我们定性为'破坏革命样板戏'。"母亲笑着骂的那个人，我们经常见。中山电影院放映新电影时，等观众都在位置上坐好，我和弟弟到门口跟检票员讲："馒头让我们来的。"要是还不给进，我们会绕到电影院的侧门，那里有间小屋子，馒头叔叔一准儿在那里面办公。他会赶在剧场熄灯前把我们领进去。在空旷的影院前厅，他挺着圆滚滚的肚子在我们前面小跑，腰上一串钥匙抖擞雀跃，如同我们看"霸王戏"的心情。退休后，姨妈她们经常约他在西江边饮早茶，杯盏一推，几个人打斗地主，轮番赢他的钱。

"妈，八路军帽子没有红五星的啊？"我弟弟那一阵的理想是当解放军，他拿母亲做衣裳余下的布条绑在小腿上，皮带在腰上一捆，深深吸着气，木头枪困难地插进皮带内侧，敬起军礼也是雄赳赳的。

"救白毛女的八路军是没有的。"母亲只记得戏里的服装。

父亲说："八角帽才有红五星，国共合作后，红军改编为八路军，帽子正前方缝两颗扣子，是为了跟国军的帽子区分开来。"

弟弟就吵着母亲给他的帽子缝上两颗扣子。

比起父亲那些"小园香径独徘徊"的诗词，我更爱听母亲讲她们演样板戏的故事，台前和幕后，戏里和戏外。

天台的避雷针塔下，有块小平阶，林姨妈在那里扦插种下了两盆昙花。林姨妈不知从哪里听说，昙花好养，又可以入药，煲汤清热解毒，种昙花符合她的日常需求。这两盆昙花也是她经常来我家的一个理由。施肥，修剪枝叶，在林姨妈的精心照料下，它们长得比母亲种的菜还肥壮。每到夏天，叶子边缘会伸出一些长长的花苞。大清早，母亲给她的蔬菜浇水，翻开那些像海带一样肥厚的叶子，找到一朵垂头丧气软塌塌的花，咦，这朵昨晚开过了。好像刚发现昨晚那里发生过一些不为人知的事情。

总会有那么几朵昙花像是被林姨妈施下了魔法，准时在月圆时分开放。我从没见过昙花开放的整个过程。往往只看到，昙花挣脱紫色的衣裳，昂起头，好像下定决心要出来跟我们一起望月。

它的嘴巴刚刚张开一个小口，我就呵欠连连。那些发誓要等昙花开的话，就像大人哄孩子入睡前的承诺。迷迷糊糊被父亲从天台上抱回床，第二天醒来记起，跑去看，那几朵昙花又整齐地扣好了紫衣裳，什么事都没发生似的，开花只是做了个梦，跟我一样刚醒过来。不过它们不再昂起头，泄了气般垂落在叶子下，远远看就像那里晾着我和弟弟的几双白袜子。

除了林姨妈，我们家没人看见过昙花开到尽头的样子。在我们小时候的那个年代，大家作息都还很"农民"，早睡早起。我们小孩子自然是抵挡不住瞌睡，父母那时候似乎也特别缺觉，绝对不会为一个月亮一朵花熬夜。但林姨妈对熬夜很不以为奇，好像在夜晚醒着是她练习出来的一个本领。她独自在天台守一整夜，等昙花开，又像是为了送走天上那轮圆月。南方的中秋夜，暑气仍盛，躺在席子上一夜到天明也不觉得凉。暗夜里，昙花与明月同色，因过于洁白亦有光一样的明亮。

"昨晚昙花怎么开的呀？"我们问林姨妈。

林姨妈表演给我们看。她将五个手指尖拢在一起，自己制造出某种节奏，一下，一下……直到将手掌张开到最大，每根手指仍保持微微的弯曲。"最大的时候，有我们吃饭的碗那么大。"

很多年以后，我在微信上看到有朋友发夜晚昙花开放的全过程视频。类似于孔雀开屏。在那洁白的花苞里，仿佛含着一股力量，先是挣开了紫红色的棱脊，接着冲破白色花瓣的重重包裹。绽放如同破裂。由于经过剪辑技术处理，五小时的花开过程，被压缩成一分多钟，但不觉得急速，倒使人安静地看到一种时光流淌的节奏。最终，视频定格在花开的极致处，果然"有我们吃饭的碗那么大"。

开过的昙花，林姨妈会将它们剪下，用毛线针在粗茎上穿个小孔，绳子一串，倒挂在晾衣竿上，跟那些她不时从北山上、河滩边、公园里摘来的凤尾王、一点红、车前草、蒲公英、百花草、鸡骨草之类的挂在一起。等到晒干晒透，这些她称为"看门药"的东西，就会被逐样分成几等份，包在一种黄色的牛皮纸里。"看门药"在我家以及每个姨妈家的阳台上都挂着。我结婚后搬到现在住的家，阳台上也同样有，只是，在我的那些牛皮纸面上，母亲生怕我不会分辨，让父亲用钢笔分别写上了：凤尾王2015。一点红2015。车前草2018。蒲公英2019……

这一类常见的野草晒干后变成了"看门药"，它们分别负责一些常见的病症：凤尾王负责小腹坠胀、车前草负责小便不畅、蒲公英负责白带异常、鸡骨草负责口苦口臭……事实上，这些仅仅是林姨妈的常见病症。久病成医，她总觉得大家——主要指女人，都会像她那样，在戴上那枚"戒指"之后，仿佛就携带了终生不愈的妇科病，从小腹到腰到双腿的整个下半身，连绵不绝的酸酸胀胀，描述不准是什么滋味，总之是那种可以忍着不去医院的症状。

记得有一次，我生完孩子回家休产假，林姨妈专门拿一包金婴子来，吩咐母亲用40度白酒加红枣枸杞浸泡。每天饮半两，专门保养被胎儿伤害过的子宫。初为人母，我仍沉浸在对婴儿奶香芬芳的甜蜜期，听到她用"伤害"二字，心里觉得印证了小时候对她母爱淡薄的判断。不过有一次，我突然感到小腹剧痛，母亲从阳台的篮子里扯了一把凤尾王，煮水，一大碗喝下去，症状竟很快消失。从此对林姨妈那些"看门药"有了些许迷信，虽然极少使用，还是会让它们挂在我家，看门。

我母亲认定，最终是那枚"戒指"要了林姨妈的命。对照自身，母亲甚至认为那"戒指"早已经腐烂在林姨妈的子宫里。五十二岁告别月经那年，母亲在父亲的陪同下，去医院将那枚戴了二十多年的"戒指"取下。本来以为是个门诊小手术，没想到，随着子宫的衰老、萎缩，"戒指"嵌入肉内，与子宫相连相生，需要用钳子将它一点点剥离。手术花两个多小时才结束。因为出血量大，母亲从门诊转到住院部，吊水消炎，前后三天才出院。母亲说，比任何一次生孩子都疼。她朝父亲乱发脾气，好像这"戒指"真的是父亲当年送给她的劣质礼物。父亲任由母亲骂，他向来严肃的脸上出现一种我几乎没怎么见过的坏笑。

经母亲这次经历的提醒，我那几个姨妈才忽然记起她们身体里的那枚"戒指"。日久年深，她们已经忘记了它的存在，如同自己忘记了自己年轻时的模样。徐姨妈退休后马不停蹄接连带大三个孙子，一直拖拉到六十多岁才有空闲想想自己的身体，多亏了一次剧烈不止的腹痛，检查出那枚戴了三十多年的"戒指"已经逃离她荒芜的子宫，跑进腹腔里试图继续寻求安居的沃土。幸而发现还不算晚，做了一个腹腔的大手术后，徐姨妈说话的中气少去一半。"好在几个孙子已经念书了，完成任务了。"提起自己的身体状况，徐姨妈总不免这么说明。

但林姨妈一直都记得的。她的一生被它硌得酸酸胀胀，下半身状况迭出，但却从未曾想过将它取出，她与它共存到生命的最后一刻，直至将它带进坟墓。她的去世离奇，听小坚说，突然连着几天吃不下东西，人就没了。后来，养老院里有个母亲认识的护工，小心翼翼在电话里跟母亲讲："你那个姐妹，刚走掉的那个林莉啊，一点不'突然'的。来这里之前就有子宫癌，不治疗，不让说。儿子也没来管。难受了，就让我们护工帮煲点草药喝喝。癌啊，喝草药能喝好的？"放下电话，母亲哭一阵，骂一阵。两个姨妈知道后，也是哭一阵，骂一阵。

我以为林姨妈害怕怀孕是为了保持身材，就像现在很多女明星那样。

"你别忘了，林姨妈怎么说都是女主角，跟你们不一样的，她会在意自己的形象。"跟母亲逛街买衣服，懊恼一条裤子的加大码断货时，我不止一次这样打击过她那如同怀胎六月的大肚腩。

母亲哈哈一笑，一副云淡风轻的样子。"草台班子的女主角，谁还记得谁演过谁，"那些几十年前坐在台下看到过她们的人，用母亲的话来说，"多半已经入土的入土，老懵懂的老懵懂了吧。"

林姨妈吃再多再好都不可能胖。"这个钻牛角尖的人，怎么会胖？"母亲接下去又要提到钟俊仁。

掐腰的红衣裳，翠绿色的裤子，喜儿的大辫子扎上了红头绳。林姨妈把钟俊仁看痴了。作为当时地委书记的贴身警卫员，常常得以坐在前排看戏，谢幕接见演员的时候，他也在场。他近水楼台，顺利获取了林姨妈的芳心。在人们眼里，他们两个的确般配。无论什么时候，母亲讲起钟俊仁，即使往往带着一种惋惜的语气，都不忘赞美他的英俊。退休在家，母亲跟我一起看港剧《原振侠》，见到黎明出场，她会指着屏幕说，钟俊仁就长得像他，脸型和鼻子特别像。我曾经狂热喜欢过黎明，无数次想过，不知道什么样的女人才能嫁给他。要是我有一个这样的林姨父，我跟林姨妈会不会亲密一些？不过也有可能会更疏远，至少她不会以经常到我们家玩为乐。

在情感道路上跌跌撞撞，我拖拉到三十四岁终于出嫁，婚事定下之前，母亲有一次拉我进房间，关上门，那架势像是要独授我一份沉甸的家传之物。"妹妹，结婚一定是要跟自己喜欢的人。"仿佛一句经典的台词，母亲存了好多年终于说出口。

林姨妈没能跟自己喜欢的人结婚，原因在她。人生中某件重要事情出了一个错，好像之后容易一错再错。而对于那个时代的女人而言，没有什么比嫁人更为重要的事情了。林姨妈跟钟俊仁的恋爱在那个小县城是很轰动的，又因为得到地委书记的认同而有了极大的正确性——这其实在很多人看来可以列为光荣了。没想到，1968年，我们这一片开始武斗，两派对垒，地委书记错站在了"422"一派，钟俊仁不可避免跟着倒霉。

在一个明月皎洁的夜晚，钟俊仁拿着一张地委书记签署的结婚介绍信，跑来征求林姨妈的意见。那个时候，传言已经四起，大趋势大家也看清楚了。地委书记命运未卜，他此前所有的政绩都将被推翻甚至被视为反面教材，他的派系队伍即将溃散，有他名字签署的文件将统统失效。而林姨妈和我母亲她们，也已经听说钟俊仁将被"流放"到山区农场护林。时年二十七岁的钟俊仁向林姨妈拿出那封信，但并没有提及自己的明日厄运。他不提，她也没问。两个人，坐在被黑夜笼罩的小河边，隔着这张未被捅破的窗户纸。黎明到来之际，希望跟月亮一起隐去，失望渐渐日出东方。年轻的林姨妈没能正确地做出决定。我猜，"正确"这两个字，是跟我说起这事的时候，母亲自己加上去的。

在这张结婚介绍信作废之前，像是部署某个战略，由地委书记牵线，钟俊仁迅速跟另一个女人结了婚。一个黄昏，县长途汽车站的黎司机给母亲她们几个带来了一包喜糖，托运人是来自二百多公里以外松村农林站的钟俊仁。

"妈，这不能怪林姨妈，他不说出来，难道打算骗她结婚？"

"从来就没有人怪她，是她自己怪自己。"母亲苦涩地笑笑。

在母亲仅存的几张老照片里，有一张林姨妈和母亲、徐姨妈三人的剧照。林姨妈坐在铺满稻草的木板上，母亲和徐姨妈则分别坐在她的左右，大概是因为寒冷，三个人身体紧紧挨着，目光望着同一个远方，脸上却是那种夸张的坚定。这是在狱中临刑前话别。再说几句话，母亲和徐姨妈就会被国民党拉出去枪毙，独剩林姨妈一人，等待乌豆那一幕经典的刑场救人。《杜鹃山》，林姨妈演视死如归的铁血队女党员贺湘。她们演过很多场类似于这种表达坚强意志的戏。演得多了，好像感觉自己真的连赴死都不害怕。我母亲告诉我，有一个晚上，她们到梅花村演出，因为第二天一早要开大会迎接最高指示，她们连夜走三十几里的山路回县城，半途掉队了，她们举着仅有的一盏煤油灯，路过一片磷火乱飞的山坟地，她们大声唱着歌走过去，一点都不感觉害怕。可是那次，她们商量了一整夜，拼命劝阻林姨妈，再也不能回到松村那种穷山旮旯里生活了。她们对那种穷及无望的生活更感到彻骨的害怕。她们对"新生活"满怀激情和希望，坚强的意志在"新生活"的召唤下变得风吹草动，即使用爱情这种美好的东西也难以固定。

谁说不是？爱情从来就是生活的一种。仅仅是其中一种。

母亲在舞台上只演过一次爱情戏。就是她当主角的《霓虹灯下的哨兵》。春妮的丈夫——三排排长陈喜，被上海南京路的"香风"腐化，一度丧失革命意志，幸而最终被英雄感化，回归正确的革命道路。有一幕：陈喜嫌弃糟糠之妻，将他们的定情物——一只针线包，扔得滚落舞台。那只针线包是林姨妈一针一线做出来的，被母亲像勋章一样留下来，纪念自己的这次主角身份。小时候我时常偷穿母亲的衣服，在一只大大的樟木箱里见到过它。红缎面上一只手绣的小鸟，展着灰色的小翅膀。

挂掉视频，不一会儿，我收到母亲微信传来的照片，不是原图——她总是忘记点下边那个小圈。但那张旧纸片上的字够大，够严肃，笔画不作潦草的勾连，好认：钟俊人邕县良宁镇自然资源所。我第一个反应竟然想笑。原来他的名字是这样的，几十年来，我一直很自然地认为是钟俊仁。要早知道是这样的"俊人"，估计每次听到我都会忍不住笑出来。我甚至怀疑，之所以隔着那么遥远的记忆，使得她们对他的俊美不减赞赏，多半是受这个名字的暗示。

为了腾出老房子给小坚二婚，林姨妈收拾好一些自己的东西，准备住到北山脚下的养老院。这张旧纸片就在这些东西里面。去养老院之前，她把它放到我母亲的手中。

"哪天我走了，想办法，告诉钟俊人。"这句话让我母亲伤心了好多天。她们在一起好了那么多年，互相帮忙的不过是些柴米油盐、芥豆之事，这张旧纸片就像一个即将奔赴"刑场"的人托下的愿望。母亲想起前半生她们一起演过的那些英勇故事，觉得这件事情非做不可。

我其实并不太抱希望，潜意识里还有些嫌麻烦。这不是一个电话打过去就能完成的。人海茫茫，大费周章去为一个已经离世的人完成一件事，其实仅仅只是为了告慰活着的人。何况是这样的一件事。这又算是一件什么事呢？

在电话里，我跟母亲兜来兜去，最后说出了我的心里话："妈，你算一下，五十三年了，五十三年间没任何联系的一个人，说不定他早就不在那个地方了。"其实我想说的意思是，说不定他早就不在了。但这话我不敢对一个跟他年龄相仿的人讲。

"我觉得不会。嗯，不一定会。她之前还去找过他。"母亲把声音压得很低，很轻。

我才忽然醒悟，这张旧纸片上的地址不是松村，不是那个把母亲她们吓怕的穷山旮旯。

"之前是什么时候？有电话号码吗？"我仍然希望一个电话能搞掂，或者加个微信搞掂。现在跟人联系，即使是一个陌生人，不须见面，在微信上也能说很多话，交代很多事。

"呃，只有这个地址。"母亲在心里算了一下，"林姨父去世那年，应该是2007年。"

我在心里迅速地算了一下。"妈呀，十五年前了，那还叫什么之前啊，妈，你这是什么时间概念呀……"十五年前，我的孩子才刚刚出生。

2007年，林姨妈偷偷跑去松村找钟俊人。谁也不知道她想干吗。她对母亲她们从没说过，直到她将那张纸片放到母亲手上。她也只是简单告诉母亲，她"之前去找过他"。那时，松村已经不存在了，合村并镇，钟俊人就在纸片上这个地址。现在，拉进度条一样，我从五十三年前前进到十四年前，要找到十四年前的钟俊人。即使时间"咻"一下缩短，我也觉得并不是件容易的事。

我默默在我的人际圈里搜索了一番，确定在邑市有联系的只有一个老同学，不过她的工作跟自然资源一点不沾边，她是个中学老师。硬着头皮电话打过去，简单把事情说了一下，装作好像为了找这个人我在很多地方已经说过很多遍似的。我认为她顶多只会帮我打几个电话，毕竟只是——这样的一件事。倒是反复回味刚才在那通电话里，我灵机一动，将钟俊人这个人定义为"我姨妈的前男友"。老同学还以为要找的是这个单位的在职人员，觉得难度不大，答应得也干脆。不过，当我接着说出他的年龄，她沉默了好一会儿，最后改口说，那我帮你问问，我尽力啊。

这事要不是身处其中，外人总归是会觉得过于戏剧性，能否做成，但也不是编剧说了算。

那通电话后，几天没消息。有一天傍晚，在社区做核酸，工作人员扫一扫我的健康码，一个机器里立即准确地念出了我的名字。我的心里亮了一下。

按照我提供的思路，那个老同学找到了她一个学生的家长，这个家长在邑县卫健委工作。果然，几天之后，万能的大数据让我们锁定了生于1941年的钟俊人。他属于良宁镇一个叫益民社区的网格管理范围。

我添加了一个微信名为"人在旅途"的人，头像是有山有湖的风景。此人是良宁镇平安养老院的院长。对于我和母亲来说，"人在旅途"现在是这个世界上离钟俊人最近的人了。在我的微信朋友圈里，居然有几个人不约而同叫"人在旅途"，有男有女。如果不是及时添加备注，我根本分辨不出谁是谁。他们平时不怎么发圈，一到周末，美景美食几欲刷屏，各种节假日会分享官方制作的贺卡。我猜，"人在旅途"也属于这类中年人。

加上不到一分钟，"人在旅途"发来一张照片。他老得不像一个刚跨入八十岁的人。要是按照我小时候那种奇怪的逻辑，这个人一定会被我列为"好痛"的那类。除了因为肉少而倔强挺直的鼻子，他脸上每一个地方都塌下来了。不过他花白的板寸头，让我确信他就是我要找的钟俊人。这一点跟母亲多年来对他的描述是吻合的。吸引我注意的是，在他长满老年斑的手上，竟然拿着一张报纸。从他的姿势上看来，拍照是为了使镜头更好地展示这张报纸。

这张照片不是特意为我拍的。每个月，"人在旅途"都会为那里边的老人拍这样的照片，然后上传到社区街道办的一个系统，照片被确认后，这些老人才能领到每月80元的养老补助金。因为疫情的缘故，本人没法前往街道办确认身份并领取80元，"人在旅途"每个月就多出了这么一桩任务。像道具一样，他们手上会拿着一张当天的报纸，上边的日期就是他们当月活着的证明。

"他只认得出少数人。脑萎缩啦。""人在旅途"用语音发给我。她果然懒得打字。

我将照片转给母亲。隔了很久，母亲才给我回电话。"怎么那么老了啊。好像真的是他，眼睛和鼻子都像钟俊人。"

又过了一阵。"人在旅途"发来一段视频。时长一分三十七秒。

跟我想象的不相上下，"人在旅途"的确是个中年妇女，肥胖。唯一称得上特征的是她的穿着——一件紧身的橙色毛衣，一条黑白竖条纹的阔腿裤。她一出现便夺走了我的注意力。

她凑近椅子上的老人，嗓门很大，说出了我写给她的那段话。

"你还记得林莉吗？"她跟我说过，钟俊人是那里边唯一一个讲普通话的老人。好在，她的普通话讲得还行。

在养老院做久了，"人在旅途"很能把握跟老人说话的节奏。她停顿了一下，看看他的反应。

"嗯，是的，住在梧市的那个林莉。"我不清楚她是怎么接收到他表达过"是的"的意思。我一点都看不出他有任何反应。

"林莉有个亲戚，让我告诉你，林莉回家了，时间是2021年9月16日，傍晚六点左右。"在我写给她的那段话里，在"酉时"的后边，我用括号注明"傍晚六点左右"。看到她这么讲，我竟生起一丝得意，仿佛相比整件事，我更期盼这个地方的出现，更为自己的用心感到满意。

"人在旅途"又停了下来。这次停得比上一次久一点。

"你听懂了吗？林莉过世了。林莉过世了，听懂了吗？"

说完，她指了指我这边，让他看过来。他的眼睛就看向我了。我突然感到有些慌乱，好像他真的能看见我。好在，他那双深凹下去的眼睛，一如往常只能看见他所身处的熟悉的周遭，那些将伴随他到达人生终点的时间地点和人物。他脸上的迷茫没有一丝改变。想到这个，我顿时释然。

视频结束了。那么短，短到我都很难在它底部的进度条进行拖曳。一拖就到了开始，或者到了结束。它并非像人们回忆中的时间，自成节奏，有的会被无限压缩，有的会被尽力拉长。

（原载《钟山》2023 年第 1 期）

黄咏梅，一级作家，供职于浙江财经大学人文与传播学院。历获第七届鲁迅文学奖、汪曾祺文学奖、第十八届百花文学奖等。入选全国文化名家"四个一批"人才，被浙江省人民政府授予"浙江省有突出贡献中青年专家"称号。

九三年

◎ 肖江虹

一九九三年，四川内江来的建筑队开进了我们无双中学。

那个寒风凛冽的黄昏，父亲站在学校大门口，眼睛不停地往马路尽头眺望，不时抬起手看看他那块掉了秒针的上海牌手表，喃喃自语：根据客车的速度和路况，应该差不多到了呀！

一直等到天黑，客车才带着怒气将一群外乡人吐在学校大门口。三十来人，全都灰头土脸，一人肩上扛着一只鼓鼓囊囊的蛇皮袋。笑逐颜开的父亲赶忙上去握住一个年轻人的手使劲摇，说：辛苦了辛苦了。年轻人戴副眼镜，眼镜右边的架子骨折过，用黑色的棉线实施了包扎。灰尘没能掩住他脸上的羞涩，他慢慢把手抽离，指了指后面一个又矮又黑的中年人对父亲说：他才是工头。父亲愣了一下，看看面前的年轻人，又看看他身后的矮黑工头，扬了扬手说：到了就好，终于可以开干了！

父亲叫许觉民，我们初二（3）班的语文教师，无双中学校长，上任半年来，一直在为学校新建教学楼四处奔走。

他弯着腰觍着脸跑了半年，教学楼建设项目总算获批。父亲说了，要不是县教育局基建科科长是他同班同学，腿跑断了都未必有结果。去见科长那天，父亲把母亲养了三年的两只老母鸡和厨房里最后一块腊肉一并装进蛇皮口袋带走了。

拿着审批文件，父亲表示建筑队一定要请四川的，他说四川人除了勤快，还专业。

建筑队的临时住所安排在学校食堂，和我们学校教职工宿舍仅一墙之隔。我站在食堂门口，看着这群人默默打着地铺，我惊异于他们随身携带的那只蛇皮袋，仿佛一个聚宝盆，不停吐出来形形色色的物什：铺盖卷、饭盆、卫生纸、瓦刀、麻绳、灰铲……

最后我注意到了他，那个戴着断腿眼镜的人。他一共从包里掏出来几样东西：铺盖卷、一个包子、两套换洗衣服和几本书。

包子他吃掉了，铺盖卷和衣物后来被父亲烧了，那几本书被父亲放到了自己的书架上，我还记得书名：《罪与罚》《几何原理》《我的世界观》《清宫十三朝演义》。我最喜欢那本演义，一直到高中都在看，成为我此后很多年聊天吹牛的重要素材库。

新教学楼建在老教学楼的后面，那里原先是个知青点，石头建筑，知青们淌眼抹泪离开后就被推平了。这块地慢慢荒草丛生，几个潦倒的代课老师却看准了这块福地，刨开荒草种了些白菜、萝卜，去自己地里扯两棵白菜都得偷偷摸摸的，就怕其他老师看见后笑话自己。

四川人就是四川人，半个月不到，教学楼的地基就夯实了。父亲站在地基上，呼呼的北风吹着他瘦削的身子，他拿起钢钎四处乱戳，戳到空洞处就对着工头破口大骂：不马上给老子把空洞处补上，你们休想拿走一分钱。工头点头哈腰连声说好，父亲绿着脸抓起钢钎继续四下乱戳，像极了营养不良的恶毒小地主。

在父亲面前，矮黑的工头是弱者；在工头的面前，其他工人是弱者；在其他工人面前，眼镜是唯一的弱者。通过半个月的观察，我注意到，这个眼镜其实啥都不会干，是典型的混在工人阶级里的寄生虫。他抹不了灰，修不了石，拉不了线，砌不了砖。他唯一能干的就是挑灰浆，一担灰浆在他肩上摇摇欲坠。他的瘦弱比父亲更甚：父亲瘦而矮，底盘低，风要撩起来得抄底；他瘦而高，肩膀以上基本都在风中，所以他的大部分精力都用在如何抵御北风上了。一担灰浆从挑起到落下短短一百米距离，他能给你走出西天取经的九死一生来。工地上大部分时间是沉默的，但凡有声音响起，那一定是工人们在诅咒这个戴断腿眼镜的四川老乡。

"卢开智，你是爬过来呢吗？"

"眼镜儿，整快点嚷！你是蹲在那里吃灰浆吗？"

"挑灰浆的，麻利点嘛！属王八的吗？"

接下来，就是卢开智不停的应答声：要得要得，马上马上，快了快了——

这个在工地上地位和地基一样低的断腿眼镜，连在娱乐场所都不能翻身。工人们晚上唯一的娱乐活动就是看电视，电视在我家客厅，凯歌牌，黑白的，为了让电视的颜色更加五彩斑斓，父亲在电视屏幕上加了红黄蓝三色卡片。屋子被塞得满满当当，卢开智基本都在靠门的最后一排，脖子不伸长，连包青天和展大侠都分不清楚。

这个时候，我都在里屋做作业，一般先做语文，这是我擅长的学科，翻烂了"飞雪连天射白鹿，笑书神侠倚碧鸳"后，我就成了语文老师眼里的香饽饽。我最怕的是数学，特别是几何，一个扁平的图案，硬是要求你看出三维来，鼓着眼足足瞪了二十分钟，还是扁平的。不得已，只能推开门对坐电视机前排的父亲说，爸，这道数学题我不会。父亲还沉浸在刚刚刀铡驸马爷的兴奋中，对我挥挥手说，再想想，独立思考是最大的美德。我走过去把作业递给父亲，指着那道题说，都美德一小时了，还是不会。父亲拿过作业看了半天，摇着头说，我也不会。

场面尴尬，屋里的氛围瞬间就僵了，四川内江工程建筑队几十双眼睛齐刷刷盯着父亲，所有人的表情都是希望能得到一个合理的解释：你不是人民教师吗？还是校长，你连道初二的数学题都不会？父亲四下环顾，读出了一众人眼神里的恶毒，然后一字一顿地说：看哪样看？老子是教语文的。

突然门边一个声音响起：要不我看看？

父亲迟疑了一下，把手里的纸片递了过去，纸片几经辗转，最后到了那只细长粗糙皱皮发白的手中。

卢开智把眼睛凑到纸面看了好半天，一声不吭，父亲走过去一把从他手里抄过纸片，手指隔空对我一戳，说，去问你的数学老师，他一个挑灰浆的懂个？

卢开智抬了抬鼻梁上的断腿眼镜，仰头看着父亲，轻声说，一共五种解法，我是看哪种解法更适合他。

面对摆在面前的五种解法，我仿佛看到了数学这门学科的不怀好意和诡诈异常，也陷入了如何选择的艰难处境。卢开智应该是看出了我的心思，食指按住其中一种解法，说，这个吧！这是最简单的，也符合你现在的知识结构。我摇了摇头，选了最难的那一种，没其他意思，我就是想让我的数学老师看看，如今，我身后站着的可是风清扬。

那天数学课上，我的数学老师盯着我的作业沉思了八分钟二十五秒，其间共抬起头看了我四次，最后他说，你回去问问教你做题的人，这样简单的一道初中二年级数学题，有必要用到微积分吗？

教学楼一楼完成主体，无双镇下雪了，悄无声息下了一夜，第二天，天地间都是耀眼的白。恰逢周末，静寂的校园里看不见一个人，几只麻雀在雪地上起起落落，那些平日里刺眼的脏乱和坑洼，都被贴心地一一掩盖。

我捏着父亲给我的十块钱，小心翼翼寻找着出去的路，雪很厚，得靠路两边凸出的荆棘判断它的曲折和走向。脚下在试探，心头却在盘算：一盒花溪牌香烟三块五，一瓶酱油一块三，一袋洗衣粉一块二，三块五加一块三再加一块二等于六块，还余四块——这就是我的跑腿钱，父亲让我出门买东西时就谈好的，天寒地冻，我挣的也是血汗钱。

转过蓄水池，我看见肥嘟嘟的操场上立着一架枯瘦的躯体，他正沿着篮球架慢慢挪动着脚步，远远看见我，他朝我笑笑，笑容里掺杂着白色的雾气，笑意也变得若隐若现。我朝他点点头，他扶了扶眼镜，嘴里喷出的雾气更粗壮了：恁个早就出门啊？出去买点东西，我答。今天歇工，雪太大了，大家都还在睡瞌睡哩！他又说。那你跑出来干啥？我问他。他紧了紧身上又皱又薄的西装，拢起手放在嘴边哈了一口气说，雪天多难得啊？不赶紧看看很快就化了。

从镇上回来，雪地上已经看不见他，雪停了，不过风还在，贴着地面跑，吹得雪沫子四下乱飞。我嘬了一口嘴里的棒棒糖，又看了看手里的另一根棒棒糖，环顾空寂的四野，心里有些失落。走到高处，我回身又看了一眼肥实的操场，居然发现了一朵玫瑰花，对，就是那人用脚走出来的一朵玫瑰花，正在呼啸的风中绽放。

我到家推开门，惊讶地发现断腿眼镜居然坐在我家破了洞的沙发上，手里还端着一杯热腾腾的茉莉花茶，他的脸色还泛着青紫，脚上的解放鞋在水泥地上洇出两摊水迹。

他朝我笑了笑，说，找许校长借本书看。

父亲端着茶杯从里屋走出来，递给他一本书。

父亲坐下来，说，《爱弥儿》，我喜欢"直观教育"这个理念，你认真读一读，对你以后教育孩子肯定有好处。

断腿眼镜放下茶杯，两腿并拢，盯着父亲小声说，我不太赞成他认为《鲁滨孙漂流记》是进行儿童教育最理想的教材这个观点。通过这本书是能认识自然，接近自然，但说到底还是丛林法则，接近和认识的唯一目的还是为了生存。当然，如果卢梭写作《爱弥儿》的时间晚一百年，我相信他会推荐《瓦尔登湖》。

父亲僵住了，愣了一阵，伸手一把从卢开智手里扯过那本书，说，看过早说嘛，我再去给你找一本。趁父亲找书之际，我把手里的那根棒棒糖递给了他。他把糖接过去，朝父亲站立的方向偷瞄了一眼。

那天父亲进进出出拿出来多少本书我不记得了，唯一印象深刻的是卢开智最后拿走了一本黑皮药典，叫《贵州草药》，里面有手绘的草药图。

教学楼主体完工，学校请建筑队吃饭，场面铺得很大，父亲专门让人买回来一头猪。猪肉当然得搭配本地苞谷酒，一块钱一斤，纯粮食酿造，度数高，不上头。才下去两碗，工头就向工人们打招呼：明天要干活，都不要喝了。正在兴头上的工人们面面相觑，咬牙瞪眼看着工头。这时一个声音在食堂西边的角落响起：难得一顿，要尽兴嘛！工头转身一看，那头卢开智满脸通红，工头手指隔空一戳，说：干活懒散，吃饭大碗，你还有脸说？马上放下碗给老子滚回去。卢开智酒碗往桌上一掼，脖子一直，说：你是资本家吗？资本家都比你好。工头眼一横，撩起衣袖就准备冲过去，父亲一把拉住了他，慢条斯理地说：他说得对，要尽兴嘛！工头努力挤出一线笑，两手一摊，说：许校长，你的活路，你说了算。

那晚父亲喝了不少，拉着同样步履跟跄的卢开智到家里，他们俩先是坐在我家破了洞的沙发上骂工头，父亲又红着眼描绘无双中学未来十年的远景规划，他们还花了一个多小时聊周树人，意见大都不合，几乎是在争吵中结束了这个话题。

卢开智打了个哈欠，站起来，我家沙发发出了"唧"的一声长叹。他说：该回去睡觉了，明天贴外墙砖，还要挑灰浆呢！父亲喊住他，从里屋拿出了一副围棋，吹了吹棋盘上的灰尘，说：来一盘？卢开智一看到棋盘，眼睛直勾勾盯着父亲问：校长还会这个？父亲怅然一叹：无双镇地窄人稀，我十年未逢敌手。

父亲执黑先行，落下一子说：就一盘，不影响你明天挑灰浆。

卢开智盯着棋盘摇了摇头说：有棋下，管他妈啥子卵灰浆哟！

父亲哈哈大笑，说：还是第一次听你娃开黄腔呢！

卢开智缩缩脖子，其声如蚊：酒壮尻人胆嘛！

确实不影响挑灰浆，棋局半小时就结束了。无双镇的独孤求败和四川内江建筑工程队的灰浆工人卢开智酒后对弈，行棋未到中盘便投子认负。胜者摇摇晃晃离开后，父亲盯着棋盘足足看了一个小时，还自言自语：为啥子输得这样快哟！

从大门口挪到电视机前排，卢开智花了一个月时间，坐在第一排的灰浆工人显然还不太适应，看一集《包青天》要调整五六次坐姿，总觉得如何摆放都不合适。只要我一打开里屋的门，他就一下绷直身子，满脸期待地问：哪道题不会？

他做题时不看我，也不问我，低着头自顾演算，一算就写满好几张草稿纸，很多字母和公式我都不认得，我们数学老师也不认得，做完了他也不问我会不会，用笔勾出一个最简单的答案给我后就回到电视机旁。

那天电视里播的是《包青天》的最后一集，外面展昭带着王朝马汉正和奸臣决战，叮当乱响的兵器撞得人耳膜发麻。卢开智正低头给我演算一道几何题，其间他抬起头嘿嘿一笑，说：恁个久，总算遇到一道拐了弯的题目了。

我歪着脑壳看着他，他突然抬起头问：有啥理想不得？

我说：当无双镇镇长。

他说：就这个？

我说：出门有吉普车，顿顿有酒喝，安逸得很。

他想了想，说：读书呢？有啥想法不得？

我说：想考个电力学校，出来分在供电局，当电老虎，工资比镇长还高。

他说：其实你还可以有更高远点的想法。

我说：那我就上高中，考最好的大学。

我问他：你晓得最好的大学是哪所不？

他说：是不是最好不敢说，但是我觉得校园里应该有湖，湖边还得有松，古松，古画里头才能见到的那种。

我说：具体点嘛！

他笑了笑，说：走之前一定告诉你。

教学楼眼看竣工在即，不料还是被突如其来的事情延缓了进度。

这段时间无双镇发生了两件事，一大一小。

先说小事：镇西头的一个郎姓个体户打了镇文化站的干事，原因不得而知，反正打得挺狠，全家齐上阵，文化干事的肋骨断了好几根，文化干事走路一直都挺拔，经此一劫，撒泡尿都得猫着腰。

再说大事：派出所所长把配枪搞丢了，要命的是弹匣里填满了子弹。

丢枪的原因众说纷纭，比较可靠的说法是派出所所长去镇上酒馆喝酒，回家路上醉倒在马路边，迷迷糊糊中有人把枪给拿走了。县刑侦队下来调查，详细盘问了所长丢枪的过程。所长揉着浮肿的双眼很肯定地表示，虽然当时迷迷糊糊，但他可以确定拿走配枪的绝对不是本地人，无双镇谁脸上有颗痦子他都一清二楚。

理所当然，外来建筑队成了重点调查对象。

盘问地点在初一（3）班教室。

我躲在窗户下面偷听了他们对卢开智的讯问，也只听了对他的讯问，其他人我才懒得管。

两个民警先问了姓名、年龄、性别、籍贯、民族，然后进入正题。

民警：六月九号晚上七点到十点你在哪里？

卢开智：在床上看书。

民警：看书？

卢开智：《我的世界观》。

民警：没问你世界观，问你在干哪样？

卢开智：我说我看的书名字叫《我的世界观》。

民警：哪个可以证明？

卢开智：狗屁！

民警一声怒喝：你说哪样？

卢开智：哎哟！对不起对不起，我是说翻译水平。

民警：问你哪个可以证明你在看书？

卢开智：嗯！我都盯着书了，具体点不出名字。

盘问时间不长，两个民警估计很难把眼前这个风大都能带走的人跟一把冰冷的制式杀伤性武器联系起来。

最后喊来派出所所长，前前后后上上下下左左右右打量了一番卢开智后，摇着头说：拿我枪的日绝户没戴眼镜，狗日的是个络腮胡。

接下来，镇上唯一的络腮胡被警察带走了，他是镇上的铁匠。传言很快就在镇上传开，说枪是铁匠拿的，熔掉后做成了锅碗瓢盆。

六月的无双镇空气里弥漫着黏稠的沮丧，唯一值得高兴的就是无双中学教学楼最终顺利竣工了。教育局基建科科长带着人仔细检查了一通，微笑着对父亲说这是他见过的质量最好的教学楼。父亲笑逐颜开，又把母亲刚刚养了半年的一只母鸡杀了招待科长，科长抹着油嘴对父亲说：楼再好也只是硬件，老许啊！软件得跟上，升学率冲进全县前三，才对得起这栋楼。

六月末的阳光照在新落成的教学大楼上。教学楼三层高，外墙有雪白的瓷砖，反射着白刺刺的光芒，气势力压镇政府办公楼。父亲站在大楼前，对建筑队一拨人表达了感谢，他两手叉腰，看样子是想说些豪言壮语，突然教导主任跑来对他说县教育局来电话，要他马上去县城开个紧急会。

父亲点点头。

教导主任脸上有了难色，说：你接下来有两节初二（3）班的语文课，我查了一下，所有语文老师都在课上，这个咋整？

父亲指着卢开智说：你去给我代两节课吧！

卢开智往后退了两步，慌忙摇手。

父亲说：正好上到《狂人日记》，就按你的想法上。

教导主任表达了他的担忧，说这厮毕竟不在编制内。

父亲指着自己的鼻尖说，首先我是校长；又指着卢开智说，他能不能上我心里有数。

满头水泥灰、双脚泥汤水的建筑队灰浆工人走进教室的一瞬间，当即惊起一滩鸥鹭。倒不是同学们以貌取人，关键是建筑工人介绍自己时都显得脸色惨白、惊魂未定。

他介绍周树人时才镇定下来，两手撑在讲桌上，先讲了大先生和弟弟以及弟媳的公案。

八卦总能让人聚精会神。

接下来，他在黑板上写下《狂人日记》的标题。灰浆工人没有立即进入课文内容，他先说了一个古怪的名字：尼古拉·亚历山大罗维奇·杜勃罗留波夫（这个名字当时我是没法记住的，很多年后查阅资料才搞清楚全名）。灰浆工人说这个名字很长的人有个观点，文学必须强调真实性和人民性，人民性表现得最充分的地方，也就是生活的真实性最充分的地方。灰浆工人说要反映人民的思想、感情、意志和愿望，就必须抛弃偏见，努力走进他们的精神世界，这里的他们，就是你们无双镇上的每一个人，也包括在座的你们。体验你们的生活和感情，只有平视，也只能平视，才能表达出你们真正的情感，而这种表达如果带有哪怕一丁点认知上的优越感，都是不真实的。

消化这段话，我花了整整十五年的时间。

那堂课具体讲了什么我只能记个大概，但是短短四十分钟，我们初二（3）班的所有人见证了一个灰浆工如何从结结巴巴到自信满满。讲到最后，卢开智把满是尘灰的头发往脑后一捋，大声说：最后送你们一句话，不要相信眼睛和耳朵，要相信脑髓，脑髓才是人最后的篱笆。

从县城回来，父亲让母亲准备了几个菜，打算把建筑队几个管事的叫到家里喝一顿酒。给工头表达了这个意思后，父亲随口说，把他也叫上吧！

工头问：哪个？

父亲：眼镜噻！

工头愣了一下说：肩不能挑，手不能抬，喊他搓？

父亲依旧坚持，工头只能点点头，临了还小声嘀咕：没得他，活路怕早干完了。

父亲点点头，说：干活路他确实不行。

包工头手一摊，说：都跟我们干了三年了，还是这个样，早晓得是这个样子，三年前狗日的找到工地上来的时候我就不该要他。

晚饭还没上桌，卢开智先来了。他身上还是那件窄瘦的西装，还洗了头，一股子洗衣粉味儿。进门他就探头探脑问父亲：你家儿呢？我在里屋应了声，他轻轻推开门走进来，拍了拍我的肩膀说，活路干完了，明后天就得走了，以后作业只能靠自己了。

他从西装口袋里掏出一张纸，展开递给我。我接过来，纸上画了一座拱门，清式皇家风格，门上悬着一块匾，匾上无字。

送给你的，他说。

还没来得及细问，父亲在外喊他上桌。他笑着又拍了拍我的肩膀，便转了出去。

那天是父亲这些年来最快乐的一天，从头到尾都在笑。他们一直喝到深夜，几人才跌跌撞撞离开了我家。

父亲站在月光如银的星空下，一直目送着他们走进临时宿舍。

现在我时常会想起父亲，他的颓伤，他的感奋，他的激越，他的哑默，这些都算常见，也能具体到很多不同的场域；唯独他的惊惶，我只见过一次，因为次数极少，所以想起父亲，总是从那天他的惊惶开始。

酒局次日是个周末，天气很好，我睁开眼就看见了太阳，它卡在我家窗棂上，散着淡淡的柔光，不晃眼，也不灼人。我翻了一个身，想睡个回笼觉，刚闭上眼，父亲咣当一声推开大门，冲进屋子朝着母亲大声喊：拐了拐了，天，咋个会这样嘛？他的声音短而急，充满了惊惶和无助。

还没等母亲发问，父亲嘶哑着说：卢开智死了，狗日的卢开智死了。

卢开智躺在无双镇镇西松林里的湖泊边，那件又短又窄的西装盖在他的脸上，一条黑色的血线沿着湖岸一直向远处延伸，风一过，密集的古松发出呜呜的声响。县里下来的法医用解剖刀剖开了他的胸膛，将他的心肝脾肺掏出来挨个检查了一遍。法医把内脏塞回去缝合好，站起来对几名警察说：典型的贯穿伤，子弹从左胸射入，半扇肺叶碎裂。法医又举起沾着黑血和泥土的弹头，说：近距离射杀，人没有立即死去，试图爬出森林求救，终因伤势过重死在了这里。

法医朝林子深处看了一眼，说：短短一百多米，他起码爬了三到四个小时。

后来听说经过弹道检测，那颗子弹正是从派出所所长搞丢的那把54式手枪里射出来的。

那把枪此后再也没有出现过。

父亲顶着灼热的阳光从林子里慢慢走出来，他的脸上除了汗水，还涂满了哀伤。这时候工头走过来对父亲说：许校长，我们在贵阳三桥还有活路，明天一早就得到位，你看这事情咋个整？父亲说：你先通知他的家人吧！工头摇摇头，说：要晓得我早通知了，三年了，我们也没搞清楚他具体是从哪儿来的，只晓得是四川的。总得把他埋了吧？父亲说。工头怔了怔，从兜里掏出一沓钱递给父亲，说：恐怕只能麻烦你了，我们实在没法子，这是他的工资，一共两千一百六十四块八，几个老乡合计了下，给凑了一千块钱，一起交给你，买口薄皮棺材开个路，或者挖个坑扔进去盖个土，你看着办。

父亲把一千块钱还给工头，说：我们这里物价低，他的工资够埋他了。

无双镇的黄昏很短，眨巴一下眼睛就没了，不过血红的残云却一直都在，月亮起来了，血红的残云还悬在天边。

初二（1）班的教室变成了灵堂，很多老师反对这样做，说教室是教书育人的地方，这样敲锣打鼓成何体统。父亲没有争辩，最后还是教导主任站出来力排众议，说：校长都说了，只需要一个晚上，做完了收拾成原样就行了嘛！

道士先生是从邻镇找来的，他跟父亲说：开个路也行，但需要个孝子送行。

父亲两手一摊，指着躺在教室中间的人说：哪点来的都不晓得，哪来的孝子嘛！

父亲说完转头看着我。

父亲干咳一声对我说：他教你做过题，名义上也算老师了，一日为师，终身为父，你就给他戴回孝吧！

我和父亲蹲在教室外面烧纸，他正了正我头上的孝布，说：去给他磕个头吧！明天一早就要抬出去埋了。

我们慢慢折进教室，道士先生在对着经书念经，我站在道士身后，发现他一直在偷工减料，念错字就算了，还夹着页翻。站了好一会儿，我拍了拍道士的肩膀，指了指门板上躺着的卢开智对他说：他识字的。道士一怔，看看我又看看门板上的人，小声嘀咕：难怪戴副眼镜。然后他正了正身，把经书翻到了第一页从头开始念。

我双膝一软，跪了下去，水泥地有些凉，凉意从双膝处上下蔓延。我抬起头，看见了那张脸，有些胡茬，眼镜片磨损得很严重，脸色乌黑，嘴唇都是黑的，还有那件西装，实在太小了，完全裹不住他的身体。我确定他是死了，那些公式，那些符号，那些将父亲按在黑白世界里使劲摩擦的奇思妙想，那些藏在他脑子里的秘密，跟着他一起死去了。

此刻我只希望能把他埋掉，越快越好。

父亲花了一百二十八块钱和一条过滤嘴香烟，请镇上的风水先生找个下葬地。风水先生很敬业，带着父亲一直从清晨跑进黄昏。余晖中，道士先生抹掉额头上细密的汗珠对父亲说：两个地方，一个在山那头，状如蛇鳝，弯曲而长，体势柔顺，前有笔架砚台，后有扶椅倚身，典型文曲地，后世定能金榜题名，科举高中；另一处就在我们脚下，也算好地，但普通了许多，后世最多也就衣能暖其身，食可果其腹。

父亲想了想，叹口气说：就这里吧！

下葬那天，镇上铁匠赶来蹲在新坟前烧了一沓纸钱，他说要不是这一枪，他恐怕还在看守所呢！头七那天，父亲带着我给他坟前送去了火种，把他的铺盖和几件换洗衣服烧掉，父亲还给他烧了一套新买的西装。父亲说：根据他的身板，估计还是买大了。沉默一阵，父亲又说：大了总比小了好。

从那天开始，无双镇连续下了两个月的雨。我依旧在里屋做作业，父亲还在客厅看电视，包青天走了，许仙和白娘子在西湖开始了人蛇恋，刺耳的喧闹没了，只有父亲连绵起伏的鼾声。我照例有很多不会做的数学题，数学老师每次看到我的答案都会长舒一口气。

只是我的父亲，从此变得沉默了。

父亲一直都不明白，那个夜晚，来自四川的灰浆工为啥会出现在镇西松林的湖泊边上。

补记：

新冠肺炎肆虐的第二年，我接到了父亲的电话，说当年卢开智下葬的地方要修高速公路，涉及迁坟，镇政府打听到卢开智是父亲当年负责埋葬的，要他去处理迁坟的相关事宜。电话里父亲表示他身体实在不好，让我回去处理这件事。我当时正开着车穿过北京的街头，摁掉电话，我花了很长时间才想起那张戴着断腿眼镜的面孔，他站在那个冬日的雪地里，远远看着我笑。

车经过海淀区时，我看到了当年卢开智画中的那座拱门，清式皇家风格，正门上悬着一块匾，匾上有四个字。

（原载《天涯》2023年第1期）

肖江虹，2007年开始文学创作，在《当代》《收获》《十月》《人民文学》等刊物发表各类文学作品三百余万字。曾获鲁迅文学奖、十月文学奖、人民文学奖、《小说选刊》年度奖等。

外面下雨了吗

◎ 蔡　东

　　他站在太阳地里，身后投下的，是熊猫的影子。

　　宋芹瞧见他站在外面，就飞快地取了桌布，铺好最后这张台，悄悄跟出来。

　　春末夏初，天空蓝得漫不经心，是一层薄薄透透不那么用力的蓝色，没有重量感，也没有藏住的隐衷和心事。云彩丝丝缕缕地，被风引着，白烟般上升，越来越淡，直至消逝于无形。阳光穿过清透的空气，跳荡着落下，照得到处一片晶亮。她深吸一口气，几步走过去，拽一下熊猫前掌，提醒他，我来了。他晃晃头作为回应，自然看不见他的表情，眼前依旧是一张毛乎乎的圆脸，脸上两个八字形眼圈拢着小小的树脂眼球，她冲这双下垂眼微微一笑，接着想到，不对，他是从熊猫嘴那里视物。她下移视线，目光落在透明嘴巴上，隔着一层塑料往里看，模模糊糊也看不真切。

　　中午带几个客人入座，她注意到黄衣骑手送了一盒蛋糕至前台，前台服务员转手放进冷柜。她忍不住在心底合计，是周五吧，晚上八成有生日宴。立马向四周张望，寻找他的身影。他仍独自待在角落，身体斜倚窗户，手臂交抱胸前，熊猫头放在脚边。

　　那算个秘密吗？她也说不清楚。饭点儿的时候，餐馆里热热

120

闹闹多少双眼睛，他俩的秘密是在明处的，从未刻意隐藏，坦荡发生于每次生日歌结束之际。只是人来人往的，竟无人真正在意，倒成了专属于俩人的秘密了。

过了午高峰，餐馆里活儿少，人偶就被派出去招揽生意。几个月来，人行道花砖地面投下过长耳兔、皮卡丘、尖头黄鸭梨的影子。宋芹看得出，现在他最喜欢这套新款熊猫了，头身分体好穿脱，里头空间大，还藏了个小风扇。

她陪他站在树荫里。一个漫长的午后，懒懒地停靠在黄葛树巨伞般展开的树冠上。长长的街道安静下来，行道树的枝叶间传出清晰的鸟鸣声。有的鸟鸣声，短促清亮，珠子一颗颗滚落在地，还有的，是悠扬地带着颤音，一缕轻烟缓缓飘向天空。

下来，我要下来！一个小男孩双臂前伸，似要跃出母亲的怀抱。年轻妈妈一脸怒容，怀里抱着体型偏胖又不肯自己走路的孩子。她蹲下来卸掉怀中孩子，孩子转身扑向熊猫，小手来回抚摸熊猫厚密的腹毛。嬉戏好一会儿，小孩才面露厌倦之意，妈妈试着问，咱俩比赛走路好吗？小孩眨眨眼，突地迈开步子往前走。另一位妈妈没那么幸运，熊猫刚一走近，孩子就快吓哭了，妈妈捂住孩子眼睛，侧身快走几步离开。又来了几个穿校服的小学生，停下来跟熊猫握手，宋芹打起精神，防着他们拍打熊猫头或揪绒球般的短尾巴，还好几个人嘻嘻哈哈拍完照就走了。更多的行人步履匆忙，对身着劣质服装的人偶不感兴趣，低头疾步走过。

嘴角弯月般向两边翘，让人偶永远保持住笑容，黑色圆点表示鼻子之所在，写意式的，潦草了些，半圆小耳朵不知何时陷进白茸毛里，几乎看不见了，她抬手把耳朵往上拉出来，这样，人偶神情里就少些茫然。一阵风吹过，树枝摇动，摇得一地金色的光斑。她看一眼手机，都快两点了，哪还有人吃饭，就用肩膀蹭蹭他，说进去歇着吧。

几个月前，他还是一只长耳兔时，她来餐馆应聘，当天就领了工服。那会儿快到年底了，餐馆几个小年轻跳槽到对面KTV，穿酒红色衬衫配马甲，看夜场，端果盘收空瓶子。人的耐受力往往会在某些时间节点忽然崩毁，把心一横，换个新鲜地方熬也好。再说了，KTV员工服装洋气又精神，不像这家炒菜馆子，用的是黄棕色立领盘扣工作服。

宋芹不在意老气的立领盘扣，她庆幸又在深圳找到一张床。饭店提供服装，还提供民房里的一个床位。睁开眼就看到床边挂着的工作服，心里踏实，不必发愁穿什么。第一天上班，领班训话，说别玩手机，手脚利索点，这里可不养闲人。领班身着挺括的深蓝色套裙，头发在脑后挨脖颈的地方挽成一个髻，看上去严厉而干练。

大厅里，根据桌子的摆放划出来一个个相对集中的区域。餐馆工作嘛，谁都不希望自己地盘大，老鸟只看四五张台，她是新手，一个人看六张。新手要多干点，新手还是万金油和阿司匹林，哪里临时有活也喊她顶上。领班环视四围掌控全场，来自同事的监督往往更为严密，百忙中责备地瞪她一眼，你居然在闲着，接着下巴一扬：那边，快去。

那天，她应付完一个对靠窗卡座有执念的客人，刚松口气，瞅见一位客人紧拧眉头招手，她提着心走过去，客人努努嘴，说：

"多重的烟味，就没人管吗？"她暗自叫苦，旁边那桌也是她的台。抽烟的人穿暗纹香云纱上衣，标配的念珠和扳指，哪敢惹呀。她应承着，并未上前制止，磨磨蹭蹭给另一桌撤餐盘，心里盼着在必须干预前，他已迅速过完烟瘾。

扳指客人又点上一支，烟雾像追着她一样飘过来。她硬着头皮走过去，弯下腰，小声说："先生您好，不好意思，咱餐厅不能吸烟。"客人呷口茶，深吸一口烟，眼神变得迷离，跟灵魂出窍了一样。她知道，他听见了。她横着心站在一边，还没想好怎么继续劝阻，客人就恼了，立起眼睛来，大声斥责，知道自己是谁吗，瞎嚷嚷什么。喧闹的餐厅出现短暂寂静，随即声浪又起。她窘在那里，脸上烧得热烘烘，不用照镜子就知道，耳朵也变红了。

有人从她身边急匆匆走过，是领班，她听见领班的喊声，集合啦。她趁机转身离开，见店员们围着一桌客人，站成一个半圆，有拿灯牌的，有拿荧光棒的，还有一只长耳兔，在拱手作揖。领班忽一眼扫见她呆站在那里，喊道，你，过来呀。她走近，见客人正准备切蛋糕，还不知道要干啥，歌声已响起。

一人高举灯牌，一人挥舞荧光棒，其他人拍手齐唱祝福歌，长耳兔随节奏摇晃身体。宋芹有些放不开，跟着小声唱，惊诧于生日歌竟如此漫长，歌曲段落复沓，终于挨到最后一句，掌声过后，戴纸皇冠的人双手往空气中一推，示意他们离开。

临时的庆生小团队假笑着散去，她步子有些僵。事情就是在这时发生的。

她赶着回自己地盘，正走着，没承想，肩膀上突地多了点重量，还有一种早已陌生的感觉，是触碰带来的温热感。皮肤神经末梢激动地向中枢传送信息，心脏跳动的那一拍被拉得长长的，世界也跟着摇晃一下。

停住脚，扭头看，见肩膀上搭着一只毛茸茸的兔爪。兔爪轻搭在肩头，似向她求助，又像是，给她安慰。来不及分辨，也不知作何回应，眼眶却不自觉地一热。转头向前，放慢步子，以搭在肩头的兔爪为连接，为他引路，引着身后的他，一径走到角落。角落里，兔子拽着耳朵往上一提，兔子头离开了兔子身体。人偶服中间，站着瘦小的人，这个人是长耳兔真正的脊柱，支撑起软塌塌的服装。她冲他点点头，小跑着离开，跑过一小片寂静，回到大厅，那里的声音和热气，多像一大锅正在滚沸的浑汤。

此后的日子，她也没工夫跟他多聊几句，停下来喘口气时，习惯性地四下瞅瞅，看他在忙啥。有时他躲在一棵橡皮树后，有时被儿童缠住不得脱身，有时在接受店长指导，店长嫌他不积极，说多互动，萌一点，给客人击掌、送飞吻，来，胳膊往前伸，这是求抱抱。

一晃到了四月，大半个春天过去了。她陪着他，站在一个悠长的午后里。四下寂然，看不见一只鸟，只听见阵阵鸣啭声。偶有几片落叶，浮在空中，晃悠半天，徐徐落地。南方多的是常绿阔叶树，树叶不会一夜间被冷风扯下，常常在春天，老叶子绿得那样深，像是累了，就悄然掉落，连和树的分离都是安静的。快两点了，她用肩膀蹭蹭他，说进去歇着吧。她帮他摘下头套，挺沉的，比想象中坠手，他揉揉脖子，抹一把脸上的汗，说："我找个机会问老板，能给换个充气的吗？"

傍晚时分，熊猫又要出去招揽顾客。她忙着带位，间或透过窗户向外看一眼，见他歪着头，一只爪子叉腰，另一只爪子举高在耳边晃动。天色久久不暗，黄昏拖曳得越来越长，蜂蜜色落日在街道尽头的大树后平静地停留，某些时刻，隐身的群鸟像突然接到神秘讯息，一起从树枝深处弹出，向着远处的落日飞去。

周五晚上，空气中涌动起快活的气息，迫切需要一场聚会的人们冲出各类小隔间，导航地图上的线路，一根根变红了，从淡红到绛红，从车河潺湲到几乎不再流淌。直到食客星散于商圈食肆，梗塞的道路才空落下来。宋芹已适应了工作节奏，一开始上客，便嗅到危险的气味，山雨欲来，大战前夕，身边人个个神情凝重而动作飞快，准备迎接一个俯冲过来的繁忙夜晚。

铺桌布，摆放茶杯碗碟，迎客人入座，点单，上菜，续水，换骨碟，满足千奇百怪的要求。问询太过熟练，跟背出来的一样，有忌口吗？酒水需要吗？甜品一起上吗？客人食毕离开，立即收拾碗盘，盘子在最下面，大碗套小碗，摞得颤巍巍，放在比人还宽的托盘上一趟运走，撤桌布，喷洒去污剂，抹布大力来回抹，一个月就有了肌肉记忆，想慢都慢不下来，动作利落，没有任何犹疑和磨叽。哪怕无人监视催逼，也是自动往前赶的，快一点，再快一点。

天黑透了，六张台坐满客人。他们是宋芹今晚的命运。儿童餐具呢？来包纸巾！青菜催一下，没做就退掉！A1桌小朋友坐在加高餐椅上，手指紧攥勺子，捣树脂碗里的所有食物。A2桌随儿女出来吃饭的老人看起来很紧张，隔一会儿就摸摸裤兜。A4桌客人把壶盖放桌上了，要赶紧添水。A6桌男客人高声谈论股票，一旁妻子模样的人不停翻白眼。人们在家里总一言不发地吃饭，低头咀嚼各自想心事，到了外头却如此吵嚷。哪里突然爆发出一阵恣意笑声，接着，整个餐厅的声浪就跟着一用劲，蹿升到更高的地方。

她看顾自己的地盘，不忘观察东头窗下那桌，是那桌客人把蛋糕存在冷柜里。咦，有位客人骨碟里堆满虾头，她寻思着要不要上去换碟子，换碟子亦看运气，周到服务和愚蠢打扰仅隔一线，有时候人家配合，帮着挪碗筷，有时候人家嫌厌，抬手冷冰冰挡开。脑子里两股势力正拉锯，A2桌最后一道菜到了，她端上去，说菜齐了。一转头，见蛋糕已不在冷柜。往东头张望，客人正招呼服务员撤空盘放蛋糕，不等领班示意，她已大步走过去。

这桌人的视线，落在穿紫色裙子的姑娘身上，过生日的是她。庆生小团队就位，金色蜡烛摇曳起小火苗，歌声像从远处传过来渐次清晰，回环的曲调递进出越来越浓烈的情绪，宋芹屏着气，知道自己也离那一刻越来越近。一曲终了，姑娘探身吹口气，熄灭蜡烛，众人继续鼓掌，姑娘十指交叉相握，闭目许了愿，说好了好了，谢谢，你们撤吧。

很多客人往这边瞧，面对突然聚集过来的目光，她并不感到紧张，没人真正注视她，也没人关心她是谁。是时候了，迈开脚步，暗自哼着哆咪咪，到第三个音节时，她肩膀找到一只毛绒包裹的手。这隔着衣物的触摸，依然令她全身一抖。这触摸有形状、温度和重量，可细细体味，还有，她感觉到，身后熊猫在找到肩膀的一瞬，呼出一口长气，绷紧的肢体松快下来，像偷偷告诉她，他心里有底了。

脚突然打滑，整个人向后仰倒。回过神来，发现自己靠在软乎乎的胸膛上，一双手支住她的腰窝。她脸一红，站直身子，见地上一摊枯叶般的茶水，刚想抱怨，谁洒的水，也不拖下地。身后传来闷闷的声音，他在跟她说话，是下雨了吗？

　　他们似有着共同的样貌。在多数人要上班的时间徜徉于超市，牙齿洁白，衣着休闲，体脂率偏低，上了点年纪，喜欢买黑标火腿和羽衣甘蓝沙拉。眼前这位女顾客亦如此，符合目标消费者画像的各项特征，连皮肤和气色都带着些经典的意味。宋芹把东西放进可降解购物袋，目送顾客缓步离开，与其从容步态比照，才意识到自己刚才一连串动作有多慌张，呼吸也急促，像刚从水里浮出来一样喘息。超市为拓宽自助收银通道，又撤掉一个人工收银台。一上午连拆带运，动静不小，既像鞭策，又似威吓。眼看着收银台被拆掉，她心里说不上什么滋味，手头动作却不知不觉变快了。

　　她能留下来，是因年轻了几岁。隔壁的吕姐速度慢，周末客多时柜位总排队，加上这两周接连好几次对账都短了现金，只能自己补，吕姐抹眼泪，虽最终补了，到底耽误了主管的时间。有一回少了将近五十块，吕姐又点一遍，确实对不齐，人恍惚了一下，接着，夹住腿身子低下去，起了个哭腔，主管脸一沉，她无奈收住，闹也没意思。回宿舍路上，宋芹安慰她，说我在一家小超市待过，刚开始不会认假币，也是自己赔钱，一天白干。

　　一早，两个人挤在小休息间里说说话，算作告别。吕姐个人物品不多，一边把水杯和药品扔进布兜，一边说，老乡答应帮忙，找个轻松点的活。宋芹说，到时我跟你过去。吕姐说，净想好事，哪这么容易呀。其实她也只是随口一说。吕姐有腱鞘炎，脚踝经常肿着，小腿肚上蜿蜒着树根般的深紫色静脉，都是工作落下的毛病。她身体各部件磨损尚轻，还能站几年。毕竟，用吕姐的话说，这里的顾客气质好，不爱吵架，结账也不要求抹零。这里是大型综合体配备的负一楼超市，东西谈不上性价比，自然也不会有抢便宜鸡蛋的老头老太。

正结账的顾客突然想起来什么，我有会员卡的。意思是，怎么没找我要。其实他也忘了报手机号，只是这类事默认为收银的责任。散架的柜台堆放一边，刚来了两个工人往外运。她用眼角余光看着柜台被拖走，一分神，忘了询问。慌忙道歉，态度诚恳，心里告求各路神仙，盼着这位不在乎那点积分，退货重新扫可就麻烦了。还好，客人只随口一说，并不坚持。

长舒一口气，转过头来，看到下一位顾客，是她。

忘了从何时起，宋芹默默唤她为柠檬姑娘。购物篮递过来，跟往常一样，里头是熟食盒饭和一罐柠檬茶。也许是小危机化解后心情放松，也许是早就想跟她说句话了，宋芹拿起扫描枪扫条码，说，今天换口味了。柠檬姑娘常买黑椒牛柳意面，今天篮子里是葱油鸡便当。姑娘一愣，没接话，茫然地看她一眼，目光马上移开。她心一凉，低头掩饰尴尬，还是冒失了，这么多天来，以为这姑娘已认识她，至少对她有印象。

为了聚人气，熟食部在午餐和晚餐时段售卖盒饭。附近写字楼上班的人，吃够了公司旁的外卖，趁午休时间三三两两过来买。精品超市不以客流取胜，又非街坊集市，熟客有限。工作时，她跟表情平和的富人打交道，像两个世界出现短暂的交会和连接，随即又彻底断开。从来看不清他们的真正长相，只感觉到，那是散发着相似气息的一类人。柠檬姑娘不属于那群体，她相貌娟秀，总独自一人前来，买份快餐就走，自助结账或赶巧在她柜台，几个月下来，宋芹心里已把她当成熟人。姑娘戴半框眼镜，留普通直发，额头清爽没有抿成心形放左边或右边的刘海儿，喜好低饱和度颜色的衣服，一黑一棕两双乐福鞋轮着穿。附近一圈汇聚着投行和互联网大厂，里头多的是海归和名牌大学毕业生。脚下有学历垫着的人，跟她也没多少交集，并未期待什么，只是看到年轻又熟悉的面孔，便觉得亲切。

是你。姑娘表示记得她。多半是虚言，也让她好受些。她轻轻点头，帮姑娘把盒饭饮料装好，示意下一位顾客上前。

晌午时分，店里冷清下来，偶有几个顾客在里头闲逛，忽一下人影闪过，很快又隐没在货架后。吕姐走后，白班就剩下她和徐岁兰了，一人守着一张台。网购单居多，零星的客人用自助机结账，有个同事是专门看自助的，名义上帮顾客的手，其实是怕漏扫东西。

午后的负一层超市，堆积着上万件商品，从清晨站到现在，一身倦意抖落不及，终于神情犹豫地滑向一场梦境，裹带着人和物向更幽暗的地方沉下去。她站于其中，像站在一头巨兽的腹腔里。这工作教会她，维持基本的站立需要调动全身的肌肉群，小腿，大腿，臀部，腰背，腰一塌，肚子就腆出去，很快便累了。午后的困乏一波波涌过来，时间越走越慢，身体渐渐变重，她不得不倚住柜台，调整姿势。目前支撑身体重量的是右脚，过一会儿，换成左脚。就这样轮流倒换双脚，先休息身体的一半，再休息身体的另一半。她像个魔术师，把肉身切成了两半。徐岁兰未掌握切割大法，她借助一长柄簸箕，双手环住手柄，下巴也靠上去，相当于多一条腿来撑住身躯。

柠檬姑娘三天两头地来超市买快餐，有时宋芹的目光会把她唤过来，有时会把她推向另一个柜台。宋芹视之为熟人，不知姑娘会不会误以为里头有什么越界的情谊，这样一闪念，登时觉得没趣，想着不如避忌的好。

这天，姑娘刚走进来，宋芹就瞥见她了，她剪过头发，整个人看上去焕然一新。宋芹埋下头扫条码，嘀嘀声响过，忽地觉得有些不对劲，周围安静了下来，是突然的沉寂肃然，所有的声息消失，显得扫描的声音格外响亮。她抬起头，发现大家的目光聚集在姑娘身上，没人关心新发型，视线交会在她的右手上。

她手里握着一把伞，伞面已收起，水珠正顺着伞帽滴落。隔壁柜台没顾客，徐岁兰贸然问道，下雨了吗？外面下雨了吗？

她有些惊愕，看着灯光下神色惘然的人们，点了点头。负责自助柜台的小冯紧张起来，她是相对机动人员，等顾客带进来更多的雨水，主管与外面通了声息，今天就必然多了活，要候在入口给雨伞套防水袋。

柠檬姑娘带着伞，带着雨的讯息，消失在超市深处。过了片刻，姑娘拿着盒饭走出来，宋芹冲她笑，她踌躇了一下，还是走过来。姑娘主动打招呼，说："入夏了，雨说来就来，你出去时带把伞。"她点点头，问："雨大吗？"姑娘抚着天蓝色雨伞，说："刚开始下。"

姑娘走后，她留心觑看进出的顾客，以此揣测雨的模样。有的人一直逛商场，浑然不知外面天光如何，是晴是雨，有的人手执长伞如挽宝剑，伞面尚有雨珠滚动，衣袖是微湿的，还有的，衣服紧贴身上，头发打着绺儿，看样子淋得不轻。

　　结束这个白班，走到外头，一整天已过去。时近傍晚，雨已经停了，整个城市还在往下滴着水。她站在暮色里，站在一场雨的遗迹里。不知这场雨，是雍容的还是慌张的，是千万条雨线还是无数颗珠子，几时落下又何时收止，天是一下子黑下来的，还是在雨幕中缓缓变暗。雨后空气清冽，街面上一片银亮，行人踮着脚走过积水处，路边的植物一身洁净，散发出草木清气。公交站旁的那棵树，圆形树冠绿着一大半，剩下一小半泛着黄，在傍晚最后的光亮里，她认出来，有的叶子去年就在，有的叶子今年新长的，雨水一洗，生绿生绿的。

　　夏天随雨水越走越近了。

　　雨季里，邻居徐岁兰受不了久站，加上收银工资低，便转去促销岗。辗转于不同的商品区，察言观色，伺机而动，逮着面相温和的顾客讲述一块牛排、一支红酒、一瓶面霜的故事，月光、草场、海洋等词语反复出现在她动情的讲述里。她看守这个世界，又跟这个世界没什么关系。宋芹知道，其实徐岁兰什么都不信，谁也种不了她的草，怀疑是她的铠甲，也是兵器。

　　宋芹再没找到机会跟柠檬姑娘说句话。姑娘依然出现，总是径直走向自助机，买过单就走，步子有些快。她也说不清道不明，她俩算旧相识吗？无论如何，是有过一场雨的交情吧。她一次次对着她的后背，心思慢慢淡下来，本无交好的基础，也不必熟识，或许有了情谊反是负担。

日子一天天流过，她不嫌枯燥，倒为这保持了一段时间的安稳和确定暗自窃喜。这天，中午小高峰过后，顾客一直不多，她四下看看，注意到有个小伙子在临期进口食品区逡巡良久，纠结半天，挑选出几样。小伙子来到柜台，她边扫码边问，需要袋子吗？小伙子摆摆手，把东西往胸前一抱就离开了。

这时，柠檬姑娘的身影从烘焙区后面闪出来。乍一相见，她心底升起微小的期待，目光不知不觉迎上去。姑娘垂着头走过，用自助机结账。她暗自失落，刻意转头对着超市，不去看姑娘的背影。很快又来了顾客，手里擎着快餐套装。她接过来扫码，等顾客付完款，把盒饭递回去。

忽地，她眼睛睁大，身体跟着一僵。她折返到方才那一刻，盯住突然显豁出来的标签，确认自己的猜测。盒饭中午一点半以后打折，例汤还可附送。回想起来才发现，最近这段日子，姑娘是比以前来得晚了。她深深叹口气，不知柠檬姑娘的午餐，还会配黄罐柠檬茶吗？扭过头去，向超市出口看去，姑娘早就不见了。

整整一个九月，柠檬姑娘杳无消息。她经常一愣神，四下张看，却再也没有了她的踪影。

又一个午后，她倚住柜台打盹儿，上半身时不时朝前一栽。这会儿，不知有多少杯咖啡被放进外卖箱，在箍着防烫圈的纸杯里摇晃一路，递进一个个工位，用于刺激神经，改善情绪，提振再战一个下午的信心。她不喝咖啡，十元内平价奶茶也戒了，哪敢惯自己养成这些成瘾的习惯。为抵挡困意，她会允许自己想一想柠檬姑娘，允许自己牵挂一些从未真正认识的人。连从未真正认识的人都想过一遍，就任凭神魂出窍，漫游那个无限大、无限深幽，售卖物质也售卖良好感觉的梦幻之所。

所有商品如珠宝一般，得到精美陈列，无声地宣示，它们是好东西。保鲜柜里，新鲜非冷冻的和牛布满大理石状的纹路，一根根修长的蟹腿剖开来，隆起雪白的蟹肉。一个水果区就可齐集四季收纳世界，LED面板灯洒下均匀光线，再加一排暖色调筒灯照耀，果皮的色彩更为明艳。车厘子果柄是鲜绿的，果肉暗红多汁。蓝莓挂一层厚厚白霜，白霜下的蓝透着金属质感。你能在一棵芒果上发现四种颜色，霞光从果蒂处缓缓晕开，玫瑰红向着鹅黄过渡，弯弯的尾部一抹青绿，是山水秀色。还有一颗颗巨大的水蜜桃，桃尖那里一滴深红，由深到浅，往上化开了。

最后停驻在白雾缭绕的冷风柜前。有专人摆放收拾，生鲜蔬菜永远秩序井然。分割成三角形的奶酪，切面上露出蓝纹，蔬菜们包装精致主打有机，亮亮的塑料纸裹住几片叶子，看上去甚为矜贵。加湿装置奋力工作，细密的水雾向外喷涌，在这富丽丰裕的地下城里，渐渐地，弥漫成一片云烟。

六目相对时，她心头一颤。不知对方心情如何，看那飞奔逃走的仓皇模样，它心头的颤抖，应该比她剧烈。它是一只瞪着四个眼睛的蜘蛛。在这里住了半个月，还见过一些小怪物，或一面之缘，或数面之交。有的从门窗缝隙跑去外面，有的仍留在房间，东躲西藏地跟她一起生活。

餐馆倒闭已是三年前，一年前超市精简人手，她竞争不过小领导的远房亲戚，走人了，之后做过几份杂工，皆不长久。一丁点积蓄，经不起日子一天天地往外掏。心里空落落的，抬头看见大团的云朵正疾步离开市区，往海上走去，主意就此定下来。

换乘三条地铁线，在地表之下蜿蜒画出一个"乙"字，又搭一段电单车，总算到了，这里是城市接近消失的地方。昨晚在电话里问租价，便宜是便宜，便宜得叫人心凉。虽做了准备，真正看见了，心还是猛地往下一沉。楼梯房里，一个被几面斜墙逼成多边形的空间，像住宅设计失误，多出来一块奇诡而尴尬的空间，又浪费不得，装上一扇门就出租了。走进去，从一扇小窗里向外望，望见的是另一扇窗户。

架不住便宜，且再差也是能关起门来的单房，就它吧。几年间，换工作便要搬家，开始还大包小包，到后面，随身的物件散失零落，不过是四季衣服加上被真空袋压得扁扁的被子枕头，略一拾掇，就把自己和生活搬进了另一个地方。

夜里躺在床上，越想尽快入睡，越睡不着。到底是新环境，加上工作没着落，心事连绵往上涌，脑子里碎片成堆，这里一闪那里一亮。好不容易切掉走马的画面，声音又多起来。先一阵连续的咳嗽声，像楼上传来的。楼板薄，连喉咙里的轰鸣声都听得真切，咳嗽最后的那一下格外猛烈，她胸口跟着一疼。接着是风，在楼栋间灵巧穿行，渐渐跑远了，跑到后面山上去了。

这又是什么声音，她翻个身，脸冲着墙壁。滴答，滴答，清脆的滴水声，黑暗中辟出一条小道，通向耳蜗。她耐住性子等待，等待它停下来。声音像一道越来越细的尾迹，逐渐消失在空气中，黑暗重新完整。滴答声复又响起时，她身体动了动。这声音像从墙体里传出，她迷迷糊糊地抬起手，敲墙壁两下，又睡过去。

稠厚的夜色渐渐稀薄，天一点点亮起来。

隔壁住着对情侣，看起来像刚毕业的大学生。男孩显然活在自己的世界里，总一副恍恍浮想的表情，女孩亲和些，首次相见出于礼貌，说以后我们是室友了，叫我辛迪就行。她说，我叫宋芹。此后宋芹和辛迪少有机会遇上，大约摸清了彼此习性，尽量不在公共区域碰面，偶尔见到也只是点点头。

入住半个月，她探明了新生活之地。依山就势展开的村落里，本地人的楼房连成片，并无闹市的雄心和韬略，建到七八层就算了，市面远不如中心区兴旺，前街后巷散布着非连锁的小店铺，生活倒便利。只一件怪事，叫人心里略不安定。深夜时分，时常有声音响起，脆脆的，一点儿不闷。她疑心有人在敲击中空的墙壁，又猜测是不是管道漏水，想着改天问问辛迪，能听见这声音吗。细看内墙，上面鼓起一块墙皮，墙面漫延着陈年水渍的印痕，那印痕像个歪斜的小拱门。

这天，她是被闹钟叫醒的，坐起来定神一想，心情难免黯然。念想的是相对固定的工作，陆续见过几份工，传菜员、美甲师、服装导购，迟迟等不来回音，只好答应去附近杂货店做小时工。她刚想往外走，不知哪里爆发出一声嗥叫，嗥叫声分辨不出性别且似跨越了物种，不像人的声音。随后什么东西被掼到地下，像有玻璃碴儿四处飞溅。

小屋的门半开，她出也不是，进也不是。很快隔壁的门摔在墙上，客厅传来钝响，像重物砸到地上。她探头往外看，看一眼，缩回来。情侣扭打在一处，摔跤运动员般在地上滚，辛迪未落下风。虚掩上门，外面传来断断续续的闷哼声。

坐在床沿上等，不知过了多久，客厅没动静了，房间隐约传来又哭又笑的说话声。她轻手轻脚出门，到楼下仍在思量，是应该上前拉开，还是佯作不知，不知怎样他俩会好受些。

临时工作是前一天晚上才知道明天有没有工开。杂货店周二上货，她因此获得数小时的工作机会。提前到了店里，老板介绍，跟她搭档的人叫老于，老于也提前到，到得更早。老于一头短发，看上去利落，站姿讲究，像有一口气吊着，笑起来声音连续不断，水波似的一圈赶着一圈往外荡。人来齐了，老于寒暄后就开始埋头干活，抬起放下，不吝惜力气，码放归类，动作很麻利，只是，她蹲下又站起时，膝盖里传出嘎吱嘎吱的响声，像有扇旧门在里头随风晃荡。宋芹听见，忍不住瞅她一眼，她身体里再有响动，就对着货架自言自语，说些"这个重，放下边"之类的话。

中午，两人来到旁边小面馆，随便对付一下午饭。呼噜呼噜吃完，不知哪里塞子一拔，老于漏掉胸中那口气，长长地伸个懒腰，瘫进塑料椅子里。她穿着显年轻的浅粉收腰上衣，连手边布包也是秀丽的藕荷色，宋芹注意到，布包里放着折叠成小方块的老花镜。她问宋芹之前做什么的，宋芹说，十个指头数不完。她摇摇头，说，别发愁，你年轻，等到大量用人时就吃香了。

两人坐在小店前伸的雨篷下，都想歇歇，就不再言语。对面是一棵老榕树，披着袍子般站在那里，气度庄重，宽大树冠在空中摊开，一棵树竟舒展出一片树林的感觉，看那密密垂下来的气根，这树真有些年月了。宋芹半闭起眼睛休息，耳边突地掠过一阵风声，眼前也跟着一暗。她仰起头来，见一只褐色大鸟正往山上飞，翅膀平铺，羽毛边缘像手指一样张开。老于循着她的视线看去，说："叫得出名字吗？是黑耳鸢，本地人给我讲的。"

午后，她俩回到店里，忙完所有活，看看表，才不过下午三点。两人走进大树浓荫，准备回各自的巢穴。宋芹住的那栋楼在路口，很快到了，她冲老于挥挥手，见老于转进一条巷子。她上了楼，钥匙插进锁眼，往右一旋，心就开始打鼓，不知道辛迪和男友怎么样了。门开了，客厅有人，正是辛迪，手里抱着个玻璃罐。她怕辛迪难为情，打算头一低侧身过去，没想到辛迪主动打招呼，说刚把鸭蛋腌上，是绿皮蛋，放个把月就流油起沙。她趁机抬起眼，见女孩面色如常，就安心了些，嘴上应着，肯定好吃。

　　常常在大半夜，墙壁那边传来哭声和争吵声。也许是太年轻气性大，两人一处做伴却争拗不断。夜晚的哭声总显得凄凉，四面全是异乡的陌生人，哭声又透着毫无防备，听得人心里难受。

　　先是男孩不见了，兴许他早就走了，只是她刚发现。很快辛迪也搬走了。

　　室友走了，人声寥落，滴水声间或响起。等待新工作的日子，有的是闲工夫，四处游荡却只会让她生出堕落之感，索性待在房间，转个身，看到一面墙，再转个身，还是一面墙。滴答，滴答，声音响起时，她就放下手机，屏住呼吸，寻找这声音的源头。是拱门后在滴水，是时间流过去的响声，又或者，是一种幻听。她用耳朵贴住墙壁，想象有一道隐秘的小河正缓缓流经墙体。

　　跟往常一样，点份肠粉充作晚餐，刚吃完，微信叮咚一声，是老于的语音，还在洞里闷着呀，出来散步，不然年纪轻轻就脂肪肝了。她回一句，哪来的什么洞。接着环视房间，眉头皱起来，是该下去转转了。

两人沿一条石子路往前走，群山迎过来，楼房和灯光越退越远。高压线从山顶上走过，赶往另一座山。草木莽莽，密实地覆盖住山体，坡面上几乎找不到一条伸向天空的路。她们就在山脚下闲逛，一丛丛灌木蔓延进前方的夜色，细看上去，墨绿叶子上竟布满豹子般的斑点花纹，还时不时见到，昆虫崭新地蜕走后，留在地上的松脆外壳。肩并肩走着，老于温热的胳膊一会儿贴过来，一会儿缩回去，忽近忽远的，这让宋芹忆起些旧事。老于说，好天气不多了，高温一阵子，还要来台风。她点点头，说南方的夏天真长啊。往回走的时候，她看见月亮升上去，山低了一些，黑耳鸢飞过山脊，飞过月亮旁的一朵浮云，山又低了一些。

　　接下来，一连串酷热天气扑袭，热得人更不愿意出门。下去倒垃圾时，她走得急，有些眩晕，就扶住近旁的一棵树站稳。眼前的马路、房屋、树木在热浪中微微颤动，好像随时会离开地面，在空气中悬浮起来。

　　周二又是上货日。她早早来到杂货店，竟不见老于，心里咯噔一声。赶紧问老板，老板说，老于不知哪儿谋事去了，今天货不多，一人干得完。

　　她打开冷柜门，将饮料酸奶一排排归放，心里记挂老于，盼望她一切顺利，又舍不得她就此离开。这些日子，两个人没少一起散步，天热穿起裙子，她才察觉到老于一条腿粗一条腿细，想到此节，心里又一酸。心神乱，手脚却不慢，很快清空数个纸箱和塑料筐，货都归位了。看看外面，阳光还没露头。这些天，气温一路往上走，响晴的日子过后，天闷热起来，低气压盘旋不去，仿佛就压在楼顶和树梢上。空气、家具、棉质衣服吸饱水分，整个世界静悄悄地膨胀，变得越来越重。

随便吃点东西，回到小屋，四面墙壁紧挨过来，往哪里一坐，都一片濡湿，像坐进了水里。墙面鼓起的墙皮已脱落，歪斜的拱门好像变大了。她摸摸墙壁，似乎轻轻叩击一下，拱门就开了。

站在窄小平台往下看，只见楼梯盘旋，深入地下。踏上台阶，螺旋着往下走，拐过几个弯，便到了阶梯的尽头。尽头处高高的野草拥着两扇木门，正揣度咒语是什么，门自动分开了。心跳得很快，不敢往里看，怕看见幽深骇人的地洞。沉一会儿，才缓缓睁开眼睛，眼前出现的是平坦地面，向四周延伸，不见边沿。试探着，先一只脚踩上去，脚底传来坚实感，另一只脚就跟了过去。这时，巨大水声从上方传来，透明的穹顶上，一场大雨正从子虚乌有之地浩荡而来。

小窗户敞着，雨的气味先于雨的声音到来，这气味混合天地间诸般气息，丰富，强烈，令人想起童年，又恍如身处森林和原野。数天前，覆盖上千公里的庞大云系从西太平洋动身，旋转着接近大陆，率先抵达的云团在近海盘旋，蓄满水汽，沉重地抖动，终于，大颗的水滴不堪在空气中飘浮，一阵风过去，一滴撺着一滴落下来。她走到小窗旁，看到另一扇水汽迷蒙的小窗，看到雨从建筑的缝隙间飞快穿过。

雨水溅进来，她忽地一激灵，像忆起了什么。不敢相信似的，凝神继续想，待回过神儿来，恍然有些明白了。她离开小屋，沿楼梯向上跑，跑到楼顶天台，抱着头疾行，随便找个遮挡，往前方看去。来自于西太平洋的雨，从天上飞奔而下，被大地稳稳接住了。人间是新的，河流又一次被创造，近处树木涌出更浓郁的绿，绵延的远山雨雾浮动，大片青碧褪成淡淡的墨色。她像第一次遇见雨一样，惊叹眼前的景象，雨铺展得无边无际，如此辽阔广大，她抬起手伸进雨幕中，雨落在掌心，凉凉的，一股真实的凉意带来身体的轻微战栗，紧接着，眼睛就湿润了。

（原载《十月》2023年第4期）

蔡东，小说家，出版《月光下》《来访者》《星辰书》《普通生活》等小说集。获鲁迅文学奖、郁达夫小说奖、百花文学奖、十月文学奖等。现居深圳。

日出日落

◎ 朱山坡

一

外祖母带着我沿着一条废弃的旧铁轨来到了石羊镇。

这里看上去很破败，充满沮丧和颓废的气息，从空气就可以闻出来。一条乌黑的河穿过镇区，两岸有一些低矮而杂乱的房子，其中一些是被丢弃的旧厂房，屋顶千疮百孔，墙面残破，机械拆掉后留下的痕迹依稀可见。镇上的人不是很多，反正，在街道上行走的人寥寥可数。我的到来，首先引起了一个高个子的注意。

我从铁桥那头走过来，在桥中央跟他相遇了。

这座桥是连接两岸的唯一通道。桥的护栏锈迹斑斑，桥面铺的是水泥，有的地方破了洞，像是桥的眼睛。桥底下是湍急的河水，还有露出水面的泛白的乱石。河床两边，那些杂树和草藤乱哄哄地蔓延开去，它们的叶子营养过剩，长得异常茂盛，散发着一股公牛发情般的气味。

高个子拦住了我的去路："小陌生人，你从哪儿来？"

我回头看外祖母。一路上，她都是我的发言人。我可不敢随便跟陌生人说话。外祖母在我身后大约有三十米的距离。她步履蹒跚，走得很慢，走几步便要停下来歇一阵，一副很不情愿回家的样子。担心她走着走着便睡着了，我得经常回头唤她，尽管她未必能听得到。

外祖母没有抬头看我，因此我并没有贸然回答高个子的问题。

高个子说："那你知道我要去哪里吗？"

我摇了摇头。

"我要去西山看日落。"高个子兴致勃勃地说，仿佛是要做一件十分重要的事情，而且要让所有的人知道。

我抬头发现太阳不在头顶上了。他指着前面远处的山。那座山横向着，跟河流的方向是并列的，绵延起伏，看上去不是很高，但很陡峭，而且草木丛生，看不到路，要爬上去应该不容易。太阳往山那边移动，但速度比外祖母走路还慢，也是一副不情愿的样子。

高个子腰间挂一只军绿色水壶，手里抓着一根细长的竹竿。除了高而且瘦，头颅偏小，嘴巴偏阔之外，我看不出他有什么与众不同的地方。他说话的时候很和气，也一本正经，并不把我当一个小孩子，而是像对待朋友一样亲近。我觉得他是一个心地善良的人。

我朝他笑了笑，然后准备跟他别过。但他并不焦急赶路，仿佛要将多余的时间在我的身上耗完。

"你要不要跟我一起去看日落？"他问我，"对我来说，两个人看跟一个人看没有什么区别。"

我摇摇头。

"明早，你要不要跟我一起去东山看日出？"他朝相反的方向指了指。

原来东面也有一座差不多同样高的山，跟西面的山遥遥相望，而且走向都一样。

我还是摇了摇头。

"看来你跟他们一样，也没有什么特别。"高个子说。

他可能对我有些失望，叹息一声，离我而去，很快便跟外祖母碰面了。他没有停下来跟她交谈，只是擦肩而过，我甚至不能断定他跟外祖母是否打了招呼或点头示意过。

外祖母的家在金沙巷的巷头，靠近主街道，豆腐铺的旁边。周边还有裁缝铺、打铁铺、理发铺和麻将馆，但傍晚时节冷冷清清的。因为有舅舅和舅母在家，外祖母家的院子充满了生活气息。房子和围墙明显重新修缮过，看上去十分牢固。家里的东西摆放得井井有条，干干净净的。舅舅矮小、秃顶，因为缺了一颗门牙，说话漏风，让人听起来费劲。舅母偏胖，皮肤白净，看上去比舅舅年轻很多。引人注意的是她的鬈发，发黄，刚好及肩。

小镇并不小，在矿业兴旺的那些年，这里曾经辉煌一时。外祖母说，那些年，四面八方的人涌进来，镇上车水马龙，灯红酒绿，像大都市。舅母就是那时候嫁到了这里。而我母亲也是那时候被一个从外省来的工程师拐走的。母亲是石羊镇最漂亮的"小绵羊"，离开的时候已经怀上了我。外祖母可能不放心自己的女儿，一直追随着我的母亲生活。半年前，父亲去了非洲探矿，并传来一些真假莫辨的绯闻，母亲六神无主，几天前也匆忙赶往非洲。外祖母把我从城里带到这个陌生的地方。如果父母永远不回来，我也将长久留在这里，成为石羊镇的一名居民。

第二天一早，我发现高个子家竟然就在外祖母家的对面，只隔着五六米宽的石板路。一座破败不堪的院子。院门很窄，门板破损得像一块木筛子，上面还长了几朵瘦小的蘑菇。有三四间砖瓦房。屋顶的黑瓦几乎没有一片是完好的，上面还有一些长得老高的杂草。围墙很矮，是石头垒的，石头墙上不仅长着毛茸茸的青苔，还爬满了青瓜藤和牵牛花藤，如果再细看，还能看到硕大的福寿螺。院子里没有铺地板砖，只有几块形态不同的垫脚石形成了一条曲线，从院子外一直延伸到屋门前。一棵枇杷树在院子的西北角全力以赴地舒张着油绿的叶子。树上还有一个草帽大小的鸟窝，但又破又旧，估计是早被鸟遗弃了。

　　高个子站在他的院子里朝我喊：“喂，你好！”

　　我惊喜地朝他点了点头。

　　“我们不再是陌生人了。”他说。围墙的高度才到他的膝盖，他只需要抬脚便可跨出来跟我握手。两个院子，彼此能一览无余。

　　我心里认同他的说法。

　　“我已经看日出回来了。”他兴冲冲地说，似乎这一天有了一个良好的开始，一切都会得心应手。

　　我终于开口回应了他：“好呀。”

　　“你见过日出吗？”他问。

　　我不能肯定。

　　“你见过日落吗？”他又问。

　　我也不能肯定。

　　“那你每天都在干吗呢？”他对我很好奇。

　　我说，我还在上学，现在只是假期。

他沉默了一会儿，沉吟道："可惜了。你年纪小小的便已经错过那么多美好的东西。"

我不认可他的话，反问："日出、日落有什么好看的?"

"太阳每天都是新的。今天的太阳跟昨天的太阳肯定不一样。甚至每天升起和落下的都不是同一个太阳。你明白吗?"高个子说话的时候仿佛高高在上，我得仰视才能看见他的脸。

我不明白。初来乍到，我什么都不懂，只是对一切都很好奇。

"就像什么呢……就像每天吃的豆腐一样，都是新鲜的，"高个子说，"绝大多数的人一辈子只见过一个太阳，而我，见过无数的太阳……"

我觉得哪里不对头，但又说不出来，突然醒悟：可能是跟一个外人说的话太多了。于是我转身要回屋子里去。

"你得像我一样，不要虚度光阴，每天都要干有意义的事情。"他很诚恳地对我说。

我回过头回答，好的。

然后，他还急切地告诉我，今天不要吃豆腐，因为他闻出豆腐铺的豆腐不够新鲜。

"做豆腐的老杜今天早起了十五分钟，意味着今天的豆腐老了十五分钟。"

我回到屋子里，把这个消息告诉了外祖母。她却劈头盖脸地对我说，不要听对面的人胡说，他是一个懒汉，全镇最懒的人，每天除了看日出、日落，什么正事都不干。

外祖母的话也许是正确的。早上见过高个子后，这一天很长的时间再也没有见到他的身影，院子静悄悄的，直到快傍晚，他才从屋里伸着懒腰走出来，推开院子的木门时，门上的蘑菇受到了惊吓，掉了几朵。我站在这边的院子门槛上对着他笑。

"今天早上跟你说了太多的话，下午我睡过头了十五分钟，快要耽误我看日落了，"他对我说，"今天我不能怪你，但今后如果遇到类似的情况，你有义务叫醒我。"

我只是笑。他急匆匆穿过巷子，往大街西头跑。我想，他的影子也会跟着他跑，但跟不上，很快便跟丢了，他会不会发觉呢？

天快黑了，我正在屋子里吃饭，突然听到外面有人叫："喂，小学生！"我听出来，是高个子的声音。我走出门。他在外祖母家的围墙外，欣喜地对我说："我刚才在西山捡到一只南瓜，是太阳在快落山的时候留给我的，它带不走。"

他朝我举起一只熟透了的南瓜，跟他的头差不多大。

"欢迎你到我家喝南瓜粥。"他真诚地邀请我。

我摇摇头。我对南瓜粥没有一点儿兴趣，因为今天外祖母折腾的晚饭正是南瓜粥。

高个子说："不是每天都能幸运地捡到南瓜。当然，有时候看日出，也能捡到其他东西。"

外祖母在屋里叫我的名字，是命令我回屋的意思。

"我的意思是，天无绝人之路。"高个子提高了嗓门。这句话是朝着外祖母说的。

二

开始的时候，外祖母去哪里都带着我。但很快她便发现我经常在她的身后无缘无故地消失，像走丢了的影子。她惶恐地大声呼喊我的名字，差不多全镇的人都能听到，很快我的名字家喻户晓。她一呼喊，有时候，我从斜里的巷子或偏僻的角落跑出来；有时候，我重新出现在她的身后，拍打一下她的背；更多的时候，她呼喊大半天也得不到我的回应，因为我知道镇上哪些地方更好玩，偷偷地逃离了外祖母。她不耐烦了，而且，她有自己要做的事情，便放任我自由。于是，我像一匹小马驹似的在镇上乱闯。常常，我会在街头偶遇高个子。他的手里总抓着能吃的东西，比如青菜叶、萝卜、扁豆……有一天傍晚，他提着一只大大的黑色塑料袋子，风把空荡荡的袋子吹得噗噗响。我问他："你提一个空袋子干吗？"

他晃了晃袋子，说："里面明明有一块肉，你没看见吗？"

他让我用手触摸一下袋底。我捏了一把，果然是一块软乎乎的东西。

"上我家吃肉去。"高个子又一次真诚地邀请我。

我犹豫了一下，答应了他。他很高兴，让我跟着他回家。我闪进高个子的家时，他用袋子遮挡着我，没有让对面院子里正在筛选黄豆的外祖母察觉。

高个子屋里黑麻麻、乱糟糟的，散发着老鼠和蟑螂的尿味。这个院子只有他一个人生活，显得过于宽大了，孤独的气息无处不在。一些房子是多余的，因为里面啥都没有。他睡觉的房间明亮一些，门板上钉着一块黑底白字的小木板，上面赫然写着"北大落榜生"，字写得倒是很端正，而且是用油漆写的，擦不掉，即使在昏暗中也闪闪发亮。房间里除了一张被蚊帐完全遮掩的木床，还有一个简易的书架，上面摆着马灯、收音机、笔筒、闹钟和瓶瓶罐罐，都是旧的，几本同样破旧的书和杂志散落其间。我进门的时候刚被蛛丝拂面，才十几秒钟的时间，出来时蛛丝竟然又接上了，把我的脸重新拂了一次。

厨房空间很小、很简陋，几乎看不到厨具，也没有多余的锅、碗、筷，好不容易才从一只塑料瓶里刮够一小勺的盐。肉有点儿馊了。他用清水浸泡了一会儿，然后扔进锅里，煮了一会儿，捞出来，小心地切成一小块一小块。然后，小心地将肉和莴笋一起炒。刚炒了几下，他突然想起什么，喊了一声"天啊"，扔下铲子往外跑。我还没回过神来，他已经回来了，手里抓着一小把紫苏和薄荷，放在水里用力搓了搓，然后扔到锅里，重新开火。那香气，顿时撑爆了厨房。

只有一个碗和一双筷子。碗口缺了一小块，筷子从头至尾都有霉黑。高个子把碗和筷子都给了我，他用手抓菜。肉把他烫得直叫。那是我吃到的最好的肉，每次把肉扔进嘴里，我都像他那样发出惬意的笑声。

吃完肉，我才问他肉从何而来。他说，是捡到的。在去看日出、日落的路上，什么都有可能捡到。我半信半疑。外面传来外祖母的呼喊声，仿佛她知道我躲在高个子屋里。

"你是不是也觉得我是全镇最懒的人？"高个子说。

我觉得是的，因为我从没见他干过正事，整天游手好闲，或睡懒觉。

"好像石羊镇的衰败、没落，他们的贫穷和愚昧全是因为我的懒惰造成的。其实我是全镇最勤快的人。"高个子说，"我说的是最勤快，你到底明不明白？"

"就因为你每天都去看日出、日落吗？"我说。

"是，也不全是。有时候我也干一些别的。"高个子很诚恳地说。

三

因为吃了高个子的一顿肉，我对他亲近了许多。而且，我觉得我要承担起一定的责任。从此，每天清晨，我都赶在外祖母起床之前起来，站在围墙内的椅子上朝高个子那边看。如果他家中间屋子的门开着，就证明他已经出发去看日出了。如果这个时候门没有打开，他肯定是睡过头了，仍没有起来，他将错过这天的日出。

那我就得叫醒他。我们仿佛达成了默契，每天他都等到我站在围墙上，才匆匆出门。傍晚不用我担心，因为他总能准时从屋子里出来。他从不会错过日落。

他曾错过一次日出。他的母亲去世那天，因为太过悲伤。

"日出就那样，错过了也就错过了，像亲人去世了，留下的遗憾永远无法弥补。"高个子说。

有一天早晨，我照常起来，却发现他中间屋子的门紧闭着。我赶紧跑过去，推开他虚掩的门，对着屋子里面喊："起床呀！如果再不起来，日出就要变成日落了。"

高个子呻吟了一声："我病了。"

我看到他躺在床上，蜷缩着身子。我摸了一下他的额头，发烫了。

我说："今天就睡觉吧，不要去看日出了。"

然而，高个子没有听我的，挣扎着爬了起来，下床，踉踉跄跄地往外走。

"还早……还能赶上……"他差点儿被门槛绊倒。

我很替他担心。中午时候，他回来了。我们隔着各自的围墙看到了对方。

"今天的日出比平常更美，"他说，"谢谢你及时叫醒我，我要送你一件小礼物。"

他从口袋里掏出一只野芭蕉，熟透了的，他用一团报纸包裹着扔过来，落在我的身后。我捡起来，直接吃了，很清甜。这种芭蕉，叫美人蕉。

"山上什么都有。对热爱生活的人来说，天无绝人之路，一根芭蕉就可以顶半天食粮。"高个子说。

四

高个子不仅晴天去看日出和日落，下雨天也去。有一次，我看见他打着雨伞出门，雨水也没能阻挡他。我叫住了他："高个子，你是不是去看日出呀？"他停下来对我说："你是不是觉得奇怪？"

我当然觉得奇怪。满天的黑云悬挂在空中，不把雨水下完是不会散去的。

"不管下不下雨，太阳每天都会出来的，也会落下去。"他说。

"那你看得见它吗?"

"当然……只要我站在山顶上就能看见。"

我觉得他有点儿好笑。

"等你长大后就会懂得这些道理。"他说。

说罢,他赤脚踩着水流成河的街道走了,很快消失在雨中。

还有一次,他从山上回来摔坏了腿,疼得龇牙咧嘴。第二天一早,他竟拖着受伤的腿爬上东面的围墙,坐在围墙上往东边眺望。我问他:"今天不去看日出了?"

他痛苦地呻吟着,回答说:"我正在看日出。"

我忍不住笑出声来。

"只要内心敞亮,在围墙上一样能看到日出日落。"他说。

"那你每天在家里的围墙上就可以看日出日落,何必跑到山上去呢?"

"你跟他们一样,总是问一些肤浅、可笑的问题。"

他一边"看"日出,一边和我说话。

"听说你从海边来……东海那边,离太阳最近的地方。"他用谦卑的语气问。

我说:"是的。我在海边长大,每天出门就能见到大海。"

"那你肯定每天都能看到日出和日落。"

"我不能确定……"

"傻瓜,太阳从海面上升起来、落下去,那就是日出和日落。"

我并非每天都留意大海。吃饭、上学、玩耍、睡觉、听母亲唠叨,天天如此,大海就是一潭单调的水,对我没有多大的意义。

"你真是身在福中不知福啊!"高个子说。

为了掩饰心里的自卑，高个子仰着头尽最大的努力做出极目远眺的样子，好一会儿，他兴奋地说："太阳终于出来了！比平常晚了十五分钟。"

　　但我踮起脚尖也看不见太阳，甚至连它的光线也感受不到。他对我很失望，一副恨铁不成钢的样子。

　　"在自家围墙上就可以看到日出，你肯定是全镇最高的人。"我说。我心里讥笑他像一只坐井观天的青蛙。

　　他从围墙上退下来，喘息了一会儿，然后喃喃地说："我想去海边看一次日出日落，很想。"

　　其实我无数次见过海上的日出日落，但从没有向他描述过那种景象。因为对从没见过大海的人描述大海是一件难度极高的事情。但他双眼直勾勾地盯着我，似乎从我的身上看到了海上的日出日落。

五

　　"石羊镇是世界的谣言中心。"

　　高个子悄悄地告诉我，在这个镇子上，看到的东西不一定是真实的，听到的东西更加不可靠，凡事要用心去感受、辨别，要提防别有用心的坏人和蚊子一样烦人的风言风语。"就像翻开石头，看到的可能是蚯蚓，也可能是蜈蚣。"在他的院子里，我和他一起翻动那些石头和砖块，寻找蚯蚓。他要带我去钓鱼。舅舅觉察到了我跟高个子过从甚密，警告过我，不让我跟高个子在一起，说他脑子坏了，游手好闲，还经常偷别人的东西，"有一次，进我家的院子偷豆子，被我抓住了。"

"石羊镇有一半的流言蜚语与我有关。你别信，我也不信，"高个子说，"因为他们都是愚蠢、庸俗的人，连日出、日落都未必分得清楚。"

但我知道一个传言可能是真的。

一年前，也许是几年前，高个子趁舅舅不在家的时候怂恿舅母跟他一起去看日出日落。舅母居然动心了。如果不是豆腐铺的老杜及时告密，舅舅追赶到街角的尽头阻挡了他们的去路，那天清晨高个子和舅母就真的一起看到了日出。

老杜似乎自始至终看在眼里，把高个子和舅母的一举一动描绘得十分详细，连他们一前一后、东张西望、慌慌张张的步态和表情都比画得一清二楚，让人不得不相信是真的。他经常拿此事来说笑，我就无意中听他说过一次，彼时我夹在一群闲聊的人当中。老杜眉飞色舞的样子令我很生气，趁所有人不注意，我偷偷在他身后的豆腐里撒了一把煤灰。可惜了洁白的豆腐。

我终于明白舅母和舅舅即便面对面也不跟高个子打招呼、说话的缘由了。尤其是舅母，刻意躲避着高个子，两个人不可能同时出现在各自的院子，仿佛害怕舅舅在暗处监视。有一次，高个子突然跟我提起舅母："她的鬈发，像大海的波浪。"我说："你见过真正的波浪吗？"高个子沉默了一会儿，说："真正的波浪大概也就是你舅母鬈发的模样。"

我格外留意过舅母的鬈发。它很柔软，很纤细，很有弹性，每一根都舒缓地弯曲，鲜活地攀爬着，散发着桂花的芳香。无风的时候，大海的波浪大概也就是这个样子。

高个子说："他们都误会我了,我对你舅母从来没有非分之想。我对谁都一样。"

是的,我觉得他不应该是一个龌龊的人。他可能只是想找一个人陪他看日出而已,没有多余的想法,而舅母恰巧是其中的一个而已。高个子也曾经多次怂恿我跟他一起去看日出日落,说了很多道理,都被我拒绝了,不是什么特殊原因,只是对在海边长大的我来说,日出日落像吃饭、拉屎一样平常,不值得去看。

镇上也没谁愿意跟高个子说话,甚至不让他靠近。他们说他身上有一股老鼠尿的馊味,可是我闻不到。他们处处提防着他,他从他们身边走过,他们会马上警惕起来,仿佛他会变魔法,不经意间盗走他们身上的财物,或者,让他们沾上一身鼠尿。舅舅如数家珍地向我介绍过高个子做过的坏事,大多跟偷盗有关。镇上的人说,那些挖矿的人是大盗,高个子是小偷,现在石羊镇什么都没有了,再也养不起他们了,总有一天会把高个子饿死。

然而,我从没有见过高个子做坏事,相反,我还看到他做过不少好事,比如,清理巷子水沟里的死老鼠,帮街坊捣掉屋檐下的马蜂窝,给外乡人带路,帮被风雨摧毁巢穴的鸟重建家园……这也是我愿意跟他一起去钓鱼的原因。

那天午后,阳光很好,我们去一个很隐蔽的河湾钓鱼。高个子似乎是第一次干这活儿,笨手笨脚的,我也不是很熟练。结果,鱼把我们所有的蚯蚓都吃光了,也没有一条鱼上钩。我们的鱼桶空荡荡的,但我们过得很愉快、充实。高个子说,如果是在海上钓鱼,我们的桶早就装满了。

我父亲就曾经喜欢到海上钓鱼,一个人,撑着小船到离岸很远的地方，我们都看不见，母亲为此提心吊胆，禁止我随父亲出海，害怕我染上爱钓鱼的毛病。由于高兴，我破例向高个子详细地描绘了海上日出和日落的情景，甚至用树枝在河滩上画出了图案。河滩足够大，可以画得下大海和太阳。高个子整个身子匍匐在地上，像一个小学生那样专注地盯着我手里的树枝，而我并没有辜负他，细腻地连波浪也刻画出来了。末了，他问我是怎样从海边来到石羊镇的。我说，我也不知道，外祖母领着我坐了一天的班车和两三天的火车，中间还换乘轮船和拖拉机。世间的地名和线路太繁杂，无法让人弄明白。

我告诉高个子一个秘密，而且他相信了：只要一直沿着这条河走，一定能看到大海。为此，他十分兴奋，仿佛是迎来了一生中最重大的发现。

但我很快便后悔了。不只外祖母、舅舅，还有镇上所有的人，都责怪我做了一件错事。因为几天之后，高个子第一次离开石羊镇，沿着河流，去见识大海了。

当然，事先我也知道。那天他向我告别，说要出一趟远门。我知道他想干什么，但他不说，我也不想揭穿他。可是，他是否知道这条河流到底有多长啊？要穿越多少座山，要蹚过多少荒野，才能到达大海？

高个子的消失在镇上引起经久不息的恐慌。仿佛他离开后石羊镇的人口骤减了大半，街道、店铺、院落和内心都突然变得空空荡荡。他从没有过那么让人牵挂，甚至还有人将他的离开作为石羊镇继续衰败的标志性事件。

"连他都走了，证明石羊镇彻底没有希望了。"

可是，高个子在的时候，他们也没有觉得石羊镇有什么希望。

所有的人都知道是我告诉了他去往大海的秘密。他们责怪我的原因是，高个子此去必死无疑……虽然他是一个傻瓜、懒汉、小偷，死不足惜，但他毕竟也是我们的街坊，他的母亲还是一个好人。

尤其是外祖母，整天捏着佛珠，在院子里踱步。

"万一他有什么三长两短，我怎么向他死去的母亲交代？"外祖母似乎在责怪是我让高个子去送死的。

舅母也忐忑不安，每天都透过窗户偷偷地眺望对面的院子。有时候，她还来到自家的围墙边，假装晒陈皮和布鞋或其他微不足道的物品，用不易让人察觉的目光越过巷道。她的脸色绯红，宛如海上日出。

只有我很淡定。我对舅母说，如果高个子不回来了，那么我就代替他，每天都去山上看日出日落，即使下雨天也不例外。平常寡言少语、对我爱理不理的舅母突然对我热情了许多，趁舅舅不注意偷偷塞给我一些零钱，有时候没话找话，向我打听高个子的秘密。我告诉她，我和高个子之间没有秘密，太阳底下一切都是明亮、坦荡的。

"如果你真的去看日出日落，可以带上我——或者是，我带你。"舅母半开玩笑地说。

此时的舅母已经怀孕了。腹部明显鼓了起来，看上去像一只青蛙。她的肤色很白净，像极了青蛙的肚皮。

为舅母几个月后的分娩作准备，外祖母买回来十几只母鸡，就散养在院子里。那些鸡并不安分，经常炫耀自己的飞行能力，跃上围墙，俯视众生。

一个下午，舅母打了个喷嚏，一只在墙上仰望天空的母鸡受到惊吓，张开翅膀飞到了对面的院子，舅母大惊。家里只有我和她，她断然不敢私自到高个子院子里去。我自告奋勇，但舅母说："我也想去看看。"

就这样，我和舅母推开对面院子的门，进去了。那只母鸡机智而敏捷地从宽阔的门缝钻进了屋子。我领着舅母推开了虚掩的房门，她似乎并不急于捕捉那只母鸡，而是好奇地看着屋子里的一切。

屋子里的简陋和杂乱以及扑面而来的异味让舅母始料不及。

她在高个子的卧室门口呆住了。我打开灯，她鬈发上的蛛丝显而易见。一只老鼠从她两脚之间夺门而去，舅母似乎并未察觉。

"哪像个家啊?"舅母自言自语道。

我并不觉得有什么不妥。舅母让我推开封尘许久的窗户，她从门角处拿来一把竹子扫把，打扫屋子。她的腰身弯不下去，只好直着身子挥动扫把。打扫完毕，她便整理高个子的床。把蚊帐高高挂起，把床单和衣服折叠得方方正正，摆放得齐齐整整……经舅母好一阵子的收拾，屋子的面貌焕然一新。舅母累了，主要是腰酸了。她让我出门瞧瞧自家的院子，看舅舅和外祖母在不在。我回来报告说，不在。然后，她匆匆出来，逃跑一般离开了高个子的院子。

回到家里，我提醒舅母，我们忘记了那只母鸡。

舅母淡定地说，等到日落时，它会自己回家的。

六

舅舅不在家的时候,舅母经常让我潜入高个子的院子,给院子里的树浇水,看屋子的窗户有没有被风打开,屋顶是不是开了天窗,把他家的床单和席子拿到太阳底下晒晒……

随着身孕越来越明显,舅母的脾气日益见长。有一次,那些鸡在院子里乱哄哄的,粪便、鸡毛满地都是。舅母突然来了无名火,对着院子吼道:"哪像个家啊?"

外祖母和舅舅都莫名其妙,只有我明白其中之义。

舅母似乎坐不住了,要我陪她出去走走。

"往哪里去?"每次我都问。

舅母说,随便走走。

但她每次都要在对面院子门前停留一下,然后再朝前走。

"如果不是怀着孩子,现在我就要你陪我看看日出和日落。"舅母一只手搂着我的肩头说。

她搂着我的时候,鬓发拂过我的脸,依然是桂花的味道,我同时嗅到了她身上淡淡的乳香。舅母仿佛更年轻了,极像了我的语文老师。

"将来,让我儿子陪我去看日出日落。"舅母说。她以为我拒绝了她,其实我心里已经答应。

舅母开始频繁地跟舅舅吵架,不知道因为什么。有时候,舅母在院子里一个人坐着,突然就对着空气发飙,歇斯底里。舅舅不知所措。外祖母并不想跟她有正面交锋,故意躲开。只有我,在一旁暗暗发笑。

有时候，舅母抄起扫把，追打那些明显安分了许多的母鸡们，让它们满院子乱跳乱飞。她有意把那些鸡往墙头上赶，想让它们跳上墙头，然后远走高飞。

累了，她扔掉扫把，朝着我吼道："哪像个家啊？"

外祖母以为舅母指桑骂槐，讨厌我了，容不下我，逼我离开石羊镇，因此她不断安慰我，当着舅母的面塞给我一些零用钱。

"把钱藏好，不要便宜那个小偷。"外祖母提醒我。

"哪有什么小偷！你张开眼睛看看，小偷在哪里？你能不能不再冤枉别人？"舅母斥责外祖母。

我感觉到这个院子的火药味越来越浓，真希望高个子赶紧回来。

七

大概是一个月后的一天早晨，镇上突然迸发一阵骚动，我也感觉到了可能有不寻常的事情发生。舅母一反常态，变得异常愉悦，推开院子的门，站在门外，朝巷子外张望，似乎在等待什么。然而，等了一个上午，什么事情也没有发生，只听说离镇区不到三公里的一个旧矿区发生了坍塌，引发了小范围的轻微地震。这是经常发生的事情，不足为奇。直到傍晚，我才发现巷子里多了一个人。

他从巷子的一头，缓慢地走过来。

像平常那样，他没有理会别人，埋着头专心致志走自己的路，似乎拒绝别人的打扰。我倚在靠近院子门口的围墙上看一群蚂蚁熟练而迅速地搬运一只甲壳虫，开始的时候我并没有意识到是高个子回来了。后来，他抬头向我摆了摆手。

他胡子拉碴的，显得更瘦更高了，头颅也更小，脖子更长，像一只疲惫而沧桑的鸵鸟。

他推开自家院子的门，转身对我说："我刚看日落回来了。"

说得不动声色，习以为常。可惜的是，昨夜刮了一宿东风，不知道从哪儿飘来的落叶散乱地覆盖着他院子里的地面和屋顶，似乎要把整个院子掩埋，根本看不出几天前曾经被打扫过的痕迹。

舅母刚好在我的身后，她先于我发出了一声惊叫："哦……"仿佛经受不住突如其来的惊吓，她转身逃回屋子去了。她的脚步很是慌乱，像一只横穿马路的青蛙。

我也情不自禁地叫了一声"哦"，如释重负，十分惊喜。

高个子的衣服很脏，他仿佛刚从粪堆里爬回来。我注意到他的后脑勺上贴着一块厚厚的膏药，像一只蝙蝠正在吮吸着他的头颅。

我本想问他到底去哪儿了，见到大海了吗，但话到嘴边又咽了回去。因为我并不觉得见过大海是一件多么了不起的事情，而且还耗费了那么长的时间。

"明天我们还一起去钓鱼吧，"他说，"我们要吸取上次的教训，换一个地方去钓。"

看上去他若无其事，云淡风轻，仿佛从没有离开过石羊镇。

我本想答应他，但明天一早我得回城里去上学。如果不是为了等他回来，我早就让外祖母带我离开石羊镇了。我想告诉他的是，我妈妈带着爸爸从非洲回来了，我们一家仍将住在海边，生活照旧。

在我的身后传来舅母故意发出的一声响亮的咳嗽。我回头看到她在幽暗的屋子里，在窗户前，那双明亮的眼睛放出焦急的光。我想，她是不是提醒我告诉高个子：我们在你的床底下藏了一罐米，还有黄豆、腌菜和猪油，都是为你准备的。而舅母不知道的是，当时我们一起摆放这些东西的时候，我背着她把我所有的零用钱全部压在他的枕头底下了。没有人知道我在石羊镇这些日子里有多么节俭。

高个子没有等到我的答复，失落地把门拉上，回屋里去了。

明天一早，我离开这里，他去看日出，也许我们会在路上相遇。也许不会。永远不会。我突然有些难过，朝着他，心里默默地说了一声："再见，高个子。"

八

石羊镇的清晨从来都是安静而祥和的，但这一天出现了意外。

我还在床上，被一阵嘈杂声吵醒了。我以为是地震，慌乱地滚下床，夺门而出。

没有地震，但院子里的一幕比地震更让人恐慌。外祖母用她笨拙的身躯拼死将暴怒的舅舅堵在院门内。当然，她并非只凭一己之力，还有三个女人和两个男人拉住舅舅，让他无法挣脱。

天才蒙蒙亮，甚至还没有多少亮光。那些人是劝慰舅舅的，我看不清楚他们的脸庞，但其中肯定有一个是豆腐铺的老杜。

我确信是被舅舅尖锐的咆哮惊醒的，他那漏风的谩骂和哀号撕心裂肺。

他们七嘴八舌，每个人都把语速和声调推到了极致。鸡舍里的鸡惊恐地骚乱起来。

很快，我听明白了，原来是舅母跟随高个子往东山方向去了。又是老杜亲眼所见。但一切都已经晚了，因为他们很早便出发了，打着手电，一前一后。那时候，老杜还在磨坊里磨豆腐，透过窗户看到一对男女轻手轻脚地走过白银大街，开始时他以为只是哪家两口子早起去忙活，便没往坏处想。但过了好一会儿，他突然想起，那女的肚皮有些鼓，步态像鸭子，那男人戴着草帽，遮住了脸，个子高高的，鬼鬼祟祟……他醒悟过来，赶紧丢下豆腐，一路呼喊着跑过来，几乎惊动了整个石羊镇。

外祖母并不希望舅舅把事情闹大，几个人把舅舅手里的菜刀夺了下来。

"他们只是去看日出，没有什么大不了的。"他们劝道。

老杜说："他们一前一后，相隔两三米，不拉手，不说话，规规矩矩的！"

……

舅舅嘴里嚷着最狠的话，但身体慢慢软了下来，不再挣扎着往外面冲。最后，他一屁股坐在地上，把头埋进两腿之间，呜呜地哭了起来。外祖母也累了，喘着粗气，对他们说，千万别有什么三长两短。他们都纷纷劝慰，保证不会出什么事情。

舅舅可不放心，也腻烦了他们的虚情假意，突然抬头对着他们吼道："你们懂什么！他们看了日出，就会看日落……而且，太阳这只滚球，每天都有！"

他们面面相觑，陷入了沉寂。舅舅重新把头埋进两腿之间。

突然一切都安静下来，像极了看日出的人们屏住呼吸看太阳从山那边缓慢升起的庄严时刻。这才是清晨该有的样子。

（原载《人民文学》2023年第9期）

朱山坡，1973年出生。广西北流人。小说家、诗人。出版有长篇小说《懦夫传》《马强壮精神自传》《风暴预警期》，小说集《灵魂课》《十三个父亲》《蛋镇电影院》《萨赫勒荒原》，诗集《宇宙的另一边》等，曾获得郁达夫小说奖、林斤澜短篇小说奖、欧阳山文学奖、石舻文学奖、广西文艺创作铜鼓奖等多个奖项，现为广州文学艺术创作研究院专业作家。

牧羊人失踪案

◎ 海勒根那

一

那场白毛风雪下了半天零一夜,雪一停就接到报警,不是这家丢了牛羊群就是那家刮走了马群。这还不说,第三天傍午,乌诺尔嘎查的一户牧民打来电话,说他父亲额日斯下雪头一天走的,至今没回来,手机也处于关机状态。我们做基层民警的没有哪户牧民不认识,额日斯不仅酗酒,而且是出了名的赌徒。前些年病恹恹的老婆终于受够了他的气,丢下三个孩子撒手往生去了。打那以后,额日斯更无法无天了。报警电话是额日斯的大儿子芒来打的,芒来十七八岁,因为这样的家境早早地辍了学——事实上,额日斯老婆走后,是这个小大人在支撑这个家,领着弟弟和妹妹过活。

"他走时没说干吗去了?"我问。

"他拉羊走的,说去镇上卖羊。"芒来说。

"拉了多少只羊啊?"

"十三只羊,是我帮他装的车。"

"没准又去赌了。"我安慰他。

"可是，可是拉羊车停在半路上了……"

我挂了电话，提上大衣，一边招呼警员小张。两人忙不迭地开车上路了。

积雪得有一尺厚。去乌诺尔嘎查要走五十公里的水泥路，然后下道走六七里自然路，拉羊车就停在刚下公路的雪原上。我和小张查看了一下车况，油没缺胎没瘪，估摸是雪深把车轮陷住了。装羊的两层车厢空空荡荡，驾驶室脏兮兮的，除了酒瓶子就是烟盒。小张翻了一下座椅垫，拾到一部廉价的手机，电池早就没电了。

额日斯家还住着蒙古包，旁边没完工的两间砖房是额日斯老婆活着时盖的，到现在仍搁置着。一辆老掉牙的"蹦蹦车"旁系着一匹枣红马，马背上满是霜雪，不远处有两座牛粪垛也被白雪覆盖着。听到汽车声，芒来钻出蒙古包。

"啥时发现那辆车的?"我问芒来。

"下过雪第二天，快到中午的时候。"芒来表情窘窘的。

蒙古包里光线很暗，唯有炉火照亮着陈设。看到我和小张，芒来的弟弟"黄毛"像老鼠见猫似的躲闪到角落去了——这个十五六的少年可不是省油的灯，因为小偷小摸没少踏进我们所的门槛。毡包里有股烤煳的尿臊味儿，那是炉筒边的一床被子发出的，上边湿漉着一大片"地图"。又瘦又小的妹妹乌日娜直愣愣地望着我和小张，蜡黄的脸色像蜡笔涂的。看到我瞧那床被子，她赶忙用身子挡了起来。

"这么说，你阿爸该是下雪那天晚上回家来的，把拉羊车停在半路了。"我从炉子里铲了一块火炭点了烟吸起来，烟雾随着灰尘飘浮在一束光线里。

芒来低着头不吭声。

"那天雪夜你打开户外的灯光了吗?"我问。

"开了。"芒来说。

小张找到灯开关,试了试,又去外面检查灯光的亮度。他进屋问:"开了一晚上吗?"

芒来点点头。

铲雪车是我和小张下午调来的,把额日斯家的冬营地差不多翻了个遍。除了从雪地里铲出一顶羊羔皮帽子,其他一无所获。在帽子的顶部有一个焦黑的破洞,那该是枪弹留下的弹孔。我拿去让芒来辨认,确定帽子系额日斯当天所戴。这是个重要物证,我把帽子放在塑料袋里,又驱车走访了几户临近的人家。散居的牧民几平方公里一户,离额日斯最近的也要五六百米,牧主叫巴依尔,老人长了一副猫头鹰似的嘴脸。他放牧一辈子,耳聪目明,草地上每天发生的事儿都逃不过他的眼睛。不过,那天夜里,老人说他压根就没听到什么枪响。

"别说枪响,就是狐狸在远处打个喷嚏我也能听见。"老人强调。

"那您注意到一辆拉羊车的车灯了吗,它肯定晃来晃去的。在公路边上,距离这儿有六七里地。"我问。

"这个可难为我了,隔着这么大的雪,"老人摇头,"我这双眼睛大概也只能望到两箭射程那么远,除非我的脑门上再长一只都蛙·锁豁儿(传说中长有千里眼的祖先)的眼睛。不过,额日斯家的灯我看到了,他家点的是户外灯,我以为是给'黄毛'那小子留的呢。可后半夜我给羊牛添草时，雪花掉到地上，像从天空散落下来的蝗虫，一大片接大一片地飒飒响……那会儿远近都没有一点灯光了。"

"会不会停电了？"我问。

"这可没有，"老人说，"我守着电灯起了五次夜去照看雪中的牲畜，一宿都没睡。"

人没了，横竖也得有个尸首。事出蹊跷，我和小张决定返回镇上再摸摸额日斯卖羊那天的情况。临走，小张唤"黄毛"到身边来，他的额头上有条疤痕，像趴着一只大毛虫。那是有一次他偷了邻居的钱，他老子用火铲打他留下的记号。

"前段时间，镇上的好多摩托车丢了后视镜，知不知道是谁干的？"小张问他。

"黄毛"紧张兮兮地挠着鸡窝头说："这个，这个可跟我没关系……"

"没说是你，我问你知不知道是谁偷的？"小张说。

"黄毛"龇龇牙说："我最近没去镇里。"

小乌日娜仍目不转睛地观察着我和小张，这小姑娘的眼神可不像八九岁儿童的眼睛，它有种说不清的灼灼，要把人望穿了似的。我问芒来："你和弟弟不读书，怎么也得送妹妹读书啊。"芒来说："巴镇小学的校长找来几次了，嘎查达（村长）也来过。"我问："怎么的？额日斯不让去吗？"芒来摇摇头。这时小乌日娜突然开了口，用蚊子那么大的声音问我："阿爸不在我就能上学了吗？""孩子，阿爸在与不在你都有上学的权利。"我试图教育孩子。"可是我想去上学，"她说，"叔叔，你们能治好我的病吗？"

"你怎么了？姑娘？"我摸摸她脏脏的脸蛋，乌日娜垂下了头。"乌日娜她、她一直尿床……"芒来说。

二

回镇里已是半夜，这个点儿饭馆基本都打烊了。小张住单位宿舍，新处了个女朋友，本来约好晚上一起吃饭看电影的，结果泡了汤，他不得不到我家里将就一顿。他见一池子的碟盘都没洗，就帮我洗刷。我煮羊肉挂面。他刷完碗，我一盆面条也煮好了。两人都饿急了，一阵狼吞虎咽，很快就剩下了汤水。

"一个男人的家真不叫家，"小张把沙发上的灰擦了擦，搭个边坐下来，"听说嫂子这么多年一直没嫁人，你就多说几句好话，为了宝丽玛，复婚算了。"

"夫妻之间的事儿，哪有那么简单……"我狠抽了几口烟，苦笑道。

"多长时间没看到女儿了？"小张问。

"又有半年了，还是暑假的时候见了一面。"我一边答，一边捶着腿。折腾一天，老寒腿又酸又痛。

"宝丽玛应该上初三了吧，你这个当爸爸的得多关心关心她。"

"我倒是想关心。亲生女儿，在一个镇上住着，距离不到两里地，可一年也见不了两次面。再说见面她也不和我说话啊，除了玩手机就是看书本，问一句答一句，基本没话说。"

小张还想劝我，被我打住了，问他："小孩尿床不是大毛病吧？"

他说："估计受凉得的，冬天住蒙古包本来就不保暖，再说一个没妈的孩子，额日斯又是个酒鬼……"

第二天，经技术科鉴定，额日斯帽子上的那个洞确实是弹孔，系半自动猎枪所致。动了枪的事情可有点大了，我让小张先把这事压几天，毕竟这是在我们所的辖区发生的案子，等有了头绪再上报。从旗公安局出来，我让小张去办案，我则想找一家医院问问小乌日娜的病情。

中午的时候，小张打电话给我，说额日斯来巴镇那天的情况基本摸清了。这时我也刚好从医院出来，两人约好到所里会合。

小张先按通话记录捋出了额日斯的行踪。当天，额日斯拉羊去镇上，先到的屠宰场。据屠宰场老板图门说，额日斯给他卸下来十只羊，因为几年前额日斯向他借过一笔钱。经图门一算，这些羊正好能顶账。额日斯急了，说："当时欠你没有这么多，怎么会顶十只羊的钱？"图门拿出算盘扒拉着给额日斯看，说："当时确实没这么多，可你几年不还，利滚利就多了。"额日斯看不明白算盘，他与图门争辩，脸红脖子粗的，脖筋都绷起来了，说："就指望卖了这几只羊去买年货呢。"图门说："可你欠了这么多年的账也不能不还啊。"额日斯说："好歹你得给点钱，要不我就拉别处卖去。"图门没办法，只好掏出五百元给了他，说："就当我给孩子的压岁钱，你别又拿去喝酒了。"额日斯揣了钱，猛踩油门，骂骂咧咧地走了……

我打断小张："芒来不是说十三只羊吗？怎么少了三只？"

小张说："我也奇怪呢，可图门一口咬定是十只羊。你听我往下说——额日斯出了屠宰场就去乌兰础鲁饭馆吃午饭，刚要了一屈布里亚特包子，就进来几个老乡，都是一个苏木的老相识，就拉扯在一起喝酒。这当中，诺敏嘎查一个叫牤柱的牧民，一上来就对额日斯不太友好，乜斜着眼瞅他，喝酒也不与他碰杯子。额日斯那天本来气就不顺，几瓶白酒下肚，两人就扭打在一起了。额日斯抄起瓶子给了牤柱一家伙，一边骂：'×他妈的，你们谁都想欺负我！'"

"额日斯打破了牤柱的头？"我惊讶地问。

"是啊，"小张说，"饭馆老板亲口说的，而且流了不少血。"

牧区人打架一般就摔蒙古跤，大不了挥拳头，动酒瓶子的真少有。我让小张马上驾了车，去寻诺敏嘎查的牤柱。这个家伙我知道，年轻时是条癫皮狗，而且是那种记仇的狗，会偷着下黑口。

正走在路上，芒来打来电话，说他弟弟"黄毛"又离家出走了。小张问他因为啥走的？芒来说他们兄弟俩吵架了。"黄毛"一天啥活儿都不干就知道打游戏，芒来说他不听，气急了踢了他两脚，"黄毛"就和芒来动手了。两人打在一起，最后还是芒来力气大，把"黄毛"压在了身下。"黄毛"对芒来喊："额日斯那个老家伙都失踪了，你别想管我，我他妈现在就离开这个家……"临走，鼻口流血的"黄毛"还偷拿了家里仅有的一点钱。

放下手机，小张叹一口气说："芒来可真不容易。"又回头问我："对了，医院怎么说的？"

我说："医生说小乌日娜这个病叫遗尿症，病因很多，从心理上说，这样的患儿一般都缺少家庭温暖，脾气古怪，孤僻，不合群。"

"这个对路，"小张说，"可是这些病因中，别的都好办，缺父母关爱这事也没辙啊。"

"咱多想想办法吧，小姑娘怪可怜的。"

终于摸到牤柱家，这小子日子过得倒挺像样，打草机、捆草机应有尽有，三间房红砖蓝瓦，牛羊圈收拾得也干净，一看就是过日子的人家。院里有三条高大的四眼狗，见到警车就围过来狂吠。我和小张天天走在牧区，都不怕狗，下了车"咯唠咯唠"地与狗对叫一阵，三条狗摇起了尾巴，一副解除警备的样儿。正巧，牤柱骑着摩托回来了。这小子壮得和一头牤牛似的，把摩托车胎都压瘪了，头上歪扣着棉帽子，见到穿警服的我俩，表情一愣。

进了房间，牤柱老婆正用雕花的模子制作奶豆腐，小张示意他老婆回避一下。

"最近又惹祸了?"我自己拿了暖瓶倒奶茶喝。

"没，没有的事儿。"他支吾着。

"把帽子摘了我看看。"我说。牧区的奶茶都很清淡，高粱米汤似的色泽，喝起来略有点咸味儿。牤柱瞅了瞅我，不得不把帽子摘下来。

"头上的纱布是怎么回事?"我问。

"别人给、给打的。"他说。

"谁打的?"我又问。

"乌诺尔嘎查的额日斯。"他答。

"嗯，所以你报复了他，对不?"我接着问。

"这个可没有，"他摆着双手说，"我牤柱多少年都不打架了。"

"我就不信你让他白打了一酒瓶子。"小张说。

牤柱白了白眼睛说："你们都知道了?"

"要不也不会登你的三宝殿。"小张说。

"我、我俩真没干别的，后来，只是去洗了个澡……"

"牤柱，你最好老实点儿，他打破了你的头，你还陪他去洗澡，你骗鬼呢？"小张把奶茶碗蹾在桌子上。

牤柱眨巴眨巴眼睛说："这个确实，我陪他去的小东北浴池……"

小张问："然后呢？"

他说："然后就各回各家了……"

小张气歪了鼻子，伸手抓了他头上的纱布，猛地一拽，牤柱疼得龇牙咧嘴，哎哟哎哟直叫。我示意小张松开手。"别敬酒不吃吃罚酒。"我递奶茶给牤柱，让他润润嗓子。

"说了，你们千万别告诉我老婆，"牤柱捂住脑袋说，"……额日斯这个犊子，他动了我镇上的相好，我才找他的麻烦，没想到他竟然用酒瓶子打了我……我本想用刀子捅了他，可我不是年轻时的我了，我有老婆有孩子，但是这口气我得出。我先让他带我到医院包扎，又要了他三百元钱，还觉得亏得慌。我想他既然动了我的女人，我就要他补偿我。额日斯当然知道我是什么人，他怕我背后报复他，最后、最后只好带我去了浴池……"

"然后呢？"

"额日斯在单间睡着了，咋叫都不醒，我看天气预报要下大雪，就赶紧穿了衣服，留下他一个人结账，自己从浴池溜出来，一路骑着摩托冒雪回家了。"

本来以为钓上来的是条大鱼，没承想是条泥鳅。牤柱后来将他几点几刻到的家，半路遇到了谁，都一股脑说了。这些，他老婆和邻居都为他做了证明……

"牤柱这小子真够可以的，这种事也能讹诈，亏他想得出来，"回镇子的路上，小张跟我闲聊着，"你说，额日斯是不是被'小东北'图财害命了？"

"小东北"是浴池老板，三十出头，过去是我的线人。我摇摇头，"要是额日斯身上有一千只羊的钱，倒有这个可能。"

"牤柱可说了，他走的时候，额日斯还在里边睡觉呢。"

"好吧，那咱就顺藤摸瓜，查个究竟。"

三

"黄毛"正叼着烟卷和几个不良少年在台球厅里戳杆呢，被小张逮个正着。吃晚饭的时候，小张带"黄毛"一进门，吓了我一跳。这个少年把一头乱糟糟的黄头发染成了火焰山，跟哪吒似的，一只耳朵上还戴了个硕大的耳环。

"哟哟，你这是要和孙大圣斗法去呀？"我禁不住乐了。

"黄毛"歪扭着身子，抓耳挠腮立在那里。

"还不坐下来吃饭？"我推给他一个凳子。

饺子端上来，我又让老板炒了一盘尖椒干豆腐。

"黄毛"跟小张说："警官，能要瓶饮料不？"

小张给了他后背一巴掌，说："喝白开水，要什么饮料呀。"

我喊服务员过来，对"黄毛"说："想要什么就要什么。"

"黄毛"问："咋的？你俩不是要送我回家吧？"

我说："先吃饭，吃完再说。"

盘子里剩最后两个饺子，我都夹到"黄毛"的碟子里，一边吧嗒着烟屁股，一边问他："你这么小的年纪，不上学也不回家，天天想在外面瞎混，那不完了吗？"

"那我能干点啥呀？""黄毛"眼馋地看着我吸烟。

"咋的，犯烟瘾了？"小张顺手递给他一根，被我挡了回去。

"不行去学汽车修理吧，当个学徒工，学会一门手艺，成人后也有口饭吃。"

"修汽车？""黄毛"擤了擤鼻子，"浑身油污，我可不干。"

"那你想干点啥？"小张冲他立眉立眼。

"要不，我学理发吧，""黄毛"捋了捋头上的"火焰山"，"闲着没事还能打游戏。"

"也行，"我站起身穿衣服，"明天就让小张叔帮你找个靠谱的理发店。"

在所里待到半夜十一点多，我跟小张说："差不多了，你带两个人去吧，稳妥点，抓两个现行回来。"

小张麻利地开车去了，没出一个小时，把人带了回来：两个披着长羽绒服的女人，光着大腿，趿拉着拖鞋；另有两个男人岁数挺大，竖着衣领压低着帽子。询问室里，辅警为他们做笔录。女的垂着长头发遮着脸，半夜见了能把人吓到的那种。

午夜，"小东北"被传唤来，脚还没踏进办公室，两条烟先从腋下递出来。"朝副所，小弟给您添麻烦了，知道您抽烟，拿两条孝敬您，咱别撕巴。"边说，边拉开抽屉塞到里面。

我喊小张进来，"小东北"又要与张警官握手，遭拒。

"浴池老板拿两条烟要答谢一下大家，拿去给弟兄们分了。"

我对小张说。

"朝副所，这个使不得，里边的烟可是'带人头'的……"他做了一个数钱的动作。

"这种烟太冲，我抽不习惯，"我把"带人头"的烟丢到他怀里，"有一个牧羊人，七号那天下大雪时失踪了，当天下午去你店里洗浴，'小东北'你知道这事儿吧……"

"您说的是那个洗澡不给钱的牧民？个儿有我这般高，高颧骨，留着黄胡子。怎么，他失踪了？"

看来他印象深刻。

"正想问你呢，他在浴池睡着了，醉得人事不省，你们把他拖出去喂狗了？"

"哪能呢，所长，就是到我那儿住半拉月我也得供吃供喝呀，现在啥社会了……"

"刚才你说他洗澡没给钱？"我打断他。

"小东北"咽了一口吐沫说："既然人命关天，我也不藏着掖着了……"

据"小东北"供述，那天牧羊人睡醒一觉起身要走，可满兜翻不出一分钱来，按"行规"也不能这么放人哪。"小东北"叫了两个兄弟，把他扣在店里。那会儿牧羊人还没醒酒呢，红着眼睛话也说不清，听半天才听明白，他说他连浴服都没脱，在浴池睡一觉怎么要那么多钱？"小东北"和他解释：就像你到饭店点了一桌子菜，然后说你一口没吃，就不买单了吗？再说，你那个朋友还加钟了呢，你知道不？牧羊人愣着眼睛，闷声抽了一根烟，跟"小东北"说，他有三只羊，在镇上放着呢，问能不能用羊抵。羊也能变现啊，"小东北"立马带着人拉上额日斯，几个人一路来到斯琴烧烤店的后院，那儿真有三只羊咩咩地叫呢。额日斯叫他们把羊抓走，一个肥白的女人出来不干了，指着鼻子骂额日斯。两个人在外面闹腾了好半天，额日斯站都站不稳当，被女人连推了几个趔趄，最后一个仰八叉跌坐在地上……

"小东北"不耐烦了，他跳下车和女人说："大姐，这位大哥把羊放你这儿了，你没给钱就不算买，不过现在他欠我的钱，要用几只羊抵，你明不明白？所以今儿个这几只羊我得拉走。"说着话，两个小弟不容分说，拎起羊就往车上装。女人没辙了，加上雪越下越大，寒风刺骨，最后她把额日斯和他的三只羊一起轰了出来，叫他有多远滚多远，以后再不要登她的门了。

女人就是烧烤店老板，见男人的便宜就占的主儿。我想起牤柱那天交代说，牤柱和额日斯就是因为这个女人争风吃醋。

"你们抓了羊之后呢，额日斯去哪儿了？"我问。

"当时正下大雪，我也不能把他一个人丢在大道上啊，天也快黑了，我问他去哪儿，要不要去浴池住一宿。牧羊人说啥也不去，他怕我们再找他什么麻烦，让我们把他送到拉羊车那里，他要开车回牧区。看他喝了那么多酒，我可是真心留他……后来我们是眼睁睁看他上的车，打了好几次火才把车打着，冒着雪往郊区的方向走了。那会儿路灯还没亮，冒烟咕咚的雪很快就把他的车淹没了……"

我和小张面面相觑。

"说说你的浴池的事儿吧，"我用手指敲了敲桌子，"是你关门整改，还是明天我们派人给你贴封条？"

"我们自己整改，自己整改，不烦劳政府……"

四

那几天，额日斯的案子一直没有头绪。小张办事倒利落，很快就在我们派出所对面给"黄毛"找了一家美发店当学徒，那也是我们常去剪头的地方，和几个理发师都熟络。这个安排挺妥帖，美发店就在眼皮底下，也好关照这个少年。

我给乌诺尔嘎查的嘎查达打电话，邀他第二天见上一面，有些棘手的案子还需要发动群众。

第二天一早，我和小张开车到市场买了一袋子土豆、半袋子洋葱和十几棵卷心菜，放在后备箱里，准备给芒来带去。牧区吃蔬菜困难呢。

天气苦寒，冷雾压在半空，有股煤烟味儿，草地白茫茫一片，路过的羊群反倒显得乌涂涂的。进到芒来家营地，小乌日娜正在牛粪垛旁往篮子里装牛粪。她还没粪篮子高，那两座牛粪垛与她相比好似两座雪山。见到我俩，她还是那副窥探的样子。小张上前帮她提了粪篮，她小手冻得像被开水烫了一样红。我蹲下身来，想给她暖暖手，她先是拒绝了，把手藏到身后，又试探着伸过来。我把她的小手握在手心里，像握到了小冰块。我想起女儿宝丽玛也是这么大时与她妈妈一起离开我的，心底油然而生一种父亲的怜爱，我把她抱起来，她的体重像只兔子一样轻……

毡房里温度也低。肥头大耳的嘎查达背着手，说："一个大活人，说不见就不见了，莫非被狼叼了？"

"你们这里不会有狼群吧?"小张问。

"早就没有了,"嘎查达斩钉截铁地说,"我和村民都说过了,让他们都留意着,这几天再发动一下大家,多到周围找找。"

"有没有和额日斯结怨的?"我问。

"这个倒没听说。"嘎查达说。

芒来从后备箱卸了蔬菜,精神状态看起来好了许多。他把妹妹的被褥拆洗了,晾在拴马桩的横绳上,毡房也弄得比上次整洁。刚刚嘎查达给了芒来两百元帮扶款,那是集体经济出的钱。嘎查达腆着一口锅似的肚皮说:"好好干,小伙子,旗里正脱贫攻坚呢,来年春天先把你家两间砖房封了顶,再装修装修。房子撂荒这些年,都怪你阿爸不务正业。"

"现在有多少牲畜呢?"我问芒来。

"六十多只羊,还有一匹马。"芒来答。

"不瞎折腾好好经营,三两年就能发展起来,"嘎查达说,"村委会再帮跑跑贷款,买上几头西门塔尔牛,小日子会越过越好的。到时芒来再娶个媳妇,家里多个帮手,好日子都在后面呢。"

芒来的脸因为害羞而越发红润。

先前没一点声息的乌日娜这会儿冒出一句:"要是阿爸回来了怎么办?"

这话把我们问住了,是啊,若"胡汉三"又回来了,这个家又没希望了。

"可我想,额日斯他回不来了……"小姑娘自问自答着,她把目光从我们的脸上移开,定定地望着篮子里的牛粪出神。

嘎查达说苏木有个会要开,起身告辞。我送他往外走,顺便与他私下聊聊小乌日娜的事儿。

"芒来还没成年，又要忙里忙外，怕照顾不好妹妹啊。"我说。

嘎查达勉强挤进车里，一边启动发动机，一边说："有什么好办法没，要不送她去儿童福利院？"

"对了，乌日娜有没有什么旁系亲属？比如叔叔或者姑姑，能帮着带带这孩子。"

"她倒是有一个舅舅叫哈斯，在镇上教书，过去因为额日斯对他姐姐不好，哈斯没少和那个酒鬼吵架。姐姐没了以后，哈斯更与这个家断绝了来往。现在这种情形，不知人家肯不肯带啊！"

我思量了一下，"不行我带着芒来和乌日娜去一趟镇上。"

"也好，有道是娘亲舅大。"嘎查达挥了挥大手与我们告别。

芒来留我和小张吃午饭，才知临近中午了。我倒真想和这两个孩子多待一会儿，小张也来了兴致，说："也好，正想让你们尝尝我的手艺。"

小张和芒来烧火做菜，我闲来无事，踱步到外面想再寻些蛛丝马迹。击中帽子的那枚弹壳还没找到，在一尺厚的雪原里要想找见小拇指大的东西，确实如大海捞针。

乌日娜骑着枣红马去看羊群了，刀子似的冷风吹裂了她黑红的小脸，裹挟着她小小的背影，在马背上一耸一耸的，转眼不见了踪影。

雪地真干净，像一张偌大的白纸。我拿起锹堆起雪人，厚厚的雪已经冻实，铲起来像一块块雪砖。我想起上一次堆雪人还是女儿宝丽玛童年的时候，那会儿安娜和我还没离婚，宝丽玛满身霜雪，说："外面太冷了，咱们让雪人进屋暖和暖和吧。"我和安娜都被逗笑了。"孩子，雪人是没有脚的，没有脚就不能走路，所以也进不了屋子里呀。"我蹲下身和她说。"我们给它做两只脚不就行了？"她说。"可是它太胖了，比北极熊还胖呢，连咱家的门都塞不进。""那怎么才能让它瘦下来呢？""嗯，明年春天它就瘦了，到时咱再请它到家里去……"

那时的家真幸福，我想着这些。可后来是怎么破裂的呢？那时我还年轻，正做刑警，除了工作忙就是"狐朋狗友"多，整天不着家，晚上回来往往后半夜了，有时办案子一走好多天。安娜说她怕黑，和宝丽玛整晚开着灯，其实那灯也是给我留的，每晚就这么亮着，一直亮了好多年。可有一天夜里我早早回家时，这盏灯却关上了……安娜说，灯是宝丽玛关的。宝丽玛跟妈妈说："你天天给爸爸留灯，爸爸也不早回来，以后就关掉吧。"就在那天晚上，安娜正式和我提出离婚。她说自己已经习惯了黑，不需要再开灯了……

小乌日娜骑马回来的时候，一个雪人已经堆好了，我用蔬菜给它做了眼睛、鼻子和嘴巴。小女孩惊奇地看着它，在这之前她可能从没有见过用雪做的人，她摸摸这儿碰碰那儿，看它两手空空，便把自己提的马鞭子插在它手里。"真好玩。"她说着，眼神里流露着一个孩子该有的童真。

零星的雪花就是那会儿飘下来的，轻如鸿毛落在头脸上、身上，毛茸茸的，能看清每一根纤毫。

"打过雪仗吗？"我问乌日娜。

"雪——仗？没……"

"很好玩，下雪天，我和女儿宝丽玛经常玩，想不想做这个游戏?"

乌日娜点点头。

"好，等着瞧。"我喊小张出来，他刚一露头，我便抛过去一个雪球，不偏不倚，正中他的额头，乌日娜禁不住咯咯地笑，一场雪仗就这样开始了……小张和芒来以蒙古包为掩体，我和小乌日娜躲在勒勒车后，雪球像炮弹那样飞来飞去，一旦击中目标就会引来一片欢呼。不多时，每个人身上都抛满雪屑。我这个胡子一大把的汉子也忘记了年龄，仿佛回到少年。小乌日娜为我递送"炮弹"，我负责冲锋，一会儿又被他俩的火力压回来。那会儿，雪花也跟着凑热闹似的，雪片越下越大，扑簌簌地漫天炫舞，把整个乌诺尔嘎查都湮灭了，落在芒来和小乌日娜的欢笑声里，又被两个孩子的笑靥融化……

小张做了四个菜，洋葱炒土豆片、油炸土豆丝丸子、爆炒卷心菜和土豆炖卷心菜羊肉汤。我知道这是小张绞尽脑汁凑合出来的，芒来和小乌日娜却吃得香，肚子都撑得鼓鼓的。

听我说要拉他俩去见舅舅，芒来显得很高兴，赶忙换了件干净的蒙古袍。小乌日娜好像对舅舅没有什么记忆，不过她是第一个爬到车上去的，问："会看到学校吗？朝克图叔叔（她不再叫我警察叔叔了）？""会的，"我说，"舅舅就在学校里教学。"小乌日娜满脸憧憬。

许是打雪仗累了，车没开出十几分钟，乌日娜就在车上睡着了。芒来把妹妹的头放在他的腿部，让她的身子蜷在后车座上，我脱了大衣递给芒来，示意他给妹妹盖好。

"朝叔叔，你真是个好人，"芒来说，"我们有你这样的阿爸就好了。"

我望着寒风凛冽的窗外，一阵酸楚涌上心头。

"我也不是个好父亲……"我像说给芒来听，也像说给自己听。

"我永远不会忘记额日斯拿套马杆追撵我时的情景，"芒来叹息着说，"有一天，他又用鞭子打了额吉（母亲），我浑身颤抖，每一鞭子都像抽在我身上，甚至比打到我还要疼。我疯了似的冲进包里抓起哈纳墙上的猎枪，那是额日斯打猎用的，跨出门槛的一瞬，额日斯正要骑马远去，我举起枪朝他胡乱地扣动了扳机，'嘎'的一声枪响，他的帽子像只野鸭那样飞了出去，子弹再低一点就要了他的命……"

"帽子上是你打的弹孔?"我和小张惊讶道。

"是的，我想那时我打死他也不会后悔。"

我盯着芒来，车里沉寂了片刻。

"……丢了帽子的额日斯在马背上待了好半天才缓过神，他疯了似的打马向我追过来。我丢下枪撒腿就跑，额日斯随手抄起蒙古包旁的套马杆追赶我，套马一样套我。我拐过草垛，一会儿顺着沟壑跑，一会儿又钻红柳林，额日斯勒紧马嚼子紧追不放。有几次枣红马险些被他勒倒，接连打着吐噜噜的响鼻……终于，我被他一个甩杆套到了肩头，随后一个跟头跌倒在地。额日斯就这么用套马杆拖曳着我往家的方向走去，我嗅着马蹄蹬起的尘土，头和后背摩擦着地面，口鼻满是血腥味儿……走了一段路，额日斯停了下来。他下了马，提起我的脖领子举起拳头要打我，'你竟敢朝你老子开枪!'可他的拳头终于没落下来，最后恨恨地把我丢在那里……那年我刚好十三岁，个头快有他一般高了。"

"他为啥打额吉？"

"还不是因为赌博输了，又要抓羊去还债，额吉阻拦他……额吉生前最信奉绿度母多罗观音，念了一辈子心咒经。她说观音能救八方苦难，每次去阿尔山庙都要手捧哈达，专门去烧香……可额吉还是受了那么多苦：放羊，接羔，拾粪，生火，照看三个孩子，里里外外的活计都是她一个人做；阿爸额日斯酗酒赌博，又懒惰成性，把所有的家底都输光了。说实话，我特别恨额日斯，他不是个好男人……自从我用枪打了他，他才意识到我长大了，第二天就把猎枪藏了起来……可安稳日子没过多久，也许观音觉得额吉受尽了苦，要让她解脱，便接她去往生了……我把额吉埋葬在高高的山坡上，把铜铸的观音和那串磨白了的佛珠放在她身边。等我把泥土抚平、草皮回填，我的额吉就像没来过这个尘世一样……"

芒来流下了眼泪，无声地抽泣着，小张回身递给他面巾纸。

"……额吉死后，额日斯倒是消停了，就像折腾累了的蛇终于蜕了皮一样，从那以后真像换个人似的，不吵了也不闹了，也不出去赌了，一天沉默寡言，只剩下喝酒，喝得比以前更甚。额吉没了，家里的活计也只能他干了，每天起早贪黑，像赎罪似的拼命干活儿。可他常年泡在酒里，身体浸坏了，经常一病不起，后来我不得不辍学回家帮他。说起来，那几年他也挺可怜，哑巴了似的一天不说一句话，喝多酒就盯着相框里的照片瞅。有一次我好奇，想知道他究竟瞅谁呢，顺着他的目光探去，原来他在看我的额吉——那是额吉年轻时的照片……"

五

芒来的舅舅是那种不苟言笑的男人，一身中山装，带着职业的严谨，见到芒来和小乌日娜没有想象中的冷淡或者热情。我和小张详细介绍了情况，哈斯舅舅这才拉起两个孩子的手，向我俩一再道谢。

"先让乌日娜在我这里住些天，她舅妈正好是医院的护士，可以带她看看病，"哈斯舅舅说，"其他事情还得等额日斯有了消息再说，我不想和他犯话。"

我明白了哈斯舅舅的意思，又争取小乌日娜的意见。乌日娜对舅舅还感陌生，大概也没有心理准备，想了好半天，最后还是摇了摇头。

临别，哈斯舅舅让我们等一下，自己匆匆去了超市，回来时提了两大包尿不湿，递与芒来，嘱咐他好生照顾妹妹。

等我再次去乌诺尔嘎查，是临近春节的时候。我和小张买了一堆吃的喝的，又特意给乌日娜选了件新毛衣，顺便接上"黄毛"，送他回家过年。

那次，我又遇到了哈斯舅舅，他带来了自己的妻儿。那个男孩与乌日娜年龄相仿，乌日娜叫他哥哥，两人玩得不亦乐乎。我们喝茶的工夫，乌日娜和哥哥又跑去骑马，哈斯舅舅怕出危险，急忙追出来。后来三个人一同跨上了马背，哈斯舅舅怀抱两个孩子，放马向远处奔去，直到消失在白雪映衬的、红彤彤的夕光里。看到这一幕，我不由得眼角湿润。

转眼春暖河开，冰融雪化……

那天我和小张正开车去办别的案子，突然接到芒来的电话，他的声音变了腔："额日斯找到了，你们快快来吧……"

"在哪儿找到的，是死是活？"

"在家里，你们来了就知道了……"

警车开得比风还快。到了芒来家的冬营地，远远地，就看到芒来在牛粪垛旁边呆立着，小乌日娜捂着眼睛蹲在旁边……我和小张迅疾地下了车。雪化后的牛粪垛湿乎乎的，粪垛被扒开的一角，额日斯满脸漆黑地端坐在里面——他的眼窝已经溃烂深陷，嘴唇也缺失了似的，暴露着骷髅似的牙齿，整个脑袋干瘪着，像一坨枯掉的牛粪，一张羊羔皮四角整齐地覆盖在身上……几只早春的大麻苍蝇像遥控无人机似的"嗡嗡"地围着他的尸体飞来飞去……

"怎么发现他的？"我问。

"粪垛化了，早上我晾晒牛粪，刚扒开粪垛就……"

局里很快派来法医，邻居也来围观，巴依尔老爷子不停地叹息。几个人一起把额日斯抬出来，他僵硬如铁爪的手里还紧握着一个黑色塑料袋，晃晃悠悠的好不碍事，又一时掰不开手指，法医不得不用剪刀剪开了袋子，里边却是一个崭新的书包，包盖上印着一匹枣红小马的图案……

尸检结果出来了，他是被冻死在牛粪垛里面的——也许是为了御寒，他不知怎么钻进了牛粪堆里，自己用牛粪挡住了风雪，却又被风雪覆盖……

小张觉得奇怪，问："牛粪垛离蒙古包这么近，直线距离不超过五百米，额日斯怎么没去蒙古包而钻进粪垛里？"

"听说过'鬼雪打墙'吗？"我说，"下雪天，醉酒的人围着家转悠一晚上，都找不到家的门，那是'鬼雪'在人的面前筑了墙……"

"那种情况我知道，往往因为没有灯光才会发生，"小张说，"芒来家可是一晚上都亮着灯呢。"

我点了根烟抽，"还记得邻居巴依尔老人说的吗，半夜的时候，灯都熄灭了……"

"我试过灯开关，也检查了户外灯，没有坏掉啊！"小张说。

"人可以把灯打开，也可以将灯关上。"

"谁会关掉灯呢？芒来？'黄毛'？还是小乌日娜……"

正说着话，巴依尔老人从后面走过来叫住我俩，瞪着一对褐色玻璃珠似的眼睛，压低声音神秘兮兮地说："哎哎，你俩注意到额日斯身上那张羊羔皮没有？"

我和小张问他："怎么了？有什么问题吗？"

他转了转脖颈，"我和你们说过的，在草原上，没什么能逃得过我的眼睛。"

小张问："您的意思是，额日斯冻死后，有人在牛粪垛里发现过他，却没有及时上报？"

老人点点头说："冻死的人在临死前是不会觉得冷的，只会感到浑身燥热，他甚至要脱光衣服才舒坦，怎么会自己盖什么羊羔皮呢……"

听了这话，我俩一时愕然在了那里。

六

送葬那天，我和小张来帮芒来操持。把额日斯抬上勒勒车的一刻，一辆轿车从远处开来，哈斯舅舅一身素装下了车，默默地走到我身边。

芒来和"黄毛"牵着马车在前面走，小乌日娜跟在人群后——她不言不语，也没有哭泣，仿佛做错了事情的孩子，头低到胸前，眼睛只盯着她手里的一朵白色耗子花，那是草原春天最早开的野花。

葬礼后，乌日娜跟着舅舅一家走了，斜背着她的新书包。书包上，那匹枣红马驹如同小主人一样正颠颠地奔跑。临上车前，她一直回头看我和小张叔叔，不断地朝我俩招手。

我和小张如释重负。返程是我开的车，我故意减慢速度，想和小张多聊一会儿。

白雪刚刚融尽的草原还金黄一片，不过空气里已充满了春天潮湿的气息，云雀也开始漫天啁啾。

"朝哥，你觉得那个人会是谁?"小张没头没尾地问我。

"哪个人?"

"巴依尔老人说的那个人，他该是早在牛粪垛里发现了死去的额日斯，却隐瞒了……"

"这个……"

"所长说明天就要把案情报上去呢。"

"嗯，案子已经水落石出了，法医的鉴定是权威的，但愿这个细节不影响案子……"

小张感慨地说："朝哥，你文笔好，写篇小说吧，题目就叫《牧羊人失踪案》。"

我摇摇头，"宝丽玛快要中考了，我这个当爹的还要抽时间多陪陪她。"

"怎么，和嫂子复合了？"小张来了兴致。

"夫妻之间的事儿，哪有那么简单……"我苦笑道。

（原载《中国作家》2023年第2期）

海勒根那，出版有小说集《骑马周游世界》《请喝一碗哈图布其的酒》《巴桑的大海》等。作品曾获全国少数民族文学骏马奖、百花文学奖、诗探索·红高粱诗歌奖、民族文学奖等，并荣登中国小说学会短篇小说排行榜。

未来之路

◎ 杨　遥

《少林寺》的电影海报贴到校门口时，人们沸腾了。

边关小镇地处交通要道，地势险要，历史上发生过数不清的战争，人们嗜武，崇尚英雄。

莫小戚挤在人群中，望着英姿飒爽的李连杰，一个模糊的念头在心中升起，新的时代要开始了。他心里模仿着李连杰的动作，胸中被说不出的东西塞得满满的，脑袋有些发涨。

第一节上数学课，一向严肃的民办教师唐建国走进教室，同学们起立，坐下。唐老师没有像以前那样开始检查作业，而是摸了摸他的光脑袋笑眯眯地说："现在有部特别好的武侠电影叫《少林寺》，正在巡回演出，在咱们镇上只演一场，学校准备组织包场，希望大家不要错过。"说完这句话，他就让同学们打开课本，开始上课。同学们等他再说些什么，莫小戚也在等待，可是唐老师没有再提一句《少林寺》的事情。整堂课莫小戚晕晕乎乎的，总觉得缺少了什么。

一直等到第四节课，是自习课。班主任张刚强走进来，好多同学从座位上呼一下站起来，纷纷询问："是不是要包场《少林寺》了？"张老师举起双手往下压了压，说："大家都坐下，今天晚上八点钟在戏场院放映《少林寺》，咱们学校准备包场。票价一毛钱，学校和人家商量学生票五分钱，谁想看，在我这儿登记一下，下午上学时把钱带来。""我，我……"学生们纷纷举起手报名。莫小戚把身子伏到课桌上，眼睛紧紧盯着书本，可那些字喝醉了般地飘来飘去，他一个也读不进去，脑子里嗡嗡响的都是《少林寺》。

一节课，只做了报名这一件事情，其余时间大家都在议论即将上映的电影。张老师宣布报了名的人时，莫小戚感觉全班同学的目光都在盯着他，他的脸一直红到脖子根，觉得像根木橛子似的被孤零零地钉在墙上。

放学后，到处响起"嗨嗨嗨"练功的声音。莫小戚掏出作业本，一道题也做不出来，这样一直拖延到教室里没有人了，才慢腾腾出了学校。

一条黄狗一瘸一拐走过校门口，孤独地拐进一条小巷。

海报在阳光下像块金属箔片闪着光，莫小戚被吸引过去。李连杰还是单腿站立保持着那个漂亮的动作，仿佛能这样站一万年。莫小戚伸出手，轻轻摸了一下李连杰，有些发烫。

莫小戚一回家，妈妈就赶忙往出端吃的，边端边说："今天怎么回来得晚？"

莫小戚问："爸爸还没回来？"他喝了几口凉水，装作不在意地说："今天学校包场《少林寺》，晚上在戏场院放，本来票价一毛钱，学生才要五分钱。"说到"才要"的时候，他有意停顿了一下。

妈妈怔了一下说："看电影还要花钱，不在街上露天放映了？"

莫小戚不再说话，默默吃饭，妈妈也不说话，两个人的眼光偶尔接触到对方马上闪开。吃完饭，莫小戚没有像往常那样一放下碗就往学校跑，而是默默躺到炕上，打开枕头边的一只木头盒子，里面整整齐齐摆着小人书。莫小戚摩挲着这些小人书，一本本数了一遍，19本。他从中抽出《林海雪原》读了起来。往日他很喜欢杨子荣，但今天脑海中不断出现李连杰；换成《杨家将演义》，还是出现李连杰。莫小戚放下书，身子紧紧缩成一团，感觉身上有些冷。

莫小戚被唤醒，妈妈站在他身边担心地问："你是不是病了，发烧了？"

莫小戚感觉身子有些沉，他摇了摇头问："爸爸还没有回来？"然后坐起来说："我上学去。"

妈妈从口袋里掏出一毛钱递给莫小戚说："晚上你看电影去吧！"

莫小戚接过钱，这张薄薄的钞票被压得平平整整，感觉沉甸甸的，但奇妙的是顿时感觉身子不沉了。莫小戚跳到地上说："我把剩下的钱晚上给找回来。"

莫小戚去学校之前，用肥皂洗了头发，没等干透，便跑去学校。

下午的时间过得异常漫长，大家都在盼望夜晚早早来临，幸亏都是副课，老师们也在等待夜晚的来临，让大家自己学习。教室里充满着心照不宣、压制不住的兴奋，不时有人鼓捣出一种异响，凳子倒了，书本掉在地上……上课、下课，响了好几次铃声，太阳渐渐落下山去，一只鸽子落在窗台上啄食东西，几乎吸引了所有同学的注意，有人站起来模仿鸽子咕咕地叫。终于放学了，同学们争先恐后奔跑出去，好吃完饭到戏场院看电影。

莫小戚还是落在最后面，等同学们都走光之后，他背起书包往家里跑。路过校门口又看了一眼海报，在微微暗下来的天色中，李连杰举着拳头冲他微笑。整个街道上都洋溢着一种喜洋洋的气氛，像过年似的。

莫小戚一口气跑到家门口，一摊呕吐物挡在前面，有只狸花猫围着它打转。呕吐物白乎乎的，里面有几根没有消化干净的咸菜，让人触目惊心的是还有几块暗红色的血迹。身边那种欢乐的东西瞬间不见了，莫小戚闻到的只剩扑鼻的酒气。

他胆战心惊地推开门，屋里没有开灯，酒气更加浓烈，爸爸捂着被子躺在炕上呻吟着，地上是一堆呕吐的东西，上面盖着草灰。妈妈捂着额头失神地坐在一只小板凳上，像一只年代已久落满灰尘的静物。

莫小戚打开灯，妈妈依旧呆呆地坐在那儿，脸色灰暗，仿佛是她喝多了酒。莫小戚放下书包，把地上的垃圾扫进簸箕里，他又看到草灰中的血迹，心惊肉跳。

刚扫完，爸爸又呕吐起来，这次没有那些白乎乎的未消化完的东西了，只有血，在昏暗的灯光下，这些血蒙着一层灰色，像被搁置了很久的猪血。莫小戚从灶膛里铲出草灰，盖住这摊血迹，担心地说："要不去医院吧？"

"去啥医院？我没喝多，他们都喝多了。"爸爸伸出一只手来。莫小戚抓住，爸爸的手一片冰凉，上次喝多碰折的那根手指还肿着。

爸爸呜呜地哭了起来："我冷，我肚子疼，我……真疼啊，家里有没有止疼片？"

妈妈终于忍不住，腾地站起来："叫你喝，喝死算了。"

妈妈眼睛里有层雾蒙蒙的东西，随着流出来的眼泪，这层雾蒙蒙的东西被打湿，更加蒙眬了。

莫小戚伤心透了，他不知道这是爸爸第多少次喝多酒。每次喝多他们就吵架。他又拉过一床被子，盖在爸爸身上，问妈妈："家里有止疼片吗？"

妈妈摇了摇头，眼睛里那层雾蒙蒙的东西更重了。莫小戚害怕起来，他说："我去买点药。"

突然，一只板凳腿断了，上面放着的一盆花掉在地上，花盆摔成好几片，一个小碎片飞过莫小戚的眼皮，他感觉湿漉漉的，用手抹了一下，拾起碎瓦片。

街上已经有人陆陆续续往戏场院走。莫小戚把碎瓦片扔到垃圾堆上，气喘吁吁跑到药店，说买止疼片。

医生说："你的眼睛怎么了，流血呢！"

莫小戚又抹了一下眼睛，感觉自己要哭了，他强忍着说："没事，我买几粒止疼片。"

剩下的五分钱花完了，莫小戚出药店的时候，听见背后有人说："小戚的眼睛在流血呢！"

莫小戚连续用手抹了几下眼睛，夜完全黑下来。

莫小戚回到家，给爸爸倒上水，让他服了药。爸爸终于睡着。莫小戚照照镜子，他的眼睛肿了，但眼皮不再流血。那盆花碰坏几个叶片，根也从土里裸露出来。莫小戚想起刚才在垃圾堆上看到了破瓷盆，他跑出去。街上影影绰绰都是人，朝戏场院的方向走去。

莫小戚把花种在破瓷盆里，把地上的草灰和土扫干净，从院子里搬了几块半砖头，把凳子垫起来。听见街上的人越来越多，他知道他们都是去戏场院。

一直木坐着的妈妈猛地站起来，咬着牙说："咱们都去看电影！"

莫小戚惊恐地望了望躺在炕上的爸爸说："咱还没吃饭呢。"

"我不饿，啥也不想吃。你想吃，给你热点吧。"妈妈心不在焉地说道。

妈妈这样一说，莫小戚一点儿胃口没有了。他说："我也不饿。"

妈妈说："咱们走吧！"

莫小戚望了爸爸一眼，摇了摇头。

妈妈没有再说话，推开门走了出去。妈妈从来没有这样决绝过，望着走入夜色中的妈妈，莫小戚感到另一种害怕，可是他不知道该怎样阻拦。

妈妈走了之后，屋子里好像更加昏暗了。莫小戚的肚子咕咕响起来，可是他一点儿也不想吃饭，他爬上炕，又拿出小人书。莫小戚脑海中清晰地出现每一本小人书购买时的情况，《红楼梦》是他挖甜根苗卖的钱买的；《林海雪原》是挖白蒿卖的钱买的；《杨家将演义》是一次生病之后，妈妈给了他零花钱买的；《三里湾》《林家铺子》是用压岁钱买的……莫小戚笑了一下，他想此刻要是照镜子的话，他的笑容一定十分凄凉。

戏场院的大喇叭响起了音乐，电影快要开演了。莫小戚听到几声猫叫。

莫小戚望着熟睡的爸爸，想自己只去戏场院门口看一看，看完就马上回来。

莫小戚又倒了一杯水，放在爸爸枕头边，朝戏场院跑去。街上都是人流，没有赶集时那样多，但和下雨前蚂蚁搬家差不多。男人们吸着烟，烟头一闪一闪的，像信号灯。好多小孩尖叫着往前跑，有的还随手甩一只鞭炮，人群中响起一阵快乐的咒骂声。戏场院门口，吊着两只足有五百瓦的大灯，照得这块地方出奇地亮。隔着大门，里面乌泱泱的全是人，外面也围满了人，好多人朝门口涌去，还有好多人在买票。莫小戚庆幸学校提前帮他们买了学生票，他把票掏出来，人流裹挟着他往检票口走去，他赶忙往出挣扎，感觉像大海中的一只小舟。

好不容易从人群中挣扎出来，莫小戚朝售票口走去，他要退票。还没等走到售票口，有人就望着他手中的票问："有票?"没等他回答，那人夺过莫小戚手中的票，塞给他一毛钱。莫小戚想说这是张学生票，可是已经找不到买他票的人了。

人潮继续往前涌动，莫小戚摸着口袋里的一毛钱，想找到妈妈，把钱给她，可是哪里能找到呢?到处都是人，都是晃动的面孔。莫小戚紧紧握着一毛钱，从人群中退出来，看到天上布满了星星，一颗挨一颗，结成一张明亮的网。

莫小戚回到家里，地上又出现伴随着血迹的呕吐物，爸爸还在昏睡，枕头边的水少了一半。莫小戚打扫了呕吐物，把手放到爸爸的鼻孔前试了试，爸爸鼻孔里的气息弄得他的手指发痒。爸爸应该睡一晚上就没事了，以前他也经常喝醉，经常吐，还吐过胆汁呢!

喇叭里传来激烈的马蹄声和厮杀声,《少林寺》开始播放了。爸爸盖着两床被子,占了大半个炕,像只酒坛子一般不断散发出酒气。莫小戚躲在墙角,看见头顶上出现一只蜘蛛,拖着条亮晶晶的线,荡来荡去,他担心蜘蛛掉下来,伸出笤帚拖住了它,蜘蛛顺着笤帚爬到了屋顶墙角,一动不动,好像消失在了那块黑暗的地方。

莫小戚又拿出小人书,可是没有一本能吸引住他,《少林寺》的声音在耳边清晰地回响,他痛恨喇叭的声音这样大,为什么要让他听见?他不由得跟着声音想象电影里的画面,想象戏场院里的人山人海,感觉自己好像变成盲人,什么也看不见。

因为看《少林寺》,今天老师没有布置作业,备受煎熬的莫小戚不知道该干些什么,无论他做什么,《少林寺》的声音总是钻进他的耳朵里,让他什么也做不成。

在万般煎熬中,门忽然开了,妈妈走进来。莫小戚一激灵,张口就问:"《少林寺》演完了?"

妈妈摇了摇头说:"我没有去看。"

这时莫小戚才发现妈妈浑身发抖,像在发烧。他脑海中马上出现妈妈也躺在炕上,盖着两床厚厚的被子的样子。

妈妈开始收拾自己的东西。莫小戚心惊肉跳,妈妈说过好多次要和爸爸离婚,终于动真格的了。莫小戚拿不定主意去不去阻拦,因为喝酒,妈妈和爸爸经常吵架,他想离了也好,但离了……他瞬间感觉空荡荡的。

爸爸还在昏睡,不知道正在发生的一切。莫小戚想,等爸爸明天醒来，或许妈妈已经离开了这个家，再也不会回来了。他想把爸爸叫醒来，推了爸爸几下，爸爸哼哼了几声，继续昏睡。

妈妈把她不多的东西收拾进一个包袱皮卷起来，说："小戚，以后你和你爸爸好好过！"莫小戚终于反应过来，他感觉浑身上下都在疼，抱住妈妈的腿说："你不能走。"

妈妈的眼泪掉在莫小戚脸上，她说："你还没吃晚饭吧？"便动手去做。

莫小戚默默地坐着，妈妈在他眼前忙碌，他感觉妈妈已经离开他们了。他想妈妈刚才到哪里去了？

妈妈做的是莫小戚最爱吃的鸡蛋饼，因为这顿饭的特殊意义，妈妈多放了葱花、鸡蛋，油也比以前放得多。鸡蛋饼还没有做好，莫小戚就闻到了它的香味，但做好之后，他什么味道也尝不出来，莫小戚感觉胸口像塞了几块石头。莫小戚拼命吃了几块，想到以后再也吃不上妈妈做的饭了，默默流出了眼泪。

妈妈一把搂住他说："小戚你别哭，这事不怪你。"

妈妈说这些话时，已经开始哽咽，她嗓子嘶哑得像感冒上火了。

莫小戚盼爸爸醒过来，做些什么，但爸爸呼呼睡着。

吃完饭，戏场院的大喇叭忽然没有声音了。莫小戚想《少林寺》应该结束了，心里再次感觉空荡荡的，然后他听到人群穿过街道，议论着电影，还夹杂着许多孩子们的嬉闹，这个声音持续了很久，才恢复了宁静。

妈妈把一切收拾好之后，又呆呆地坐了会儿，在炕的东边躺下。莫小戚想妈妈暂时还不走，一阵欣喜，等明天爸爸就醒过来了，赶紧躺在炕的西边。爸爸像一座大山横亘在他们之间，莫小戚好久睡不着，也不敢动，他听见妈妈也没有睡着。

第二天，莫小戚上早自习开门的时候像要踏进万丈深渊，害怕上完早自习回到家妈妈就不见了。一开门吓了一跳，姨姐徐朝霞疲惫地站在门口，像匆匆赶了一晚上夜路。莫小戚望着她疲惫的样子，想，姨姐怎么知道爸爸妈妈要离婚，姨姨怎么只派她来？但他觉得独自压在他身上的担子变得轻松了些，他像看到奄奄一息的一堆篝火上加了把柴火。他把姨姐领进家里，赶忙去上早自习。

路上几乎都是学生，他们议论着觉远、牧羊女、王仁则、秃鹰，莫小戚一个也听不懂，他低头沿着马路牙子走，像条流浪的狗。

到了校门口，《少林寺》的海报不见了，贴海报的地方留下些糨糊的痕迹，像平坦的地面上出现一块沼泽。莫小戚想起姨姐，想起姨姨、姨父、姥姥、姥爷……他想到下了自习回到家，家里站着满满一地亲戚，他们带来猪肉、鸡蛋、糕点、罐头等好吃的东西。

下了早自习，莫小戚第一个冲出来，到了校门口，贴海报的地方贴上了一张寻物启事，有人把猪丢了，莫小戚莫名地长出了一口气。

回到家里，并没有看到姥姥、姥爷等一大家人。妈妈已经做好饭，在擦镜子。爸爸默默地在刮胡子。莫小戚想，他们大概因为姨姐来了，不好意思再吵。姨姐坐在炕上，眼睛红肿，应该刚刚哭过，手里正拿着一本小人书，在认真地看。莫小戚奇怪地没有因为别人动他的小人书而生气。

妈妈说："小戚回来了，吃饭。"

爸爸刮完胡子，脸色蜡黄，像病过一场。他把碗取出来，悄悄放到炕上。

照例是稀饭、馒头、炒白菜、咸菜，只是因为姨姐来，多加了两个煮鸡蛋和一碟白糖。

姨姐的加入，奇怪地使这餐早饭更加冷清。

莫小戚忍不住问："姨姐今天不上学?"

徐朝霞比莫小戚大三岁，但因为在山区上学晚，又留了一级，现在和莫小戚同样读三年级。

姨姐张了张嘴，还是带出哭腔说："不想上了。"

妈妈叹了口气说："这么小，不上学干什么? 唉，你妈……"欲言又止。

妈妈的话仿佛发出个信号，莫小戚重新打量姨姐，发现徐朝霞的胸脯鼓鼓的，脸分外白皙，就像他手里拿的鸡蛋白，而且她身上散发着幽幽的香味儿，他只在班里那些年纪大的漂亮女生身上闻到过。莫小戚突然觉得姨姐挺漂亮的，不由得心慌意乱。

妈妈说话的时候，爸爸一直在吃饭，他光吃馒头，一口白菜也没吃，吃完馒头，就咕咚咕咚喝起稀饭来，刚才莫小戚喝稀饭，感觉很烫，爸爸却几口把它喝完，然后抹了抹嘴说："我去干活儿了，上午给朝霞买点儿好吃的。"

妈妈没有说话，爸爸仿佛也没有等妈妈说话。等他背起那只黄挎包的时候，姨姐说："谢谢姨父! 你不吃了?"爸爸说："吃饱了。"

爸爸走了之后，房间里的气温好像上升了，妈妈打开窗户问："你妈和你爸？"

姨姐痛哭起来！她哭得眼泪和鼻涕混在一起，嘴一张一张，拉出细亮的银丝。莫小戚想起"梨花带雨"这个成语。

姨姨和姨父离婚了，姨姨去了城市里当保姆，姨姐不愿意和姨父待在大山里，跑了出来。莫小戚没有为姨姨姨父离婚的事情难过，也没有感觉姨姐不上课不好，他反而有种隐隐的兴奋，希望姨姐一直住在他家里。莫小戚责怪自己不该这样想，但他心里就是这样想。

同学们下了课，又议论起觉远和牧羊女，留了好几级和他们读一个班的大海说："我要是觉远，一定不当和尚，娶了牧羊女。"莫小戚猜测他们是一对相恋的男女，但他已经不再因为没有看上《少林寺》特别难受了。

莫小戚慷慨地把自己的小人书都拿出来，请姨姐看。遇到姨姐看不懂的地方，莫小戚就给她讲解。他早已把这些小人书全部记得滚瓜烂熟，每次给姨姐讲解的时候，一种成就感油然而生，而姨姐看他的眼神，也不像姐姐看弟弟的眼神，像一个小女孩看自己崇拜的人，莫小戚闻着姨姐身上的幽香，经常想到同学们说的牧羊女。

妈妈没有再提和爸爸离婚的事情，爸爸每天干完活儿回来，抢着干家务讨好妈妈。莫小戚从来不知道爸爸会擀面，他能把面条擀得又薄又细又长。他还会腌茶叶蛋。他把漏了好几年的房顶补了一遍，雨季他们再也不用发愁了。他还把炕洞清理干净，做饭烟不会乱窜了。

妈妈却不再主动和爸爸说话，凡是必须要和爸爸说话时，总是不带称谓，好像在自言自语，而爸爸总是能心领神会，知道妈妈是在和他说话，努力把该做的事情都做好，但他们中间好像隔了一层厚厚的东西，让莫小戚感觉很伤心。

　　因为姨姐是受了委屈躲来的，妈妈允许她什么事情也不干，所以姨姐每天把自己收拾得干干净净，有空就看莫小戚的小人书。每次姨姐洗完脸往脸上抹雪花膏的时候，莫小戚就想留在她身边。看到姨姐捧着小人书认真阅读的样子，他觉得家里有了些温馨。他盼望有一天回家，妈妈突然和爸爸说话。

　　有一天，爸爸妈妈都不在家。莫小戚突然问姨姐："你觉得大人们离了婚好，还是天天吵架或者谁也不理谁好？"

　　姨姐正在看《西厢记》，听到莫小戚的话抬起头，眼神挣扎着，闪现出难受的表情。她摇了摇头说："我喜欢大人们像张生和崔莺莺。"

　　莫小戚身子颤抖了一下，他从来没有想到现实中的人可以像书上的人那样活，他以为书上的生活就是书上的生活，现实中的生活就是现实中的生活。那一刹那，他觉得姨姐还是比他高明。望着姨姐白净的脸庞，翘翘的小鼻子，莫小戚特别想伸出手在她鼻子上刮一下，便把手伸了出去，但心里一阵慌乱，落在小人书上，和姨姐的手指碰在一起，他赶忙把手拿了回来，但从来没有过的甜蜜从心底升起。莫小戚想觉远和牧羊女到底是怎么回事？以后有了《少林寺》的小人书他一定买下。

　　姨姐在莫小戚家待了一星期。星期天的时候姨父来了，他本来就生得黑，这回见更黑了。莫小戚不知道什么样的太阳才能把人晒得这样黑，尤其他两只眼睛黑乎乎的，像望不到底的枯井，莫小戚看了一眼就不敢再看了。而且，从来不喝酒的姨父嘴里散发着酒气，一看就没少喝。

爸爸妈妈和姨父关在里间屋子里，莫小戚不知道他们在说什么。他和姨姐坐在炕上，姨姐见了爸爸没有表现出兴奋，反而发起了呆。莫小戚看到墙角那只蜘蛛又荡了出来，仅仅过了几天时间，它好像比前几天大了一圈。莫小戚不能肯定这只蜘蛛就是那天那只，但这么大的蜘蛛，那根闪闪发亮的蛛丝显得更加纤细了，莫小戚还像上次那样，用笤帚把它送到了屋顶墙角。

姨姐看到蜘蛛说："你养虫子啊?"

莫小戚回答说："我看它可怜。"

姨姐哭了起来。莫小戚不知道该怎样哄她，他从来没有哄过女孩子。他轻轻拍拍姨姐的背，上面都是骨头，原来姨姐这么瘦。

直到中午的时候，爸爸妈妈和姨父才从里间出来，他们每个人眼圈都红红的，好像都哭过。莫小戚忽然觉得大人也都挺可怜。

妈妈张罗着做饭，爸爸拿上盘子出去。一会儿，爸爸盛回一盘碗坨，还有一块豆腐和一点儿猪头肉。

菜做好之后，妈妈拿出了一瓶酒。

爸爸低下头说："不喝了。"

妈妈把它打开。

姨父拿起酒瓶给爸爸倒。

爸爸拦住说："我不喝了。"

姨父问："以前你不是最爱喝酒，怎么不喝了?"

妈妈瞪了爸爸一眼。

爸爸赶忙说："给我少倒点儿。"

爸爸和姨父都端起酒杯，爸爸喝了一口酒之后，眉头舒展开了。

莫小戚和姨姐吃完饭跑到院子里，晴朗的天空，远处刮着龙卷风。那道龙卷风像莫小戚校园里的老槐树那么粗，龙一样缓缓地盘旋着，忽然就到了莫小戚家院子里。扑通、扑通，龙卷风里面掉下一堆东西，然后又盘旋走了。莫小戚和姨姐跑过去看，掉下来的东西中有一只高粱秸编的瓮盖子，几截树枝，还有一团卷起来的纸。莫小戚好奇地把这团纸打开，居然是《少林寺》的海报，李连杰全身皱巴巴的，膝盖处被撕掉一条，露出里面白纸的底子，像被砍了一刀。

姨父带着姨姐走了，姨姐边走边落泪，从姨姐的身上莫小戚仿佛看见姨姨离开姨父时的悲伤，他感觉五脏六腑好像都被掏空了，唯一让他感觉欣慰的是，姨姐带上了他的全部小人书，19本。莫小戚想，等《少林寺》出来，他一定买一本给姨姐送去。

爸爸又去干活儿了，妈妈收拾屋子，姨姐不在家里，屋子里好像一下子少了许多东西。莫小戚把《少林寺》的海报钉在了墙上，李连杰膝盖处撕掉的那块地方，他用蜡笔填上了颜色，可惜没有完全一样的颜色，但从远处去看，看不到那道伤口了。

妈妈发现装小人书的盒子空了，问莫小戚："你的小人书呢？"

莫小戚骄傲地回答："我送给姨姐了！"

他想妈妈一定会夸奖他大方和善解人意。

没想到妈妈勃然大怒："你，你知道买这些书花了多少钱，费了多大劲，你居然都送了人？"妈妈气得说不出话来了，拳头重重落在莫小戚背上，莫小戚感觉好像做地基的人在打夯，他的心要蹦出来了。

姨姐那么可怜，他们还是亲戚！莫小戚捧开门跑了出去，他觉得自己活在这个世界上没有意义了。他边哭边漫无目的地乱走，不知不觉竟走到去青龙泉水库的路上。

村庄到青龙泉水库有两条路，一条是崖上平坦坚实的土路，能走车和人，沿路有一家木材加工厂、一家水泥厂，还有一个灌区。另一条在崖下紧挨着水渠，很早以前那里是一道城墙，城墙垮塌之后被人们慢慢踩出一条路，崎岖不平，荒草蔓延。

以前莫小戚他们到水库玩，总是走崖上的平路，从来不走崖下那条路，人们说崖下那条路有毒蛇，还有死人的骨头，是修城墙的人留下的。现在莫小戚毫不犹豫地踏上了崖下那条路。

路上到处是城墙坍塌下来的土块，大的足有半人高。城墙旁边几米远就是水渠，旁边长满了密密麻麻的小槐树和绿油油的青草，青草有人的半腿那么高。太阳被土崖挡住，这条路显得阴森森的。莫小戚尽量沿着城墙的废墟走，尽量与草丛保持一段距离，他害怕草丛里突然爬出一条蛇。

以往去水库走崖上那条路，用不了十分钟就到了，现在莫小戚感觉走了好久，还没有看见水库。前面出现一截没有坍塌的城墙，莫小戚想爬上去，望望水库到底还有多远，刚一爬上去，莫小戚的头皮炸了起来，就在他前面顶多二尺远的地方，盘着一条足有胳膊粗的土灰色的蛇，昂起头吐着芯子在晒太阳。莫小戚赶忙往后退，脚没踩牢，从城墙上摔了下来，一头扎进草丛里。他惊慌失措地爬起来，手扶在槐树上，被扎得尖叫起来。莫小戚听到草丛里到处窸窸窣窣在响，好像到处都是蛇；渠里水花翻滚着，水面发黑，看不清水到底有多深，好像下面也藏着许多怪物。他顾不得手疼，狠命折断一截槐树枝，用劲抽打着草丛往前跑，一直跑到水库的石头大坝上，看到一群人在打鱼，莫小戚才松懈下来，一屁股坐在地上。

他的手被槐树枝扎了几个洞，腿也碰破了，莫小戚觉得自己是世界上最可怜的人，他想哭，可是被打鱼的人吸引住了。

他们正在起渔网，好大一网鱼，鱼们在网里徒劳地窜来窜去，一条摞到另一条上面，一条又把另一条挤开；水滴从渔网的缝隙中掉下来，像无数鱼在哭。莫小戚从来没有见过一下子打起这么多鱼，他跑过去，心扑通扑通地跳。打鱼的人笑嘻嘻地招呼莫小戚帮他们拾鱼，莫小戚才发现他们已经打了两尼龙袋子鱼。莫小戚捧起一条条鱼，帮他们装进另一条空着的尼龙袋子里，他想他们打了这么多鱼，会不会送他一条？

鱼都拾进袋子里，这伙人哈哈笑着得意地把袋子抬上三轮车，连招呼都没有和莫小戚打就走了。

莫小戚感觉受骗了，他的手疼起来，仔细看上面有几个洞，还在往外渗血；他的腿也在疼，上面也是血糊糊的。莫小戚不去管他们，他想让血一直流吧，反正没人稀罕他。

莫小戚就这样呆呆地坐着，他感觉有些头晕，他想这是身体里的血少了的缘故。他想一直坐下去，自己就什么也不知道了。他脑海中出现爸爸妈妈抱着他的尸体悔恨痛苦的样子。

忽然，莫小戚面前的一条水沟里翻起水花。莫小戚一看，好大一条鱼，比他刚才见到的所有的鱼都大，是他这辈子见过最大的鱼，大概刚才漏网之后被吓得跑进了这条水沟里，一下没弄清方向，拼命往前游，越往前游，前面的水越浅。

莫小戚按捺不住内心的狂喜，脱下上衣朝前跑去。他跳进水沟后，发现水只有他的半腿深，鱼因为他猛烈的动作，用劲朝前游去，莫小戚清晰地看到它黑色的脊背刀片一样。莫小戚张开衣服，连着整个身子朝鱼扑去。鱼被衣服裹住，在莫小戚身体下面挣扎，它的尾巴拍打着莫小戚的胸脯，像儿童节时乐队在演奏。

莫小戚抱着裹在衣服里的鱼爬上岸，他的衣服湿透了，紧紧贴在身上，牙齿在打战，但胸口和鱼紧贴着的地方热乎乎的。莫小戚所有的烦恼消失了，他想赶快回到家，让爸爸妈妈看看捉到的鱼，他甚至已经闻到鱼炖在锅里的香味了。

阳光照在崖上暖洋洋的，莫小戚抱着鱼胸口越来越热，热得简直发烫。路上偶尔走过几个行人，莫小戚害怕他们发现怀中的鱼，做贼一般偷偷贴着崖边溜。刚才走过的崖下的路还在阴影中，但没有那么阴森可怕了，莫小戚看到那截没有坍塌的城墙，但离得太远，看不清楚上面那条蛇在不在了。

莫小戚回到家里，衣服还在滴水，他顾不上换衣服，先把鱼拿出来。一离开衣服的包裹，鱼马上伸出尾巴狠狠在莫小戚脸上扇了一记，莫小戚差点被扇得摔倒，但他满心欢喜，鱼还活着。莫小戚拿出家里的盆子，洗脸盆、洗菜盆、面盆都太小，没办法，他只好把鱼放在妈妈洗衣服用的大铁盆里，足足加了一桶半水，才淹没了鱼的身子。

莫小戚这时才感觉浑身发冷，他把衣服脱下来，躺进被子里，在他睡着的前一刻，他听到猫的叫声。

莫小戚睁开眼睛的时候，已经是晚上，爸爸妈妈都围在他周围，妈妈甩着水银温度计说："不烧了。"莫小戚看到爸爸妈妈在笑，他感觉有些头疼，但感觉事情终于过去了。他高兴地说："我抓住了一条大鱼！"爸爸妈妈的笑容顿时僵住了。莫小戚穿上衣服走到大铁盆前，鱼没有了脑袋，大半个鱼身子横亘在铁盆中，长脑袋的地方正渗出淡淡的血迹。

（原载《时代文学》2023年第3期）

杨遥，山西代县人，文学硕士。出版有《二弟的碉堡》《硬起来的刀子》《我们迅速老去》《流年》《村逝》《柔软的佛光》《闪亮的铁轨》《隐疾》等小说集和长篇小说《大地》。曾获赵树理文学奖、山西省"五个一工程"奖、《十月》文学奖、《上海文学》奖、"中骏杯"《小说选刊》奖和《山西文学》《黄河》优秀作品奖等奖项。

归来，马拉多纳

◎ 陈　鹏

没有一个人为自己活

也没有一个人为自己死

——《圣经·罗马书》

2022 年 12 月 19 日，阿根廷国家队夺得世界杯冠军，梅西奉献两粒进球，荣膺金球奖。迭戈·马拉多纳等待 34 年的荣耀，终于在他离世两年后变为现实。

——题记

风头正劲的先锋小说家陈鹏突然消失，没人知道他去了哪里。2022 年 9 月 3 日，我收到陈鹏题为《归来，马拉多纳》的小说，共八页打印稿。为什么寄给我？鄙人杜上，业余写诗，算不上陈鹏密友，也就泛泛之交吧，我对他那些"先锋大作"不以为然——这个时代不可能出产什么"先锋"了，所谓先锋派们要么假的，要么装的，无非鱼目混珠哗众取宠，至于作品，不读也罢。他们在各种场合的言说反而比作品更重要——这就是这个时代的作家的悲哀？

"杜上兄，夏安，这是我最后一部小说，此后封笔。个中缘由，你读后便知。兄是我敬重的同行，我很喜欢你的诗。我知道这部小说绝无机会发表，我也不想发表，可我毕竟写了它。这是我写的第三个关于迭戈·马拉多纳的小说（兄不会不认识伟大的球王吧），也可能是世界上最后一部关于马拉多纳的小说。兄一晒，阅后可弃，可焚。小说者流，不过如此。我对所谓虚构，再无兴趣，就此道别。夏安。陈鹏，顿首。"

说实话，这是一部很牛的短篇小说，不仅因为我也热爱迭戈·马拉多纳，还因为陈鹏的确向我证明了他在很多公开场合夸下的海口："我当然是最好的小说家之一。如果你不喜欢也看不懂，那是你的问题，不是我的问题。"好吧，原谅我未弃也未焚，急不可待地把它捧到诸君面前，希望更多朋友读一读这个不知真假也有点惊世骇俗的故事。需要说明的是，球王马拉多纳病逝于2020年11月25日，小说事件发生时间也是2020年11月25日。当然不是巧合。无论陈鹏身在何处，我违背他意志地公然"发表"，算是对他，对一个严肃的先锋派的致敬吧。

以下，是《归来，马拉多纳》全文：

一

没听出来。清晨7点你听不出来谁会用别扭的西班牙英语给你打电话。她说她是伟大的球王迭戈·马拉多纳的二女儿，吉安娜·迪诺拉·马拉多纳。刚开始我以为是恶作剧，但她说，我的短篇小说《再见，马拉多纳》早在2015年7月就被译成西班牙语，收入是年8月南方出版社出版的《他世界》合集。迭戈读过，非常喜欢。我瞪着外面水泥色的天空不知所措。来电号码所在地的确是阿根廷布宜诺斯艾利斯。她说迭戈想见我，他十天前做了脑部手术，情况很不乐观，随时有生命危险。他一直念叨您。请来一趟吧，好吗？我恳求您。我不敢吱声。她迫切地说，迭戈很想见您，也只想见您。我说为什么是我？她反问我没读过迭戈传记？他说，比起尊严，死亡不值一提。来吧，尽快赶过来。

我当天上午就致电阿根廷驻京大使馆，对方打消了我的疑虑，称马拉多纳家人早就和他们说好了，我飞往北京当天即可拿到签证。11月22日，我搭乘国航CA7524从北京T3航站楼出发，36小时后在布宜诺斯艾利斯埃塞萨国际机场降落，吉安娜亲自接机。她挺漂亮的，一袭黑裙，胸前挂一枚小小的银十字架。欢迎，陈。她微笑着，我们握手的触觉（温暖，纤细，像某种小动物）仍无法让我确定事件的真实性。我知道她和阿圭罗[①]离了，独自抚养儿子。马拉多纳把外孙"本杰明"（Benjamin）文在右臂。司机和我一样光头，丰田商务车开得又稳又快。现在是昆明凌晨三点，当地下午两点，很热，南半球夏季高温直逼30摄氏度，布宜诺斯艾利斯的荒凉郊区像博尔赫斯小说一样被打开。我请教吉安娜，迭戈为什么要见我，就因为《再见，马拉多纳》？这个嘛，她说，您还是亲自问他吧。

圣·安德雷斯不像富人区，更像马德里郊外的蓝领SOHO。我视线模糊，眼前事物明显倾斜，犹如梦境的梦境。吉安娜带我去

---

① 塞尔希奥·阿圭罗，生于1988年，阿根廷著名前锋，马拉多纳前女婿，2012年与吉安娜离婚。

后院，那儿有一块一百多平方米的微型球场，场上三只白色阿迪足球，右边是迷你泳池，绿萝爬满墙角。夹竹桃气息苦涩，微风燥热干净。没有狗。居然没养一条狗。我们从前门进入。客厅很小，墙壁雪白。靠墙一只白色长沙发。没有迭戈的画像或照片。白胡桃木梯通往二楼。客厅前面三个房间。左手，她让我稍等，进去片刻后出来，敞开门。屋里一个大胡子男人起身向我问好。一张单人床白得耀眼。床上，这具硕大浑圆的差不多塞满床架的身体，这只左侧还贴着纱布的留短寸的头颅，这个衰弱又强悍的男人，这个人，这个身高1米68的伟人，这具天赋异禀的肉身，这个通过鼻孔氧气管呼呼吸气的男人，如果不是迭戈·阿曼多·马拉多纳本人，还能是谁?!我惊呼，迭戈！他仔细打量我，虚弱地招呼我坐下。欢迎你，鹏。他嗓音粗糙，比很多视频里的声量更低沉些。吉安娜问我喝什么，我答，咖啡，黑咖啡，谢谢。她退出去。我感到热，开着空调的房间温度似不断升高，白色马拉多纳像一切光和热的源头。我问他，迭戈，你还好吗？他指了指脑袋上的纱布。迭戈啊，全世界都不知道你病了，都不知道你——没事，扛镰刀的大杂种就在院子里候着呢，我看得见他。我大声说他离死还远着呢，按中国人传统，不能随随便便说死。他笑了，幸好我不是中国人，人人难免一死，小子，我60岁了，我不怕死。迭戈深吸一口气。你呢，你怎么看待死亡？我告诉他，我的同行余华写了一部《活着》就讲这个，中国人的哲学嘛，好死不如赖活。你的意思是，活着就行，不管怎么活着？嗯，大概是这个意思。死了什么都没了，万事皆空一切白搭。不，他打断我，你们会记得我的上帝之手，我的世纪进球，它们永远不会消失。没错，迭戈，所以我们希望创造奇迹的伟人尽可能活得长久，就好像他的肉身也是他创造的奇迹。是吗？偶像活着自己的活着才有意义，是这样？可以这么理解。哈哈，愚蠢，创造无数奇迹的迭戈·马拉多纳居然还要为你们苟活？我是迭戈·马拉多纳，我只是迭戈·马拉多纳，你同意吗？当然，迭戈。活着的价值在于浓度而非长度，你也同意吗？某种程度上，同意。吉安娜的咖啡来了，迭戈让我快尝尝，是巴西咖啡。他讨厌巴西的一切除了咖啡。我啜一口，真香，长途飞行的疲惫大为缓解，但我仍然怀疑事件的真实性（坐在迭戈·马拉多纳面前，置身布宜诺斯艾利斯），拿不准屋里的苦杏仁和碳酸气味究竟是虚构还是现实。我想说的是，小子啊，我早就活腻味了，一个不能上场踢球的死胖子，一个你们眼里堕落的神，如果连捍卫尊严都做不到，何必死乞白赖耗下去？哦，迭戈。你才60岁，你才区区60岁。60年一甲子，对吧？按照你们中国人的说法，已经活了一辈子。够了，足够了。窗外热浪翻腾，橘红色屋顶一眼望不到头，让人想起美剧《权力的游戏》的某个惨烈的场景。

好吧，为什么是我？迭戈，为什么把我找来？他微微一笑，说找我来的起因正是《再见，马拉多纳》。我2015年的时候读到它，唐·迭戈（马拉多纳父亲）刚刚去世，你的故事把我感动坏了——一个失去父亲的小子为了拿到迭戈的签名，不远千里跑去北京奥运村寻找阿根廷领队迭戈·马拉多纳，就因为他死去的父亲是迭戈的铁杆粉丝，是模仿他踢球长大的。哦，小子，这是一个多么悲伤的故事，尤其结尾，12岁的小子终于等来迭戈为他签名。"一切都迟了，纸太薄，笔尖噗嗤洞穿了它。迭戈摇摇头，腕间的宝蓝色手表轻轻一晃，掠过他，走向下一个。"我可从不怠慢球迷，总是尽力满足他们，特别是小球迷。哎，迭戈，那是小说，是虚构。2018 年，唐·迭戈去世三年我重读了它，我更难过了，非常非常难过，我放声大哭。你的结尾多简单啊，又多残忍呐。我跑回我的贫民窟老宅后院坐着，踢了踢当年的破足球，想起爸爸像大树一样陪着我和一帮孩子一路踢到天黑，直到再也看不清彼此。哦，迭戈。就因为这个？就因为这个。可我还是一头雾水——你父母还健在？在，就在昆明，我的家离他们住处不远。你真是走了狗屎运。是啊，我也这么认为。在你另一部小说中，巴萨叛徒菲戈打算策反梅西，后者给我打电话征求我的意见，哈哈，有点意思，虽然纯属瞎编。是《诺坎普》，也翻成了西班牙语？没错，你好几个作品被翻成了西班牙语，最近一个叫《麋鹿》，我还没看。所以，你的理想，你的伟大理想就是当一名伟大作家，拿下诺贝尔奖？不不不，我脸红了，我哪敢——你的偶像海明威有句名言，想想，不也挺好的吗？太遥远了迭戈，对我来说——软蛋！胆小鬼！好吧我们谈谈理想。你从小模仿我踢球？为什么不踢了？踢，现在还踢，在昆明一支业余球队踢业余联赛，拿过几次最佳射手。我指的是，职业队。这个嘛，毕竟，在中国——失败者就喜欢给自己找借口，如果踢球、写作都是或者曾经是你的理想，为什么不坚持到底？我认为，我肯定不是迭戈你这样的天才，也不可能是海明威那样的天才。必须有远大抱负啊小子，否则你写出来的就是不痛不痒的狗屎，这个世界上的狗屎还不够多？是的是的，迭戈，我承认，我——他是对的，他永远是对的——问题是，迭戈，理想和现实之间，隔着马里亚纳大海沟啊。不，没那么难，你看看我们的老博尔赫斯，看看塞萨尔·艾拉，再看看疯子波拉尼奥——千万别以为我不懂文学小子——你看，他们愿意为写作去死，明白吗小子？还记得我的上帝之手吗？我在为我的祖国玩命，自然无所不用其极，我做梦都不敢想的事情但我干了。你呢？你们呢？太舒服了，就像，烂泥塘里的猪。你在说我和我的中国同行？嗯，技巧，你确定你们那点技巧比我的颠球还厉害？不不，迭戈——没劲儿透了，你又胆小又虚伪，是的你浑身虚伪的臭气，你一进门我就闻出来了；哎，为什么有人喜欢无病呻吟的软蛋，吹捧你们浅薄无聊的文学？要按我说小子，你的文学要是不能给荒唐的现实来几下子而且是狠狠来几下子，还写它干吗？我说不出话来，感到无地自容。你绝不会料到迭戈·马拉多纳也精通文学，差点忘了，老博尔赫斯和塞萨尔·艾拉正是他的阿根廷老乡啊。他似乎累了，停下来使劲儿喘息，抬头看看窗外，问我有没有麻雀，我说没有，一只鸟也没有。他说每天都有麻雀飞来，今天显然是我的造访打乱了它们的计划。哦，几个小家伙，几个厉害的小家伙。他喃喃自语。我借机打量房间：三十来英寸的索尼电视，柜子式样陈旧；马桶就在屋角，离床最多五米。再没别的了。我无法相信这是伟大的足球之神的最后领土，更无法相信他已危在旦夕。不，他不会死，伟大的迭戈·马拉多纳不会死。永远不死。比起尊严，死亡不值一提。床边一只白色椅子，一张小桌，桌上有水、杯子、报纸、眼镜和药盒。

二

现在，这个小说让我吃惊。我说的就是这个题为《归来，马拉多纳》的小说。我很难确定我又在写迭戈·马拉多纳。伟大的迭戈·马拉多纳。更难确定的是，我真的于2020年11月22日从北京飞抵布宜诺斯艾利斯，见到了活着的迭戈·马拉多纳本人。我没撒谎。我保证我写下的都是真的，迭戈所说的每一个字就是迭戈所说的每一个字，当时我偷偷打开录音笔，共录满107分钟又38秒。上帝作证。我写它的原因是迭戈让我写的，算是对他的交代，对偶像的无条件服从——我答应为他再写一个小说。一个新小说。我说到做到。

三

小子啊，你还有什么问题？我知道我快死了，你不会再有第二次机会。不不，迭戈，千万别这么说。不必安慰我。比起尊严，死亡不值一提。来吧，尽管问吧。我不明白他葫芦里卖的什么药，但我决定恢复当年新华社记者的身份对他进行一次专访，没准，会让我写出一部新的天马行空的小说。好吧迭戈，你毁于毒品？他嘬了嘬嘴，似乎嘲讽我的能耐不过如此，还在咀嚼被人嚼烂了的东西。小子，可卡因是毒品？当然是。那我就是吸毒了。没完没了啊，布宜诺斯艾利斯鳄鱼酒吧的妞和可卡因都是第一流的，免费提供，你满意吗？我前后死过两次，我的达尔玛和吉安娜两次把我唤醒，后来，2005年，最后一次去我伟大的朋友卡斯特罗的古巴庄园成功戒断……真难呐小子，要戒掉那东西真他妈难。你做到了迭戈，就这一点来说——我想过我进国家队，想过捧起世界杯，想过给家人换一所大房子，唯独没想过可卡因，在那不勒斯，在卡莫拉①的晚宴上，迭戈也只是个上过四年学的混小子。如果没有毒品，迭戈，你会是最最伟大的那一个。当然，我会三次帮助阿根廷捧起世界杯，三次。女人呢迭戈？太多了，私生子也不少，早在那不勒斯就有女人为我自杀……哎，小子，你能不能有点想象力？他一脸无奈，这些问题烂透了，网上到处都是。好的好的，迭戈，到底谁是你的继任者？他摇摇头，似乎对我的表现失望透顶。梅西？C罗？哦，梅西，当然是我钦定的梅西。你对今天的足球满意吗？哎，德布劳内、内马尔、姆巴佩，技术没得说，可缺少最重要的东西，灵魂，他们像同一个车间加工出来的，一堆机器，无意义世界的零碎，你必须期待灵光乍现和神来之笔。更何况财团、赌博公司、权力政要越来越擅长操控了……是的我是说过"足球永远纯洁"的屁话，可是，你当过记者，你该知道足球完蛋了。有钱人玩弄一切，把观众席上又叫又喊死去活来的球迷们的钱包掏空，不留一个比索。同意，迭戈，完全同意。

　　吉安娜进来过一次，我问她能否给我一杯茶，她告诉我只有水，凉水。没关系没关系，我说，一杯水吧，一杯水就好。

---

　　① 卡莫拉：当年那不勒斯黑帮重要成员之一，将马拉多纳拖入毒品深渊。

那么，迭戈踢过假球？你说呢小子？迭戈啊，如果自律，如果你严格自律——他不满地打断我，自律就是泡狗屎。别忘了我是球王。我怀着几百倍的快感离地狱越来越近，越来越近，还能多近？三厘米？一厘米？毁灭在畅快里才是真正的畅快，毁灭也就不成其为毁灭了，哈哈。你的意思是——记得耶稣的最后一夜吗？他明明知道第二天会被罗马人钉上十字架，他逃了吗？没有。追随他的都什么人呐！他竟然心甘情愿为他们的软弱和堕落去死。为证明自己去死？神祇干吗要证明自己？他早就证明过了。他受不了的是，他明明为他们赴死可是没人随他赴死。没有。一个也没有。所以他宁愿去死，带着毁灭的畅快。结果呢？结果？他复活了。哈哈哈。他大笑，非常得意。可是，代价多么惨痛啊迭戈。没错，小子，可你们这些蠢笨的教条主义者还要我怎么做呢？我做了该做的，没做的永远也做不到了。遗憾吗？重来一遍就不会像现在这样？不，还会这样。我宁愿被人讨厌也不愿被人可怜。迭戈，也许，如果你像C罗那样——哈，你确定你要拿C罗跟迭戈·马拉多纳相提并论？我说不出话来。他一声长叹。小子啊，手术十天了，克劳迪娅来过；大胡子加西亚聊胜于无；吉安娜，一共两趟，上次把本杰明带来，我高兴坏了。我他妈高兴坏了。没任何意外？有。什么？看见马桶了？他嘬了嘬嘴。我想拉屎，我下床挪过去，我，他又嘬了嘬嘴。我动弹不了。两腿根本不听使唤。我非常非常非常——哦，迭戈。干脆拉在床上。干脆躺在自己的屎里。直到加西亚发现了像着火的兔子一样蹿出去，后来是露西娜（啊，她是邻居）把我弄干净。就在那天，我想立马就死。第二天又不想死了。桌上还有干面包，我掰得很碎。三只麻雀飞进来，飞到床头，飞到枕头边，飞到我肚子上。吃吧吃吧。接连三天，它们来了。第四天……第五天，第六天，第七天，它们没来。他望向窗外。外面爆热，没有一只鸟。第八天，第九天，我从桌上拿药喝水都办不到。连呼喊加西亚和露西娜也办不到。肚子上枕头上全是面包渣儿。我伸出舌头舔。你舔过吗小子？你能尝出苦味甜味酸味，它们在你嘴里放大了，像烧煳的麦粒。像吗哪。哦吗哪。吗哪是甜的吧？一点儿不苦。我舔着，一粒一粒把它们舔干净。第十天，下午四点，那个扛镰刀的杂种来了。脸色雪白浑身恶臭，长相酷似消瘦版的阿维兰热，他问我还有什么要求。我说没有了，你动作快点。真的没有了？我想了想，让他把枕边一粒硬邦邦的面包渣塞我嘴里，我说我惦记它三天了，就是没办法把它——哎，迭戈。他说算了，今天，算了。可他迟早要进来。也许今天，也许明天。这个白花花臭烘烘的狗杂种就守在外面。长长的沉默。左手，那只上帝之手就袒露在床单上。我抓起它，掌心宽厚温软雪白，脉搏跳动有力，哪像一个濒死之人的手？不不，按照老博尔赫斯的说法，只要此时此刻无限拆分下去，我们就能抵达永生。嘿，嘿，他打断我的胡思乱想，新华社记者没有更好的问题了？好吧，迭戈最难忘的比赛是？你以为是1986年英阿大战？不，不是，也不是意甲1984—1985赛季干掉尤文图斯，是1986年从墨西哥回到那波利教会球场踢的公益比赛，那天下着大雨，我在烂泥潭一样的场地上连进三个。为什么是一场业余比赛？不知道小子，这一点你比我更有发言权。谁是你最好的朋友？巴蒂、梅西、贝隆、莱因克尔，是，又都不是。球王不需要真正的朋友。文学，你居然深谙文学？是的小子，拉美人最擅长的正是足球和文学，因为我们无拘无束天马行空。没有更多问题了迭戈。没有了？没有了。

哎，小子，真不知道你的记者生涯怎么混过来的。我抱歉地笑了。他让我介绍下昆明，我告诉他，气候很好，位于中国西南部；又讲了金马碧鸡的传说，详细解释了过桥米线和小锅米线，聊了聊公交、地铁、滇池和红嘴鸥；他哈哈大笑，问我平时在哪儿踢球？我说，海埂或红塔，听说过吗？他摇头，问我擅长哪个位置。我答，前锋，我从小就身穿迭戈的10号。哈哈，你爆发力不错？是的，爆发力和速度一直是我的优势。现在还踢前锋？还踢。我47岁了迭戈，每周一场，雷打不动。你小子，不错，真不错。你是真心爱足球。是的迭戈，真心实意地爱着。他忽然凝视着我，目光闪闪发亮。不上我院子里踢两脚？我吓一跳。不不，我哪敢班门弄斧啊。你确定？去吧，小子，去吧，机会难得，让我瞧瞧你的手艺。行，迭戈，恭敬不如从命。我穿出房间来到后院，脚尖轻点，让阿迪达斯跳上脚背。我颠球。对准小门射了几脚，准确命中；又带球跑了十几个来回。我呼呼喘，时差带来的昏眩让心脏怦怦乱跳。我望向迭戈，屋内光线让我看不清他的脸。返回房间的过程像北京飞来一样漫长，吉安娜站在门边冲我微笑。我坐下来，让人惊骇的一幕发生了：迭戈伸手捂住脸，泪水从指缝中汩汩流出。我吓傻了。吉安娜跑进来问他怎么了，他一声不吭。她摸了摸他汗湿的额头，吻了他右颊，好了迭戈，好了。他渐渐平复，闭上眼睛，过了四五分钟才睁开。吉安娜帮他擦了擦脸和下巴。他用西班牙语低声对女儿说了些什么，吉安娜出去了，偷偷看了看我，眼神复杂，像埋怨又像抱歉。我浑身冒汗，像做错事的孩子一样心神不宁。注意你的发力，他说话了，注意，小腿摆动再快些。谢谢，迭戈。满意吗小子？当着迭戈·马拉多纳的面踢了球。我可以把那只足球送你。啊，不，不用，迭戈。好吧，傻瓜，你真是个傻瓜啊。我无话可说。来了吗？什么？麻雀。他望着外面。没有。爆热的空气中仍然没有鸟的影子。他重重靠向枕头，目光变得虚幻，嗓门越来越大。烦透了，真他妈烦透了。我是用手打进了那粒球。我是罚丢了点球但是戈耶切亚给我扳回来了。我是服了麻黄碱我拒绝在美国佬的地盘失败我明明白白告诉FIFA的杂种了。去了博卡也一样。女人，可卡因，女人。去他妈的谁还在乎这些，谁还在乎你九十分钟之外干了还是没干，全世界傻蛋只需要九十分钟。有人指着我鼻子骂我蠢货看呐看我都做了什么从来不知道生活究竟是什么我他妈哪管得了九十分钟以外我是什么，是迭戈，还是马拉多纳。我知道你也这么想的，你，一个记者，前新华社记者，总是对别人的隐私尤其名人隐私感兴趣把你光秃秃的小脑袋插进粪堆里。这就是你当不了大作家的原因，小子。名人也是人，冷血，脆弱。坏人，圣人，死人。啊，死人。

四

必须暂停一下了。我想和诸位商量小说标题。最初是《永别了，迭戈》，明显的海明威气息，不妥。《最后的马拉多纳》呢？还行，有《圣经》意味。再就是《和马拉多纳聊天》《未死的马拉多纳》《白色马拉多纳》《马拉多纳的召唤》《布宜诺斯艾利斯的马拉多纳》……最后的最后，还是《归来，马拉多纳》更好。你们说呢？

明明是离去，怎么是归来？

我没想明白。算啦，就它吧。我不想为一个标题又煎熬两三个月。没必要。再说，马拉多纳本人只让我为他写一个小说，他才不在乎标题。是的，根本不在乎。甚至，也根本不在乎我写了什么，究竟写得如何。他在乎的只是我写了还是没写。

不，我又错了，而且错得离谱。

五

长长的死一般的沉默。

迭戈，所以，你把我找来——好吧小子，把你找来，除了为你的狗屁文学还能为什么？吉安娜没给你一万美元？没有。哎，我的吉安娜。不，绝不，迭戈。小子，我在帮你，迭戈·马拉多纳在帮你。帮我？请你再为我写一部小说。全世界只有你，只有你这个中国小子为我写过两部小说，这是第三部。答应我。我目瞪口呆。谢谢你，小子。不不迭戈，该说谢谢的是我。请务必为我再写一部，写过三部马拉多纳小说的小说家，只有陈鹏。你是唯一的。吉安娜联系了全世界顶尖的文学期刊，《纽约客》《格兰塔》《南方》《法兰西评论》《大西洋月刊》《标准》《青年人》《午夜》……会组织最好的翻译，腾出最好的版面。可是，迭戈，我还是不太明白——还不明白？哎，他长长叹气，像屋外翻腾的热浪。没人了，小子，没人了。最后来这个房间看我的是巴蒂，都大半年了。梅西是新一代的神。我绝不嫉妒自己的孩子。我的意思是，如果我的离开能最终帮助阿根廷夺得大力神杯，我愿意。一百个一千个一万个愿意。我绝不做挡道的废人。谁又在乎一个废人？标题为你想好了。我想做的，能为你做的，就这么多。标题？对，《谁杀了迭戈·马拉多纳》。不，不太好，更像一个惊悚小说。你没治了小子，还不明白这个世界的法则之一就是彻头彻尾的背叛加耸人听闻的个性？可我永远无法成为老博尔赫斯，老海明威呀。哎，你就是你，你是左手写小说右脚踢足球的陈鹏。你他妈独一无二。你写了三个关于迭戈·马拉多纳的小说。我快50岁啦，迭戈。老博尔赫斯70岁成名。要对自己狠一点，别再半途而废，行吗？行。你打算怎么写这个小说？打算？现在还没任何打算，等我回到昆明——不不，听我的，我帮你想过了。必须这么开头：某天清晨，7点，你忽然接到一个别扭地说着西班牙英语的电话，也就是我的女儿吉安娜打来的电话，邀请你飞往布宜诺斯艾利斯面见迭戈，他病得很重，随时有生命危险。你不敢相信，于是致电大使馆，对方打消了你的疑虑。你立即飞往布宜诺斯艾利斯，吉安娜亲自接机，你一直对马拉多纳让你跑一趟非常不解，而且吉安娜告诉你，迭戈就快死了。事实上我的确快死了。你们聊活着的意义，理想的价值，聊文学、足球、女人、八卦，没完没了的废话。对啊，后现代小说必须充斥大量废话以便消灭主题。最后的最后，谜底揭开，他终于告诉你为什么把你找来。明白了吗小子？再就是，必须羼杂你热衷的元小说路数，必须在文本中间袒露你自己。再然后，你将顺利写出这部小说——关于迭戈的最后一部小说，元小说，或元小说的元小说，马拉多纳早已为你想好了标题，《谁杀了迭戈·马拉多纳》，如何？是不是比你那些小说高明多了？至少比你前两部写迭戈的小说有意思得多。我说不出话来，不得不承认他的构思的确出人意料。这个小说，这个怀着目的又毫无目的的小说，其难度恰恰在于我们之间将通过什么样的方式（对话还是描写）来推进，哪些无意义的碎片才能抵达意义。又或者，何必有什么意义？读者关心的必然是伟大的迭戈·马拉多纳弥留之际的惨状，是作家陈鹏揭露的谜底，即，迭戈为什么把我找来？

我越来越激动，迅速敲定了小说的框架与走向，甚至，写法。对，这个小说的无可替代的方法论。它也许是假的，又的的确确是真的，是我发生在2020年11月25日当天的全部。它是马拉多纳的又是我的，是我的又是马拉多纳的。此刻安德雷斯区进入寂静的黄昏之前，空气炎热肃穆，像在孕育一起重大事件。迭戈继续凝视着我，其热切和深沉绝不掺假，也是我从没见识过的。

然后呢小子？然后什么？你，陈鹏，因为这个小说，突然功成名就之后。我心脏怦怦乱跳。谁不想成为迭戈呢？啊哈，谁不想拿诺贝尔奖呢，你们的鲁奖、茅奖，你早就垂涎三尺了吧？我不是圣人，迭戈。我没看走眼，迭戈·马拉多纳不会看走眼。如果成为迭戈的代价是最后时刻没有一个人——他死死盯着我。雪白，肿胀，不像上帝或天使，更像白色恶魔。我也死死盯住他。哈哈，小子，你有种。这次，是我在帮你，迭戈·马拉多纳心甘情愿帮你。可是，迭戈，全世界作家，石黑一雄、托卡尔丘克、莫言，无论谁，只要你勾勾指头，都愿为你写一部巨著啊，短的，长的，虚构的，非虚构的。我还是不明白为什么是我，为什么偏偏是我？偏偏就是你。全世界几百万作家，迭戈偏偏就选了你。一个无名小卒，一个胆小鬼，一个心狠手辣之徒，一个蠢货兼懦夫。这简直是——对迭戈的侮辱。没错。他笑了，牙齿洁白齐整，像慈父一样望着我，目光彻底放松下来。达尔玛和吉安娜烦透了，我也烦透了小子。爸爸妈妈早在奥菲利亚公墓等我。钱，我有的是钱。我自己掏腰包小子，为你这一趟支付两万美金，一分不少！他轻轻挥动左手，像打入英格兰一球那样撕下一张不存在的支票。《再见，马拉多纳》反复提到我单挑比利人的海报。我一个人，对付他们六个。谢谢你，小子。真心谢谢你。我为能帮你一把感到由衷的高兴。哦，迭戈。有一首歌，《如果我是马拉多纳》——听过，"如果我是马拉多纳，我就能像他那样生活……"是的小子，那天我站在两个流浪歌手面前，听他们唱啊，唱啊：

"如果我是马拉多纳，我就能像他那样生活。

"如果我是马拉多纳，我就能随心所欲地进球。如果我是马拉多纳，我就不会让球从脚下溜走。如果我是马拉多纳，我就拥有过人之处。

"生活就像去赌博，黑白时常要颠倒。如果我是马拉多纳，我要每场都赢球。如果我是马拉多纳，我就有了神赐的力量。数不清的朋友，数不清的敌人，数不清的财富。如果我是马拉多纳，我被生活缠住了……"

我泪流满面。

我就是马拉多纳。如假包换的马拉多纳。我过着马拉多纳的生活。我躲不开的马拉多纳的生活。去他妈的生活……天空暗下来。鸟雀归巢的喧嚣响彻原野。谢谢你，鹏，谢谢你飞过来。好好写这个小说，好吗？算是对迭戈的承诺。一定，迭戈，一定。代价太大了，小子，你说得对，太大了。我想说的是，最后的最后以及最后之后……（他笑了）迭戈……哈哈，你们将永远怀念我！而你，小子，你会成为无数狗仔围猎的最大号傻瓜。准备好了吗？迭戈，迭戈。答应我，别扔下你的爸妈。我答应你。你会变成你最讨厌的那一个，会的小子。比起尊严，死亡不值一提。哈哈，你的确有种。哦，迭戈——没等他反应过来，我突然抓住他43码上演过无数神迹的宽大左脚脚背狠狠一吻。他下意识抽缩左腿，眼神茫然悲哀。哎，你这个幸运的傻小子啊……那么，来吧。他深吸一口气。什么？你还等什么？你他妈还等什么？把你的眼泪擦掉。给玛尔达，给吉安娜，给梅西，给所有人一个交代吧。我累了，60岁和600岁毫无区别。再也回不去了。迭戈·马拉多纳再也回不去了……来吧，完成你的小说！他的目光犀利坚定。像1986年。1990年。1994年。他拔掉氧气管，全力抽出枕头塞进我手里，力道大得惊人。来吧！

三只麻雀突然飞来，站在窗台上啁啾，侧身打量我。

六

我出去，泪水源源不断，身体抖得厉害，像发着陀思妥耶夫斯基式的高烧。我无法理解也无法原谅自己。吉安娜和加西亚从沙发上起身。客厅洞穴般昏暗。我用破碎的嗓音告诉他们，迭戈走了。他讲完了他想讲的。加西亚冲进房间。吉安娜攥住胸前的十字架，问我，他没多说什么？让我，为他再写一部小说。再没别的？没了。吉安娜立即用西班牙语高声喝骂着，我猜是宣泄。

后院小球场空荡荡的，三只足球趴在墙角，泳池传来水味。闷热的黑暗像灰尘一样洒下来。

夜里吉安娜、加西亚、光头司机简单吃了三明治（我什么也吃不下），她把我送入市区希尔顿酒店。临别前我情绪稍稍稳定，问她，为什么是我？吉安娜的回答意味深长。我想，因为您也是他的粉丝之一？她的话让我回味了一整夜。是的，爱他又毁掉他的粉丝之一。此刻及此后的我是我，又不再是我。但我不会更换标题的，就算我是卑微的来自中国昆明的小说家陈鹏，就算迭戈明确告诉我这个小说该怎么写。希尔顿1010号房间上了年纪，一走动就咯吱咯吱响。好在卫生状况良好，服务也无可挑剔。我一气睡了六个小时，深夜猛然惊醒，内心的恐惧无以复加，也很难诉诸笔墨。清晨，服务生敲开房门，说几小时前一位女士给我送来一份礼物。我打开，是一张有迭戈·马拉多纳亲笔签名的海报——他一个人，单挑六个比利时人。它比我记忆中的小多了，大概只有两面A4纸那么大。

（原载《长江文艺》2023年第7期）

陈鹏，1975年生于昆明，国家二级足球运动员。昆明作协主席。十月昆明书院院长。小说家，曾获十月文学奖等多种奖项。出版有中篇小说选《绝杀》《去年冬天》《向死之先》，长篇小说《刀》《一700cc》《去年，我们在阿维尼翁》《群马》，足球短篇小说集《谁不热爱保罗·斯科尔斯》等。

良　配

◎ 乌兰其木格

　　我小叔赵信礼是个头脑不太灵光的人，更糟的是，随着智力的迟滞，小叔的身体也不再生长，因此，当矮小、憨直的小叔站在高大威猛的大伯父和我爸爸身边时，无言地确证着"龙生九子，子子不同"的亘古真理。但我那个裹过小脚、后来又放足的奶奶绝不承认她的小儿子是天生痴傻之人，她老人家曾如祥林嫂一般絮叨过小叔婴幼儿时期的乖巧和机灵。然而，随着"激情燃烧岁月"的开启，等我爷爷彻底"靠边站"后，接二连三的不幸不打招呼地降临我家——先是爷爷下放到干校劳动改造，接着是大伯和爸爸相继失去了求学的资格，然后是小叔莫名其妙地停止了生长。在这些巨大的变故面前，一家人战战兢兢、如履薄冰地苟活。那是一段艰难时世，许多年后，爸爸依然会被那时的噩梦惊醒，而奶奶在闲话当年时也每每流下辛酸的泪水。

　　然而，日子总要过下去。好在，没有任何人可以将时间永远停驻在某一时间点。所谓"沉舟侧畔千帆过，病树前头万木春"，当时间行进到20世纪90年代后，我们家又"起来"了。站在改革开放的风口上，大伯赵信仁下海经商，几年后居然接二连三地开起了服装厂、纺织厂和水泥厂这类劳动密集型企业，并一跃成为渔阳城里的利税大户；而我爸爸则在恢复高考后如愿以偿地考上了医科大学，凭借刻苦和自律，逐渐成为著名的骨科专家。等我们家"发"起来后，爷爷奶奶就想好上加好，他们或亲自出马，或敦促爸爸这个医生带小叔天南海北地求医问药，试图让他们的小儿子也能奇迹般地变好。如此这般地折腾了好几年，受了不少罪的小叔却看不出一点向好的迹象。万般无奈下，爷爷奶奶只能接受这个无言的结局。

事实上，智力障碍的小叔，在成为家族隐痛和遗憾的同时，也在一定程度上为我们家带来了隐形的利好。譬如，在渔阳城，相较其他"发"起来的家族，我们家的声誉无疑是最好的。每当小叔带着我们这些孩子从人群中走过，人们就会啧啧赞叹，说小叔是世间最有福气的人，由此又会延伸到阴阳福祸的平衡互补。小叔的存在，让渔阳城里的人领悟了天道运行的某种规律，人人都如哲学家般的睿智深沉，就连空气中都充满着达观快活的味道。有时候，爷爷喝多了梅子酒，看着抱着羊腿，啃得满嘴流油的小叔，也半是认真半是自我劝解地说他的小儿子是"大智若愚"的有福人。名义上，小叔是中学毕业生，但实际上，他写自己的名字都费劲。小叔不喜欢上学，却喜欢上班。他在大伯的服装厂当整装车间的副主任，所谓的整装车间就是服装出厂前的修饰和整理。工人们需要把衣服上多余的线头剪去，再经过熨烫、打吊牌、装袋和装箱的一系列工序后，才被大型货车运送到海港，然后漂洋过海到世界各地。那几年，大伯的服装厂越做越红火，订单雪片似的飞来。为了完成这些订单，厂里经常加班加点到深夜。小叔在车间里背着手走来走去，当他发现那些因连续加班而迷糊困倦的工人时，就故作严肃地敲敲操作台。大多数被"警告"的工人尴尬地笑笑，继续打起精神工作。也有胆大的女工不以为然，她们让小叔看她们红红的眼睛，抱怨说连续的"夜战"让她们眼睛充血，活像一只只兔子。小叔真的盯着她们的眼球看了许久，当他发现她们没有说谎时，就默默走开了。工人们都不怎么惧怕小叔，她们畏惧的是我大伯。只要大伯一迈进车间，她们即如老鼠见了猫一样的肃立、噤声，整个车间只有机器运转的声音，完全听不到说话和交谈的杂音。少年时代的大伯曾有过参军入伍的热望，但鉴于爷爷"阶级敌人"的身份，他的这一愿望成了不切实际的幻想。等到大伯建厂开工后，他便在自己的企业推行军事化管理，工人们要严格遵守厂子里的若干规定，宿舍里的被子要叠成豆腐块状，鲜红色的"竞静净敬"四字标语在厂子里随处可见。大伯如高傲的将军冷脸巡视着他的"队伍"，如若发现有人违反了厂子的规定，就会进行严肃的处理，绝不姑息养奸。但这些规定约束的对象并不包括小叔。在大伯的默许下，小叔可以不遵守厂里的若干规定。即使在最忙的时候，大伯也没有让小叔和工人们一样"连轴转"。他的工作时间是弹性的，可以晚到早退。他也不需要总是待在车间，完全可以在各个车间游逛或找保安大叔晒太阳聊天。

　　小叔的日常起居被奶奶安排得明明白白的。一日三餐，他都是在家里吃饭，只有极特殊的情况才在厂里的食堂吃上一口。可是，有一年的暮春，我们发现小叔不再按时按点回家吃饭了，他好像突然喜欢上了食堂的饭菜。奶奶觉得厂里的饭菜清汤寡水的没有营养，常常支使我和堂姐如柠提着保温桶给小叔送饭。好几次，当我们在车间找到小叔时，他总是站在一个长相清秀的女工旁边，一脸微笑地说着什么。这个女工看起来只有十四五岁的样子，还在童工的行列里。好在那时候属于"摸着石头过河"的阶段，只要上面来人检查，这些女工回答十六周岁以上就可以过关。在渔阳，不仅大伯的工厂雇用童工，其他的工厂也是这样。这是一个公开的秘密，没有人觉得这是一个严肃的问题。当我和堂姐把手里的保温桶递给小叔时，小女工也大方地和我们对视，她月牙儿般的眼睛亮晶晶地看着如柠和我，白嫩嫩的脸蛋上浮现出两个好看的酒窝。

"她真是可爱又美丽的女工呀。"当我们对小叔说这话的时候，小叔嘿嘿嘿地笑个不停，并破天荒地把我和堂姐送出服装厂的大门。

小叔恋爱了。无需谁告诉我们，他的巨大转变足以说明一切——不修边幅的他开始西装革履，把那些年流行的大宝SOD蜜不要钱似的涂了一层又一层，打过发胶和啫喱水的头发在头顶高高竖起来，那造型活像一个冰激凌甜筒。漫长的捯饬后，小叔还是不放心，在镜子前左照右照，直到一切满意后才迈步走出房门。当他微笑着从我们身边走过时，便拉开腋下夹着的黑色皮包，给我们分巧克力吃。堂姐如柠把属于她的那块巧克力放进衣兜，并不吃，而是伸手再要。小叔有些慌张地拉上皮包，紧张地说："没有了！没有了！"如柠笑着揭穿他："小叔您骗人，我明明看到包里还有好些。坦白交代，剩下的巧克力要送给谁呀？是不是给女朋友？"小叔闻言一下子羞红了脸，他不再理会我们，径直走出院子，走到大门口的时候，他又细致地捋了捋脖子上的蓝色领带。

你就像那冬天里的一把火

熊熊火焰温暖了我的心窝

每次当你悄悄走进我身边

火光照亮了我

……

小叔哼唱着费翔的《冬天里的一把火》，渐行渐远，街角处，槐花开得喧闹，整个渔阳城都笼罩在铺天盖地的香气里。

与欢乐的小叔相较，家里的大人们则显得心事重重。

最为忧愁的是奶奶。吃饭的时候，她的目光有意无意地望向属于小叔的座椅，如今，那个位置常常是空的。奶奶紧锁着眉头，无精打采地吃了几口饭便放下了筷子。大伯母赶紧把一碗鸡汤摆放在奶奶面前，温言细语地劝奶奶再喝点鸡汤。奶奶摆了摆手，步履有些蹒跚地离开了餐厅。等大人们都走后，堂姐如柠笃定地说小叔谈女朋友的事情八成要黄。

"为什么？"我吃着煎带鱼，一脸不解地问。

"因为小叔谈的女朋友是外地人。听说这个女工在老家那边已经定了亲。她是个骗子，哄着小叔，想嫁进来图谋咱们家的财产。对了，小叔的女朋友咱们都见过，就是总和小叔说话的那个。"

"哇，想不到那么好看的女孩原来是个骗子。"我颇为惋惜，说实话，我还挺喜欢那个女工的。她那么漂亮，如果小叔能娶到她，我脸上都是有光的。

"不过，就算她不是骗子，小叔也不能娶她进门。爸爸说小叔的结婚对象必须是本地人，我们要知根知底的。最重要的是，人要本分，不能太漂亮，不然和小叔过不到一起。"

"这些都是大伯告诉你的？"我一脸震惊地问如柠。

如柠撇了撇嘴："怎么可能，他们大人总是背着我们的。这是前几天我爸爸对我妈妈说的，那时我正在卧室午睡，他们以为我睡着了才说的。"我点点头，从餐厅看过去，客厅的门关得严严的，大人们肯定又在商量什么大事。他们总有好多秘密，在他们眼里，小叔和我们都是孩子，没有知情权和决定权。他们说什么，我们都要听从。他们爱我们，都是为了我们好，所以小孩子顶重要的就是要听话，要乖，要坚信不疑。在家里如此，在学校更是如此，我们从小就被告知好的小孩一定是乖小孩。

那年的春天迅捷而逝。曾经热烈喧闹的槐花如飞扬的大雪般落地、消失，在明晃晃的太阳下，葳蕤的生命和事物仿若烟尘般飘向渺远的苍穹。随之，漫长而难熬的夏季来临了。盛夏的一个中午，当我们正在午休的时候，一辆尖锐鸣叫的救护车开进了院子，惊醒后的我们发现小叔被众人抬了出来。那一天，家里的大人们都去了医院，直到深夜，爷爷和大伯才回到家中。而奶奶和大伯母则留在医院照顾小叔。没有人告诉我们小叔得了什么病，大人们也不允许我们去医院探望小叔。十多天后，小叔出院回家。但在我们眼里，小叔似乎没有康复，依然病恹恹的样子。他的左手腕上有一道暗紫色的伤痕，上面还有缝线后又拆除的痕迹。与此同时，我们还痛心地发现开朗爱笑的小叔不见了，取而代之的是一个沉默、木讷而动辄乱发脾气的"大人"。他远离了我们，不再和我们说笑，也不再唱《冬天里的一把火》了。一场病，宛如利剑般断送了小叔的青春，他一下子就老了。

"信仁呀，你弟弟不会毁了吧？我们是不是不该让那个女人的未婚夫过来接走她……也许像她说的那样，不喜欢父母给她定下的亲事……她愿意对信礼好……"餐桌上，奶奶忍不住说起小叔和那个女工的事。大伯没有停止咀嚼，他笃定而冷静地道："您不用再想了。事情再明白不过，小弟肯定遇到了感情骗子，她不过想谋财。不是我吓唬您，我们这些人终究不能陪信礼一辈子，如果真让这个女人嫁进来，小弟最后送命都有可能。人心的黑暗您又不是没见识过……这才过去几年？"一瞬间，大人们都不说话了。良久，爷爷赞同地点了点头，奶奶则红了眼圈，再抬头，她老人家眼里的犹疑少了，多了些坚定和冷硬。

"渔阳的媒人们也真是没用，这么久了，一点消息都没有。"奶奶转而抱怨起媒人来。大伯母闻言马上回答道："您老人家放心吧，我和我父母说过了，他们正加紧在十里八乡寻访合适的姑娘，应该很快就有准信了。"

实话说，我小叔虽然不那么聪明，但在渔阳，主动给他介绍对象的并不在少数。早在小叔自由恋爱前，爷爷奶奶即开始了细致的寻访。但由于小叔的特殊状况，各方面都合适的姑娘却很难遇到。此外，爷爷奶奶在内心中一直把小叔当成长大但未成熟的大孩子，所以他们感觉小叔成家立业的事情不是那么急迫。等到小叔遭受情殇并作出过激行为后，爷爷奶奶才意识到他们的失误。男大当婚，女大当嫁，小叔老大不小了，当然也不能例外。为了让小叔走出失恋的阴霾，家里的大人们忙得不可开交，他们四处奔走，数次围坐在一起研究探讨，俨然正在经历着一场艰难的攻坚战。然而作为这场婚事的主角，小叔也和我们一样茫然无知，根本没有参与讨论的资格。

在赵家人的群策群力和广泛发动下，小叔的婚姻大事在那年夏天还未彻底结束时尘埃落定。一个周日的早上，我们全家老小穿戴一新，齐聚渔阳最豪华的王子酒店，参加小叔的婚礼。婚礼上，我第一次见到了新娘魏引弟。她穿着洁白的曳地婚纱，头戴奢华的头饰，脸上是精致的妆容。当她与小叔站在摆满红玫瑰和黄玫瑰的舞台中央时，所有的宾客都发现新郎的身高只到新娘的肩膀处。一个高女人，一个矮丈夫，一个膀大腰圆，一个矮小瘦削，他们站在一起，很像朱德庸笔下的一幅漫画。大伯母看着强忍笑意的我妈妈，也跟着笑了笑。小声道："我也说太高了，和小弟不太搭。但咱们的意见不作数。老爷子和老太太早就制定了方针，要身体壮实的、老实本分的、没多少文化的、家是农村的、岁数小点的……找了一大圈，只有这个是比较符合的，高是高了点，也只能将就。"

妈妈闻言不禁摇了摇头，她说："这个女孩还不够二十吧？她父母真舍得她嫁过来？"大伯母苦笑："弟妹，你是真不了解农村的现状呀。村里的女孩结婚都早。她父母哪里会舍不得，高兴还来不及。除了彩礼，咱家不是还答应给她弟弟在城里买一套楼房吗！在青甸洼村，不晓得多少人羡慕和嫉妒。许多人都觉得老魏家祖坟冒青烟了。听说，这段时间，给她弟弟提亲的有好几家……"

等到新郎新娘敬酒环节时，大伯发现女方亲戚所在的餐桌上杯盘狼藉，几乎所有菜品一上桌就被一扫而光，桌上各类饮品也早见了底。幸亏大伯早有准备，他让酒店给女方亲属这边都上了双份，又将备用的各类饮品摆上了餐桌。服务员流水似的穿梭着上菜，我注意到小婶魏引弟的脸色红红的，不知是兴奋还是腮红所致。与之相对，小叔的脸上则看不出悲喜，他如听话的提线木偶般被推着往前走，让他敬酒就敬酒，让他吃饭就坐下吃饭。这场婚礼的热闹仿佛是别人的，与小叔毫无关系。

最初，小婶魏引弟对这桩婚事是满意的。能够跳出农村，嫁进城里的富裕家庭，也许是每个乡下女孩的梦想。新婚后的魏引弟脸上总是带着有些讨好意味的微笑，她还特别勤快，即使家里有专门做饭和收拾房间的保姆，她也会抢着干家务。奶奶劝阻过小婶，告诉她这些家务不必亲力亲为，她的主要职责就是照顾好小叔。小婶闻言笑着点头，依然手脚不闲地找活干，搞得家里的保姆也不敢闲下来。实话说，保姆并不喜欢小婶帮着她做家务，她怕奶奶嫌弃她眼里没活儿，更怕遭到辞退。有次保姆陪奶奶外出购物耽搁了时间，等她们回到家后，我们这些孩子正欢欢喜喜地吃着小婶做的手擀面。小婶擀出的面条细长，浇上西红柿鸡蛋卤，再配上胡萝卜丝、黄瓜丝和烫好的小油菜，色彩缤纷又好吃。小婶热情地给奶奶和保姆也捞了面条，但奶奶吃了一口就说面条太咸，她吃不了重油重盐的东西。保姆也不客气地指出小婶没有削去黄瓜皮和胡萝卜皮。小婶的脸色一下子变得红彤彤的，她低下头，无声地往嘴里扒着面条。自此以后，小婶再也没有下过厨房。

奶奶后来悄悄叮嘱我们不要吃小婶做的饭，她说乡下人都不太讲卫生，菜洗得也不干净，吃了也许会坏肚子。我们家的保姆虽然年纪不大，但惯会察言观色，她在奶奶面前勤快乖顺，但她对小婶则是轻视与充满敌意的。每当小婶的乡下亲戚来家里做客时，保姆背地里就会和奶奶诉说这些人制造出的种种麻烦。

——奶奶，小婶的亲戚上洗手间时把草纸叠成的卫生巾直接丢进了马桶，也不知道冲洗，马桶里血淋淋的，又脏又臭，太吓人了……

——奶奶，小婶的那些七大姑八大姨的把瓜子皮、花生壳和香蕉皮扔得到处都是，客厅的地毯不清洗是不成了……

——奶奶，家里的米面粮油又见底了。这个月小婶的亲戚们来得太多，他们来了就吃饭，饭量还特别大。连小孩子都能吃三碗米饭……

奶奶阴沉着脸，静静地听着，时不时还颔首附和，保姆见此说得更起劲了。爷爷、大伯和爸爸也对小婶那些亲戚的频繁到访感到厌烦，因为他们的登门，并不只是为了吃喝，而是要么借钱，要么有事相求。所以，时间一长，等到小婶的远亲近邻们再次登门拜访时，家里的大人们则有意无意地躲了出去。偌大的客厅里，只有小婶陪着她的亲戚们，到了饭点，小婶也不敢留饭，她们枯坐着，任时间静默地流淌，尴尬的气氛在空气中积聚飘荡。如是几次，小婶的亲戚们来得少了，小婶也不太爱笑了。只有和我们这些孩子们在一起时，她那种仿佛时刻紧绷着的神情才稍稍放松些。

按照渔阳的老理儿，新娘在结婚的头三个月内要尽量待在家里，不轻易抛头露面。在奶奶的严格要求下，小婶老老实实地待在家中，她把时间都用来照顾院子里的花花草草上。经过她的精心侍弄，满院子的花草焕发出生机，美人蕉粉红，大丽花红艳，芍药明黄，薄荷浓绿，呈现出姹紫嫣红开遍的盛景。爷爷奶奶坐在花园的凉亭里，边喝茶边赏花，奶奶笑着说："魏引弟到底是农民出身，侍弄土里的作物果然是把好手。"大伯、爸爸和小叔也围坐在爷爷奶奶身边，有一搭无一搭地聊天。院子里花木的繁盛，令爷爷奶奶欢喜。作为他们精心挑选的儿媳，小婶虽有这样那样令他们不是特别满意的地方，但是他们也承认这个儿媳大体上是不错的。更重要的是，自从结婚后，他们的小儿子以肉眼可见的速度恢复了活力，好像已经从失恋的巨大打击中走了出来。看起来，这场包办婚姻并无不妥。爷爷对奶奶说，遇事要学会抓大放小，只要信礼对魏引弟满意和高兴，就可以忽略细枝末节的小问题。令爷爷奶奶始料不及的是，小叔小婶结婚几个月后，小婶居然怀孕了。爷爷奶奶在喜悦的同时又怕孩子遗传小叔的智力缺陷。自从确认这个消息后，爷爷、奶奶、大伯和爸爸又关起门来数次召开家庭最高会议。学医的爸爸被委以重任，他不仅翻阅了大量的医学文献，更是到处咨询相关方面的专家，然而结论都是存在一定程度的风险，即是说，小婶腹中的胎儿或许是健康的，或许是不健康的，这一结论说了等于没说，爷爷、奶奶、大伯和爸爸的疑虑并未得到缓释，他们脸上的神色是凝重的，眉头也不见舒展。与往常一样，大伯母、妈妈这些赵家的儿媳妇不在参会人员之列。对此，大伯母时有怨言，而我妈妈则不以为然。作为一名钢琴演奏家，妈妈沉浸在音乐的世界中，懒得参与大家庭的烦琐事务。而且，她对爷爷、奶奶、大伯、爸爸过多地干涉小叔小婶生活的行为持反对意见。她曾认真地劝过爸爸，让他不要以自己认为的"好"去掌控和左右小叔小婶的命运。"如果谁想在人间扮演上帝的角色，那他一定会给别人带来灾难性的后果。"不知为何，许多年后，当我经历世事沧桑后，妈妈当年说过的这句话总是不经意间就浮现脑海，并令我长久地陷入沉思。

小叔和小婶沉浸在巨大的幸福中，亲人们的忧思他们不得而知。即将为人父人母的他们快乐地等待着孩子的降生，至于孩子的健康问题，他们好像压根没有担心过。怀孕后的小婶害口的厉害，有一段时间，她喜欢吃苦的东西，譬如地里的苦苦菜，烧成黑炭样的牛肉干；过一段时间她又喜欢吃酸的，尤其是能把人酸倒牙的青杏成了她的最爱。小婶的娘家，正是远近闻名的产杏大村，许多人家在院子里种了杏树，小叔特意带着小婶回娘家住了一段时间，据说小叔每天都爬树给小婶摘青杏吃。他们恩爱的样子被乡里人津津乐道，有称许的，也有嗤之以鼻的。

堂弟生下来后，即被奶奶抱到了她的房中用奶粉喂养。小婶并不是没有乳汁，但奶奶听人说，只要婴儿不吃母乳，就可以避免遗传父母身上的病患。这一说法是否有科学依据我们不得而知，但即使是小孩子，我们也明晰有缺陷的是小叔，又不是小婶，奶奶的这一做法显然荒谬而蛮霸。月子里的小婶罕见地哭闹了几次，她想要哺育孩子，想让孩子和她住在一起。小叔也曾求过奶奶，希望让他们夫妇亲自照看孩子。但奶奶坚决地拒绝了，她认为小叔小婶根本照顾不好襁褓中的婴儿，最后，奶奶更是搬出了小婶的父母，在长辈的共同劝解下，奶奶如愿以偿地将堂弟留在她的身边。此后，堂弟吃喝拉撒等一应事务，全由奶奶操持。小婶这个母亲则像个外人似的，全然插不上手。

出了月子不久，小婶坚决要求出去上班。最初，她听从大伯的安排也进了服装厂。不过，与小叔不同的是，小婶所在的车间是缝纫车间，这个车间负责衣服的设计和缝纫，是整个服装厂最有技术含量和赚钱最多的工种。进入缝纫车间后，小婶和所有女工一样要从学徒做起。当了学徒工的小婶并不喜欢她的工作，长手长脚的她坐在缝纫机前总是出现各种各样的差错。带她的师傅也充满了挫败感，她说小婶的大脚蹬起机子来特别不协调，而她车过的线也不直，十之八九需要返工。小婶于是不再去服装厂了，她不声不响地跑到砖厂找了份工作。在砖厂，她和一些壮硕的女工一道脱坯、烧砖和装车，并很快成了最能干的女工，有时居然比男工人赚得还多。砖厂厂长对我大伯说，魏引弟简直比驴都能干。实际上，家里的大人都不赞成小婶去别人的砖厂打工，尤其是奶奶，她不解小婶为啥放着轻快干净的服装厂工作不干，却去砖厂干又累又脏的活儿。小婶的回答是她不喜欢窝在不见天日的厂房里，在砖厂，她可以在太阳底下干活。

"果然是农村来的野丫头，不知道啥好啥坏。"奶奶在多次劝阻无果后私下叨叨。生完孩子后，小婶开始有了主见，她不再是个手足无措和唯唯诺诺的小媳妇了，而是有了自己的坚持和倔强。

日子一天天地过着，堂弟也一天天地长大。较之同龄人，我们很快发现堂弟的发育迟缓落后。别的小朋友牙牙学语的时候，堂弟才会笑；别的孩子蹒跚学步时，堂弟刚刚学会坐着。不幸中的万幸是，经过求医检查，医生说堂弟只是发育迟缓，并没有明显的智力缺憾。换句话说，堂弟以后不会是傻子，只是，与聪明的孩子比起来，他的反应总归是慢上半拍的。虽然爷爷奶奶早有心理准备，但事实摆在眼前时，依然有些扎心和忧愁。奶奶一直不承认小叔的缺陷是天生的，对内对外，她都宣称小叔的缺憾是时代和环境所致。久而久之，奶奶对她的这一套说辞深信不疑。当堂弟实实在在地表现出发育迟缓的征兆后，奶奶坐立难安，仿佛被当众揭了老底。为了弥补，她老人家又寻觅到一套说辞。她说小婶也不是聪明的，都说男孩的智力遗传母亲，如果魏引弟足够聪明，孩子也不至于如此。一贯隐忍的小婶爆发了，她崩溃地大哭了一场，并坚决要和爷爷奶奶分家另过。这一次，奶奶故技重施，依然搬出了小婶的娘家人进行劝说。但小婶却不肯屈服，哪怕小婶的父亲动手打她也没能逼她就范。小婶如一座爆发的火山，与奶奶撕破了脸，彻底对立起来。气愤不已的奶奶蓬头垢面地卧床不起，小婶也紧闭门窗绝食抗争。眼看闹得不可开交之时，还是大伯母的劝说奏了效，大伯母提醒小婶，如果真分家另过的话，他们的孩子肯定要跟着老人的。退一万步讲，小婶如果硬把孩子留在身边，也是麻烦的。因为谁都知道孩子现在跟奶奶最亲，祖孙两个骤然分开，孩子也受罪。大伯母的一席话，让小婶沉默了。孩子是她的软肋，为了堂弟，小婶再一次妥协了。

　　这次风波后，奶奶也懂得了收敛，不敢动辄责怪小婶，而小婶则越发地硬气，她去理发店烫了头，买了好几身漂亮的衣服。时不时地与她砖厂的工友们聚会喝酒，示威似的带着一身酒气回家。与此同时，小婶迷上了QQ聊天，空闲的时候，小婶端坐在电脑前，与那些晃动的头像热火朝天地聊着；而在现实生活中，她与家里人的交流越来越少。包括小叔，小婶也淡淡的，她仿佛失去了说话的欲望。爷爷奶奶对小婶的不满慢慢堆积着，小婶则不断地放飞自我，以她特有的方式进行着反击。

用奶奶的话说，小婶自从生下孩子后，好像有了倚仗的资本，越发不把赵家上下放在眼里。好几次，爸爸妈妈带着我在渔阳街头散步时会偶遇小婶与一帮男男女女坐在路边撸串喝酒，爸爸感叹说小婶完全变了个人，妈妈则针锋相对地说："你们那个家，有几个是真正尊重引弟的？人家也是人，也有自尊。这么压抑的日子，谁又能受得了呢？"长辈中，只有妈妈理解和同情小婶，而小婶对我妈妈也是另眼高看的。小婶佩服妈妈，她说妈妈懂得多，不靠男人活着，想干啥就干啥，没人敢给妈妈气受。但在奶奶的三个儿媳中，她老人家最不喜欢的就是我的妈妈。爸爸和妈妈是自由恋爱，成为赵家儿媳后，妈妈对奶奶那些陈腐的"女则"式规约嗤之以鼻。奶奶则认为学艺术的妈妈有些神经质，别人认为很正常的事她却觉得不合理，并不留情面地一顿批驳。作为妻子，妈妈也不合格，她不愿做家务，洗衣做饭的事多半由爸爸承担，还说什么女人要为自己活着，没有为家庭牺牲和奉献的精神。奶奶最喜欢的是大伯母，大伯母是大伯下乡当知识青年时认识的村里的"小芳"。那时候，大伯前景黯淡，但大伯母却义无反顾地嫁给了大伯。嫁进赵家这么多年，无论贫穷还是富有，大伯母始终任劳任怨地操持家务，照顾一家老小，最是贤良贞顺。大伯做生意发达后，与外面的女人也传出过种种花边新闻，关起门来，大伯母也曾和奶奶哭诉过，但在外人面前则是云淡风轻的样子。每当大伯的绯闻在街头巷尾流布时，大伯母便故意当着众人的面半是认真半是调侃地说："这年头不要脸的女人太多了，她们像苍蝇似的一层层扑上来，没缝的蛋都要叮出缝隙来。我对我们家信仁说，不然都娶过来做小，还能替我照顾照顾这个家，横竖我们是不亏的!"大伯母的言谈举止赢得了爷爷奶奶的一致称赞，他们说大儿媳才是有大智慧的女人。大伯对大伯母也是敬重的，这些年来，不管大伯在外面有多少莺莺燕燕，他从没有动过停妻再娶的心思。奶奶当初的设想是，同样出身农村的小儿媳也会像大儿媳一样乖顺听话，里里外外维护着赵家的体面和尊严。万万没料到的是，小儿媳和她最不待见的二儿媳越来越像，她们都像脱缰的野马般不好驯服。

等到堂弟三岁生日过完后，小婶收拾了行囊去海南旅游。临出发时，她才告诉小叔这一消息。按照她的说法是，她和砖厂的一个苏姓好友一起去看海，十天左右就会回来。然而半个月过去了，小婶还是没有回来。家里人有些急了，就去苏家打听。不料苏姓好友压根就没去海南，她们确实有过约定，但是临出发的前一天苏姓女子被家里人拦了下来。也就是说，小婶欺骗了我们。感到事情不妙的大伯在专业人士的帮助下破解了小婶的QQ密码，然后发现了小婶的秘密。原来，小婶被工友放鸽子后并没有去海南，而是约了异性网友见面。小婶和这个网友聊天长达两年多了，借助网络，他们互相倾诉婚姻生活的种种苦闷与不易，看样子，小婶和这个网友已然发展成网恋关系。他叫小婶老婆，小婶称他为老公，他们的谈话私密而亲昵，完全超出了正常网友的交往范围。

获取这一霹雳般的消息后，家里的大人们在震怒后反而平静了。除了小叔，没有人再去关心小婶何时归家。几天后，小婶终于回来了。然而，还没等她把行李箱中的衣物拿出来时，大伯平静地把一沓她和网友的聊天记录摆放在面前。小婶看着这些铁证，没说一句话，只是默默地擦着眼泪。大伯说："我们决定了，你和信礼离婚吧，赵家绝不阻止你去寻找幸福。"小婶梗起脖子，拉着行李箱，就要往外走。小叔却突然冲了过来，他死死地拉着小婶，瞪着眼睛吼叫着不让小婶走。我家长辈完全没有料到小叔会是这样的反应。此前，家里人作出让小叔小婶离婚的决定后曾和小叔有过沟通，他当时虽然没有同意，可也没有反对。谁知一见到小婶，小叔就变卦了，而且流露出了暴怒的情绪。小婶也没有料到小叔在这种情况下居然跳出来维护她，她拉着小叔的手，终于从啜泣改为放声痛哭。

几天后，小婶和小叔同时消失了。在我们家人焦急地寻找小叔时，有人说在渔阳的火车站见到过小婶和小叔，说他们一人拉着一个硕大的行李箱，急匆匆地向检票口走去。家里由此彻底乱了套，急火攻心的奶奶当即昏迷过去，送到医院好一阵治疗。与此同时，小婶的娘家也是一片人仰马翻。她的父亲和弟弟扬言要扒了魏引弟的皮，她的弟妹则趁机闹起了离婚。事情闹到这个程度，大伯母把我们这些孩子集中到一起开了个紧急会议，叮嘱我们不要说小叔小婶的事，如果外人问起，就说他们去外地走亲戚了。大伯母离开后，堂姐如柠再次告诫我们不得透露家丑，她小大人似的说，我们赵家绝不能让外人看笑话。那一刻，如柠的神态表情像极了大伯，一样的斩钉截铁，一样的不容置疑。

尽管大伯人脉广，财力足，但在茫茫人海中若要寻觅两个存心藏匿起来的人还是不容易的。我们家设想了种种可能，也做好了拿钱赎人的准备。爷爷和大伯认为魏引弟带走小叔不过是想勒索钱财，她控制住小叔，就多了谋财的筹码。甚至，她带走小叔也许是她和外面的野男人一起定下的阴谋，过不了多久，他们也许就会写信要钱。在没有拿到钱财前，小叔应该是安全的。

直到妈妈读到小婶的QQ留言时，才解开她带走小叔的谜团。小婶告诉妈妈，小叔对她的维护，让她明白了小叔对她的情义。她本想自己离开，但小叔说什么都要跟着。她和网恋对象虽然见过面，但她在几天的相处中终于弄清楚了网友的真实意图。他只想和她秘密幽会，他相信成年男女间的欲望却不相信爱情。当他发现她的投入和认真后，便果断而悄无声息地离开了。小婶就是在那一刻幡然醒悟的，她怀着愧疚回到了渔阳。小婶说，即使网恋的事情没有败露，她也不会待在赵家了。她坚定地认为，只有离开赵家，她和小叔才能过上安生的日子。小婶托妈妈转告赵家人，她说她会对小叔好的，等他们安定下来后，她会和小叔回来看望孩子的。

千想万想，谁都没有料到小婶带走小叔根本没存啥坏心思。而大家更没有想到的是小叔对小婶感情如此之深。大伯说："说到底，信礼还是傻，魏引弟那么对不起他，他居然还跟着她走。"他的话音刚落，大伯母罕见地用凌厉的眼神剜向大伯，她语气幽怨地说："小弟人好，他不是傻，他那是厚道。宁可别人负他，他绝不负别人。这世道就是这样，好人总是吃亏的。"大伯不再说什么了，所有人都沉默了。

半年后的一个黄昏，小叔突然风尘仆仆地回来了。他提着自己的行李箱，脸上的皮肤明显黑了几个色度。那时我们正在吃晚饭，小叔来不及洗漱就坐下吃饭。他像饿了好久，头也不抬地往嘴里扒饭，并把奶奶夹到他碗里的鸡鸭鱼肉吃个精光。通过小叔断断续续的讲述，我们才知道这半年来他们一直在西北的一个建筑工地上打工。工地条件有限，饭菜简单，轻易吃不上肉菜。而且，小叔因跟不上工程进度，每每遭到别人的嘲笑或工头的训斥。高强度的体力劳动，令矮小瘦弱的小叔吃尽了苦头。小叔动了回家的心思，他一厢情愿地认为只要他求小婶，她迟早会跟他一起回来。但事实证明，小婶根本没打算回来。她要自立，要彻底脱离公婆等人对她的管束。他们谁也劝不了谁，几番拉锯后，小婶给小叔买了回家的票，并把小叔送上了开往渔阳的火车。小叔这个女版的娜拉在短暂的出走后选择了回来。其实，作为赵家娇生惯养的小儿子，小叔早已失去了在广阔天地翱翔的能力。或早或晚，他都会回来的。而小婶如果是个物质的或完全没有自我的人，她也许会在黄金的枷锁中平静地和小叔过下去。但她不是那样的人，她想要自由，想要爱情，想要人格的尊严，所以她完全不可能与小叔共度到白头。

我说过，在渔阳，愿意和我们赵家结亲的人大有人在。小叔回来一年后，又一个小婶被娶了进来。这一次，我们赵家吸取了经验教训，新的小婶也有点残疾——她的一条腿有点瘸，但并不影响走路和生活的自理。奶奶说，她找大仙合过八字了，确定小叔和这个女孩是良配。确实，腿脚不利索的新小婶不具备到世界中去的优势，无事的时候，她连别墅的二楼和三楼都很少上去。新小婶腼腆、乖顺而又手巧，太阳落下去后，她喜欢坐在花园里的凉亭中绣"家和万事兴"的十字绣。花园里的各色花朵依然争奇斗艳，然而，曾经精心侍弄过它们的小婶魏引弟却不知流落在何方。爷爷、奶奶、大伯、爸爸围坐在一起，他们品茗、赏月、细嗅花香，显现出岁月静好的宁谧与安详。

（原载《朔方》2023年第8期）

乌兰其木格，文学博士，温州大学人文学院副教授，硕士生导师。中国作协少数民族文学委员会委员，第十二届少数民族文学创作"骏马奖"评委会委员。主要从事少数民族文学、网络文学和当代文学研究，并有若干小说和散文发表。

山中有虎

◎ 焦　典

　　松果如塔，斗榫严密，密致庄严。顺山爬，腿胀腰酸，攀十步歇两步。倚靠树脚，喘口气，说话声音大些，就啪啪坠落，砸得头鼓大包。抬头欲骂，一树松塔，如金刚怒目，不动自威。风凉凉过，如在耳边轻轻提醒，"嘘"。于是噤声，顶礼，愤懑而去。

　　山高藏树，跟着白影往上，愈走愈浓稠。

　　四下一片漆静，月光间隙透进，疏疏如硬雪。山色苍苍，夹杂白点，难免眼花。前脚眼见白影在左，后脚就已经消弭无形。不能跟丢，凝神再看，白影隐于高处，枝叶间露一双眼，湿绿色，定住人双腿。若不是常常见此，恐早已吓得拔腿跌下山去，以为是怪、是精，最不济，也是一团幽冥火。

　　目视久之。等人双腿发麻，白影转身没入林间。踉跄两步，屏息凝神，听软爪踩叶声，寻踪迹追去。

　　堪堪追上。白影一跃，立于石庙边沿。说是庙，不过一人高，三面石壁，一面顶，乱杂杂石头垒个底座。锈蚀斑驳，供的是哪路神仙已经看不清了，大抵就是土地山神之类。小时候都去过的，逢到过年，大搪瓷盆囫囵个儿装上完整猪头，猪耳朵团扇似的，扇着风就供奉到跟前。山中怕火，专门用石头围一个圈，纸就在那里头烧，边烧边用树枝压着，不让火星子跳出来。还得有响，五千响大地红鞭炮，围着绕一圈。害怕也不能跑，都站在边上，看到有炮带着火跳到草里，就得赶紧冲上去，用脚、用膝、用背、用腹，哪怕鞋底炸裂，衣服炸破，火一定压灭。若是着了，山崩地裂，烟火吞云，远近皆被牵连，不是一家一人能担当。诸事完毕，依序跪拜磕头，念叨山神郎君保佑，土地爷爷土地奶奶赐福。实际并不知道石碑上刻写的名字，那些笔画似乎雕刻之初就被云雾遮挡住，模糊难视。但总归是好的，总归会慈眉善目地看着我们，因此山再阴，风再凉，也不必怕。

现在同样如此。即便石皮剥落、黑苔淤积，不辨哪家庙祠，但总归是保护人的吧。因此我背靠石壁，盘腿而坐，静静等着。

等白影慢慢地踱步数圈，仿佛很忧愁地挠挠石壁，等白影向西而立，引颈翘首，意尤孤子，等白影最终垂下尾巴，叫一声"喵"。我就拍拍手站起来，招呼它，回克了，猫。

猫没有名字，非要说的话，应该就叫"猫啊"。猫是我妈捡回来的，刚来时，浑身毛发湿硬，一簇簇扎在身上。仿佛刚打了一场苦战的将军，刚渡过了奔涌的江水，疲惫地登上了岸。我妈靠到近旁，帮它一缕缕梳毛。可惜下雨，浑身湿，越理越缠得紧。猫倒不在乎，舒服地叫一声，十支鱼肠小剑伸展亮出，透一透气，随即收回爪内，韬光养晦。我妈就敲敲碗，喊它，猫啊，甩饭了。它就甩着尾巴，过来吃饭。我妈出门，站在门口跟它招手，猫啊，妈妈赶街去了。它就"喵"一声，算是应答——你走吧。

我一直觉得，我妈爱猫胜过爱我，大概因为我不是亲生小孩，而从来没有人指望一只猫会和自己有血缘。

猫啊闭门高卧，直睡得灯火俱亮，鼾声不绝，我妈进门，欣慰一笑，悄悄掩被。猫啊恍惚醒来，起身跳到餐桌上，打一呵欠，歪斜着又睡。如若是我，睡一整日，必迎接一顿痛骂，大概说我应该去扫大街扫厕所，是只大白胆猪①一类。沐浴亦是，猫用香波、强力吸水麂皮绒毛巾、橡胶鸭子、柔风吹风机，以泡、以揉、以玩耍、以抚摸。我由此闻到沐浴液香精味就怒火上涌，坚持用"舒肤佳"香皂洗澡二十余年。积怨日久，一日，我携猫啊离家数十里，以极低廉价格，卖给花鸟市场老板，他人转身买走。归家后，我妈痛哭数日，哭至力竭，连打我的精力也耗尽了。我于心不忍，趴在窗前默默祈求，猫啊，你偷偷跑出来吧。一连数日，我在街上游荡，遍寻猫啊肥嫩白色身影不得。一个午后我颓然进门，见杯盘狼藉，我妈珍藏的云南红葡萄酒倾倒一地，猫啊已酒醉饭饱，酣然卧于桌上，不知魏晋。

此后猫啊经常会独自出门，整日不归。我忧心其一去不返，惹我妈伤心，哀毁骨立，我不愿见到她那样。于是每当猫啊出门时，只要我在家，都会悄悄跟随其后。其实猫啊也知道，有时候被车流或是高墙丢了身影，猫啊就会在下一个转角处等我，眯着眼睛，喊一声"喵"。

这次回家，猫啊身形已瘦了大半，神情也苍老了许多。以人的寿命计算，此时猫啊已是耄耋之年了。但猫啊身手灵活，机敏不减，我想，大概是它在我离家的这十余年里，依旧时常外出历练的原因。现在每逢猫啊出门，我依旧会撵着它的猫爪痕迹，只不过不再是怕它离家出走，害我被埋怨打骂，而是以此为借口，

---

① 云南方言，大意说人很懒惰，做事不积极，态度很敷衍。

走出家门，寻个风月清爽罢了。

对于我的辞职，我妈怒不可遏。中国首都的体制内，不锈钢的饭碗，我告诉我妈我把它丢了的同时，我妈手里的碗也被狠狠摔在了地上，那只瓷碗，比我的年龄还要大上几分，碗底深，带一朵青花，碗口敞开，有着不同于现代工艺的古朴气势。我只好从拼多多上又给她买几只碗，光光滑滑，一路从广东包邮挤大货车来。摔不烂，打不破，唯恐我们七天无理由退货。只是偶尔晚上在碗柜里发出脆脆轻轻一声响，大概是夜里想家，要哭，又怕人听见，就装作咳嗽。我本想告诉我妈，我在外面也是这样的，想起她的时候，就想哭。后来想想还是算了，这并非我辞职的真正理由。真正的理由是什么，我也说不清楚。我妈总说我小时候很爱笑，那时候我怎么会想到，在接下来要体验的这个世界里，"人"和"爱"都被分门别类，十分险峻。

我只好告诉她，我的身体逐渐变差，尤其是视力，已经没办法胜任坐在办公室面对电脑敲字的工作了。我妈说我，鬼扯十扯，也不知是随了谁。她干了一辈子活儿，视力还是"5.0"。如果我真的是她生的，那我的视力大概也不会这么差。我带着埋怨看着她，她随即收了声，只是敲锅打碗，默默发泄着，虽然我并没什么资格去埋怨她的。但至少这一点，我说的是实话。长大了视力就稳定了，也是一个"××了就好了"的经典谎言。我的眼轴如同一条弹力绝佳的橡皮筋，没有限度的，可以一直拉长。即便佩戴足度眼镜，所见之物边缘依旧有毛毛糙糙的叠影。医生说，这已经是我视力的极限了，光学的矫正手段无法达到更高的清晰度。我对医生笑笑，没事的，反正我也没什么需要一定看清的。

猫啊似乎并不服老。年轻时常常白日睡觉，一梦华胥，现在年纪大了，反而有空就往外跑。它总是知晓一些密径，带我钻到禁止游客通行的密林里，钻到被封存的工厂里，甚至钻到干枯多年的老井里，抬头往上看，小小一片天，对我和猫啊这样的中小型杂食动物来说，刚刚好。四下无人，静若太古。我回想起学校里的大红色光荣榜，一路北上的火车，恋爱、泪水、年终表彰、歧视的眉毛、羡慕的眼角泪痣……回想起生活了三十余年的城市烟火，好的坏的，臻臻至至，竟有隔世之感。

寂静实在诱人，寂静令人上瘾。我跟随猫啊，准备深入西山保护区时，被工作人员叫住了。猫啊侧脸一瞥，装作没听见，兀自进山了。我四肢愚笨，目标又大，只好止步。

站到起，你看不见写得不准进嘎？那人训我。

我指头敲敲眼镜片，高度近视，看不见。

哦莫莫，赶紧回克啦，山里面有老虎晓不得？

我想起小时候在猫啊脑门上画一个"王"字，猫啊站在冰箱上，我给它唱《狮子王》的插曲《生生不息》，哑然失笑。我点点头，是呢是呢，有老虎，还是个纯白的。

归家时，天色已不早。这几年，眼睛散光愈来愈重，视物重影相叠，往天边一看，夕阳成群落下，颇为古劲悲壮。视力不佳如我者，反而得见常人难见之景致，想想也很得安慰。

好心情来得轻易，去得也迅速。一进门，满屋劣质香烟味，熏得直想干呕。我妈和全婶、李佩玉正在麻将牌桌上大摆长城，一根烟连上另一根，不断地杀着彼此的心肝脾肺。还有一角，座上无人，一台iPad支在桌沿，视频通话进行中。一张褶子能藏人的老脸，在屏幕里发号出令：正手边第三颗，活的，活的，就是那颗，打打打。李佩玉听着指挥，伸手帮他出牌摸牌，头不歪，眼睛不瞥，面上看着君子，拇指肚一搓，摸得什么牌，其实一清二楚。几回就和牌，iPad老脸点炮，送给李佩玉一个杠上开花。屏幕里骂声大起，震得iPad机身嗡嗡响。李佩玉云淡风轻，老表，莫着急嘛，打牌打牌，要慢慢打，牌才会来嘛。

二人隔屏幕对辩，兴头不减，我侧身挤进卧室。我妈抬眼看我，张嘴欲言又止。卧室里狼藉一片，我儿时费尽心力收集的《老夫子》全套，拉拉杂杂地丢了一地。一黄黑小儿正酣睡在我的床上，看其凸起眼泡，面庞膨胀，是全婶的孙子没错了，血缘就是这样，藏不起任何秘密，好的坏的，都会在经年之后显露人前。小儿不过七八岁，但鼾声如霹雳，晴天炸响，让人头皮发麻。我抬手提起，丢至门外。小儿梦中惊醒，痴痴呆坐片刻，俄而大哭，哭声比鼾声更加凌厉。

全婶惊慌抱起，嘴里大念，不善的要偿还，耶稣基督云云。末了，她说，认不得哪点来的种，再养也养不像，你妈那么好的人……

我一肚子空荡荡山谷，一肚子流徙，一肚子郁结，正正遇着发泄的当口。抬手，往全婶右脸呼去，面颊糙厚，留不下掌痕。全婶脸却白一块，从里往外，扭头望着我妈，呆呆的。

李佩玉起身，念念有词，大概是追忆年轻时是如何以棍棒教育幼子之类，转至厨房，提起扫帚，将要扫向我身上时，被我反手一挣，李佩玉失力，屁股着地，跌在麻将桌边。桌子倾倒，绿油油的麻将牌，哗哗啦啦撒落一地。

两女一男，俩老一少，如同梨园武行，马腿吊毛，翻桌翻梯，搬演了《雁荡山》《战马超》《穆桂英挂帅》，一出接一出。

如此一番闹剧。以我妈砸破电视，垂泪喝止为结。

道歉，将全婶和李佩玉送出门。我妈拉着我的手问我，你哪哈回北京？你不回北京也得了，你想去哪点就去哪点，不要再来折磨我了。

我点点头。我会走的，不过现在我得去找猫啊，它进了西山一直没有回来。

白日里，西山游客如织，尤以清晨六七点为甚。年轻人少，年老者多，但都精壮朗健，前呼后应，彼此招呼着爬山。偶尔遇到有雅兴的，站在半山亭子里，高唱《地质队员之歌》，声浪遒劲，腰板笔直，俨然一立地金刚，年轻时风采可见一斑。现在夜深了，人踪全无，山深月清，中间杂有不知名动物呜咽呜啼。独自一人，我有些许畏怯，不敢贸然进山，立于山门外，心想猫啊也玩耍多时，不久后应该会径自归来。

候许久，不见猫啊。自嘲实在迂腐，猫非俗物，怎么就非要遵循钟点时刻，由他人设立的门进出。猫有它自己的起止自由，有它自己的独门蹊径。打电话回家，我妈说猫啊尚未归，我吸足一口气，进山寻猫啊。

正门早已关闭，我找到猫啊"偷渡"进西山保护区的窄道，防护网透一大洞，刚容人，杂草遮蔽，不是因猫啊，路过多少次也不会看见。缘山继续西行，老木、古石、幽篁，蜿蜒掩映，错落有致。路尽有树桥，河床窄浅，早已干涸，落满枯枝败叶。用脚试探踩踩，还算结实，走至三分之二处，脚下一陷，树桥内部已被蚀空。没等反应过来，我已经滑下树桥，尾椎骨落地，狠狠地哀号了一声。

万籁俱静。周围所有的活物，似乎都被我痛苦的惊呼震住了心魂，不再聊天，不再求偶，不再警示同伴，如果我能夜视，也许会看见它们齐刷刷的目光正投在我身上。片刻之后，山林才恢复响动。天天坐电脑前，缺乏运动的身体，此刻让我尝到了苦头。努力想爬起来，却四肢绵软。腰间不断传来剧痛，提醒我离了现代的城市文明，我不过是一个退化得在自然之中寸步难行的虚弱动物。我想给我妈打个电话求助，但拨出号码前，我还是按灭了屏幕。

我坐在地上，好像又回到了十四岁的时候。坐在柜台的玻璃前，打开户口本，看到我的名字下面清晰到尖锐地写着两个字"收养"。我妈说，有两个小孩是她的愿望，她不愿被罚款，更不能失去队里的工作，因此只能委屈我，这样之后才能再有一个妹妹或者弟弟。她还给我买了一个三色的冰淇淋，我没有吃，把它放在窗子外面，蚂蚁蜂拥而至。后来趁我妈上班时，我在家里到处翻找。我不知道我要找什么，但我知道一定会有什么的。然后我就找到了，我的亲生母亲写的"自愿放弃抚养"保证书，字迹歪歪扭扭，宛如虫爬，下面两个签名加手印。最后一句话，我至今记得，"保证永不来往，永不打扰"。我坐在地板上，一动不动，就像是一颗卫星突然逸出了轨道，在冥茫的宇宙里飘浮。

现在我依然飘浮在这里，在这个夜晚，在这座无人的山中。我突然发现其实那个十四岁的我一直都在，之后漫长的成长岁月不过就是在其表面不断地包裹上涂层。现在它融化了，又露出里面的核，一颗坚硬又易脆、皱巴巴的榛子。我坐在地上，不断地喊，"猫啊，猫啊"，喊得眼泪直流，眼前一片模糊。

似在看我笑话，一中年两脚动物，如无助幼儿般啼哭，山中诸物，满堂哄笑，声响如沸。一股猛烈的臊腥味，沉沉地压了过来。我头皮一紧，突然反应过来，动物们不是在嘲笑我，而是对即将到来的致命危险，发出了绝望的呼号。

是老虎。

云南应该已经很多年没有出现过野生的老虎了。是从动物园里跑出来的？还是自然保护区真的起到了作用，生态已经恢复到了老虎得以栖息的程度？我不知道。但那股又臭又臊的味道，带着与生俱来的威压和震慑，正逐步靠近。腥风荡起，扑面而来，眼睛本就病弱敏感，一时竟无法睁开。

心下怖畏，忽闻一声极熟悉的嗥叫。猫啊从莽中跃出，睁目张口，站在我身前，舌面倒刺，根根扎起，浑身毛发，森森而立。欲拦、欲扑、欲以命相搏，我从未见过猫啊这般愤怒，更怕它螳臂当车，白白在老虎面前送了性命。

我呼唤猫啊，猫啊猫啊，乖喵乖喵，快点跑吧。

猫啊以头抵我的背，我艰难地站起来。虽然腰间仍旧刺痛，但也顾不上那许多了。

急奔。路嶙峋，枯枝参差，刮得双腿痛，面颊刺痒。摔倒，膝盖冷湿，不知是血水是露水。猫啊身前引路，高木千嶂，层层绕绕，草可没人。及一老树，四人合抱之粗，我从小不少来西山，竟从未见过如此粗壮苍老的巨木。树的底部有一小洞，猫的身体轻松可过，人则需要贴地蛇行而入。天暗无光，树洞里漆漆然，黑暗不可测。暂时得喘一口气，我怀抱住猫啊，它小小暖暖的身子令我昏然欲睡。

不等我眼皮垂下，老虎又至。黑暗中看不到脸，但老虎口中那股血腥味直扑面门。老虎在洞口极力猛钻，树干吱呀作响，大概很快就会破开。已不可退，不可逃，不可躲。绝望之际，怀抱中的猫啊渐渐变硬、膨胀，那种触感很奇怪，就像是猫肚子里有一个吹玻璃的匠人，正在大口大口地吹气，柔软而多毛的猫皮，又在逐渐硬化，变得光滑，接近瓷器的手感。猫啊越来越大，大到我抱不住，大到及人高，大到把老树撑破，最终成为一座小庙那么大。

猫啊大大地张着嘴，眼睛整个地往外突出着，犹如旧时衙门前的两面大鼓。我抬头努力地辨认，虽然整个身体变成了介于石头和瓷器之间的材质，但它是猫啊没错。猫啊小心翼翼地张开爪子，勾住我的衣领，把我提了起来。它的嘴张得更大了些，轻轻地把我吞进了肚中。

猫啊肚中有种奇异的温暖，很纯粹，很安稳，如同这个世界还没有孕育出生命，无知无觉，无所求，无所惧的安然。老虎好像在外面不断地撞击，发出砰砰的声响。我很快睡着了。

醒来，在家中。

昨日满地狼藉，现在已经一片明净。微信里躺着我妈的消息：起来自己点点外卖。

看来所谓老虎，是大梦一场。

但又不全然。腰椎依旧刺痛，枕头边放一残片。不知何物，不知何处来，摸上去，和那只变成小庙的猫啊，倒是一般感觉。

猫啊懒懒躺在阳台上，半眯着眼看太阳。尾巴上毛秃一块，我想看看，猫啊尾巴往怀里一缩，胡子耷拉着垂下，终于显出几分它这个猫龄该有的老态，弓起背睡了。

因为腰痛，我在家躺了几天，哪里也没去。见我妈每日清晨出门，冲锋衣、运动鞋，登山包挂一个三升水壶，如同参加荒野求生。午后至傍晚，则着轻薄衣衫，带着猫啊，深居卧室内，哼哼哈哈，不知在练些什么。一日，我实在好奇，敲门，推开一看，我妈正在一块瑜伽垫上，四掌着地，头向下，肚皮朝天，把自己扭成一团油渍麻花。猫啊睡在我妈肚皮上，稳稳当当。

我妈说，她这练的是冥想瑜伽，能打通自己和自然天地的隔阂。我问她，又是跟何方尊圣学的，佛祖、天主，还是耶和华？不用说也猜到，无外乎又是全婶、李佩玉二位。李佩玉原本生意做很大，这些年经济下行，各方形势又颇严峻，原本的产业倒了七七八八，于是四处捣弄，磁石按摩、射线床垫、中药针灸种种，转折再三，不复以往。无事时，就到处遛狗斗鸡，玩牌泡澡，倒与当厌了家庭妇女的全婶做了个玩伴，时常找些乐子，来寻我妈一起加入。

中场休息，手机小声放山涧流水音乐，一温柔女声徐徐引导：放松你的颈部、你的身体、你的四肢，想象你正走在松软的沙滩上，细细的沙粒抚摸着你的脚趾……我妈躺在瑜伽垫上，大口喘气，衣服贴身，两侧肋骨明显地凸了出来。我掩门出去。

没过几日，我妈练习瑜伽倒立，伤到颈椎。颈托外固定，每日送到医院做理疗。生活不便，不得已向我求助。我笑她，天天和破产老板、家庭老妈妈鬼搞瞎搞，这回把自己搞成歪脖子了。难得，我妈也笑，不认老不行，还总觉着自己是苗老大。我妈姓苗，年轻时，在队里，除了队长和党支书，其余人都叫我妈"苗老大"。这个称呼像一个颇有年代感的日记本，红皮、硬壳，表面很多划痕和污渍，我和我妈偶尔翻看，里面变黄发脆的纸张间，还总夹着些细细小小的干花。

那些年很热闹，大家也爱热闹，商店餐馆，活动游乐，都以热闹为佳。天暗月上，两台卡带机，大唱《连锁反应》《跳舞街》《黑街》。震地翻天，呼叫不闻。我妈留偏分短发，地质队工作服也不掩帅气。有绝技，抱古典吉他，高坐阶上，唱Take Me Home，Country Roads。英文发音正确与否，谁也不懂，然而人人都不喧哗，静坐倾听，点头称好。我妈为人潇洒，讲公正。未担任任何官职，职称就是普通的地质工程中级工程师，但却算是队里的"意见领袖"。有二人斗，其间抵牾，复杂难说，相持不下，请我妈一决。其中一人，常将自己的新摩托借我妈出入，因此颇有信心。未想我妈丝毫不偏袒，此后我也失去了坐摩托后座飙车的乐趣。

听说我妈也曾有机会升一升，奈何匿名队友一笔"作风问题"，我妈也就平头小兵一路干到退休。倒也无妨，绘图技术过硬，谁也奈何不了，无官无职，反而乐得自在。至于那句"作风问题"，有人看很重，在我和我妈心里轻如鸿毛。找男人有作风问题，找女人也有作风问题，结婚多了是作风问题，不结婚也是作风问题；车辘辘糊话，无甚所谓。每日照例行止自由，没摩托了，就和李佩玉一起骑自行车兜风。

后来，李佩玉讲，要停薪留职，自己出去单干。彼时，其实我妈也已觉察到，在那地质队合金大门外面，有一头猛虎正在虎视眈眈。湖边假装喝水，把下巴牙齿都没在水里，只等夜深人静，就会翻墙入户，把大家以为会长久稳固的大理石地板、窗户、办公楼都撞得粉碎。但我妈就想守在队里，为了什么，我不知道。我们母女和大多数中国传统的家庭一样，很少坐在一起，也不说什么太交心的话。

李佩玉自己奔生活后，很快就显露头角，周边这些人，他做生意做得最大。他从来就聪明，心也狠。在吉玛特市场上，海鲜和冷冻产品销售，成为他一家之业。谁要想在市场里卖货，得先至他家挂上名号，糕点、水果、火腿，下面压住几条"大重九"，算是见上面。每月月底，二八分账，不论利润薄厚，要抽取两分"市场介绍费"。有一位从贵州来的小媳妇，带俩孩子，做事麻利爽辣，无有不成。不愿处世蝇营狗苟，自租了摊位，卖她的黄辣丁。李佩玉不打人、不砸摊，强令其余摊贩以极低廉价格抛售货物。小媳妇卖十元一斤，市场其余家就卖六元七元，小媳妇亏本卖七元一斤，其余家就卖四元五元。不出数月，小媳妇就被打压得翻不起身，欠了几万货款。被人要债，当其幼女幼子面，扒了衣服，袒胸露乳，跪地写保证书。等再露面，状貌大变，犹如经年旧衣，残破不堪。每有新人入市，李佩玉便带其"偶遇"小媳妇，对其谐谑谈笑，话里话外，透着威逼，也透着利诱，其人行事大概如此。

但对我妈，依旧见面敬一声"苗老大"，邀合伙、入股云云数次，我妈皆一一婉拒。铜墙铁壁，无缝可入。无奈，转头向全婶，大概李佩玉总要找一个女人，以证其成功。全婶那时还叫小全，眼皮未塌，面盘也还算正常，只是稍稍泛黄。

小全信神恩教，近似基督教，但又不完全一样。主教租一地下室，逢月末，召众人聚会，席地而坐。一台录音机最大音量放管风琴伴奏的赞美诗，放到高潮处，众人要高呼"阿门"。主要教义，宣讲男人是天，女人是地，女人事事要让着男人，家庭才能和睦一类。此外也穿插讲圣彼得、摩西、雅各诸位，以及品评国内国外政治形势，号召众人去往新约克。小全文化水平不高，听到外国名儿就神昏意乱。也就那么一念，也就那么一听，最后就记住了"男人是天，女人是地"。李佩玉和其好了一年，嫌其迂腐，又弃之如敝履。小全改嫁队里钻井技术工，成为全婶，在丈夫拳脚下和厨房厕所里团团打转，神恩教传给她的"箴言"，帮她度过无数个疼痛难忍的夜晚。之后，神恩教被警察以"邪教组织"处理，全婶惋惜，落泪数次。

有过一个面目不清的女人，披肩发，抑或马尾辫，长衣长裤，一个咖啡色的模糊影子，来我家。进门、脱鞋、洗水果，熟门熟路，自然妥帖。我妈见到她，神色张皇，似喜似怒，全然不复平日里洒脱不惊的样子。那两日，我妈罕见地请了假，时常与其出门，告诉我说，办事，明日再问，又说，逛公园。全婶好事，跑来问我，是哪个？克哪里？我毫无头绪，依葫芦画瓢，告诉她，克办大事，隔天又说，克外国旅游。如此逾月，我以为这个女人就要永永远远和我们一起生活下去时，她说要走。那天，她拉着我手，说要带我一起，我妈不许，两人几番推搡拉扯。我倒丝毫不担心，她比我妈矮一头，我看得出来我妈招招都在让她劲，要见真章，我妈不会吃亏。后来她找来个男人，说是"罗耶"，我妈体格和嘴上功夫都落了下风。这时李佩玉来了，嘴皮子不输人，但动起手就露拙，被"罗耶"反手擒在胯下，十分狼狈。李佩玉说，阔以，阔以，你以为就你介懂法律，来地质队占马门。李佩玉打大哥大，叫来警察，警察不能打人，更得讲法，也拿"罗耶"没有办法。李佩玉又叫来全婶，全婶日夜被丈夫拿来练拳脚，身体打磨得精壮，也从丈夫那儿学了两招，把"罗耶"打得龇牙咧嘴。得胜后，全婶眉欢眼笑，齿牙春色，好像断电了许久的钨丝灯泡，终于得以在那一刻发了一次光，虽然也就那一次而已。

　　那几年我妈意气飞扬，女人走后，我妈罕见地哭了一场。没过几日，我妈就领回猫啊，初时它烟灰色，像兑了太多水的墨汁，冲淡后只剩一点颜色。彻底清洗后，显出真身，通体雪白，双耳竖立，十分机警。起先谨慎非常，偷肠窃肉，悄无声息。有顺风耳，百倍甚于人。我偷看电视，闻我妈脚步即关，但我妈进门伸手一探，还是难逃屁股开花。有了猫啊，观其藏匿赃物，它跃下灶台时我即关闭电视，扇风降温，五分钟后，我妈遂至。平安无事。日久，猫啊见我妈对其偏爱，每闯祸事，遭难的只我无它，便日益放纵，常行白日纵酒、深夜狂歌之事。我妈睡眠深受其害，工作渐疏，终于在一个"五一"，提出休整七日，全家外出观海。

　　摆开中国地图，猫啊大爪一拍，定下目的地，广西北海。进站安检，不许私自携带活物，藏匿猫啊于书包之中。恐被人识破，轻拍书包，谓猫啊曰，装死。猫啊机敏，一动不动，顺利通过。

　　云南没有海，称之为海的，实际只是巨大湖泊。一路火车，摇摇晃晃，眼见高山渐平，成丘陵，成平地，天边隐隐露出一线蓝灰色。我兴奋异常，我妈和猫啊倒是神色淡然，仿佛在此之前，她们都已见惯了海似的。

空气很快湿透，海在我面前露出它的柔软弧线。海面不纯粹是蓝，有绿、有黄、有灰，甚至有紫，灿烂之景，不可名状。石碓坚致，风涛漱击，海岸柔和，海浪酥润。我们沿滩步行，不觉间走了颇远，四下已无游人。立礁石上望远，怀中的猫啊突然挣扎，扑腾入海水中。伸手欲拉，不得，当下情急，又觉自己泳技尚可，泳池里常能轻巧过人，我竟效仿猫啊跃下。入海方知危险，海水苦咸，难以睁开双眼，表面算得平静，水下浪潮涌动，难以自持。我妈岸边呼救无果，随之入海。

海水此刻露出它残酷的另一面。海浪翻滚起落，将我揉得七荤八素。我妈拉住我手，疾呼躺平。水中调整身姿，我仰躺在海面上，随波漂浮。海水有时候还是涌上口鼻，屏息咽下，苦苦辣辣。我妈躺在我身边，双脚略低于水面，小腿和脚掌在水下轻轻打水。我问我妈，我们两个会漂到海中间？我妈说，放心。最后，我们竟然就这样漂着，靠上了岸。

我咳嗽着，问我妈，要是海浪把我们往里边推咋个办？

我妈说，不会。

我又问她，你什么时候学会的在海里游泳？

我妈说，不会。

我忖度着面前的海水，如果真的淹死在里面，多久会被人发现。几天？几年？也可能永远都无人知晓。与猫或人相比，它都太大，大到失去了比例尺，大到失去了比较的意义。猫啊荡漾一圈，自在地洄水归来，看来关于猫不会游泳的说法，纯是以偏概全的谣言。我看着海水，一层层地把猫啊淹没，又一层层地退去，脑海里全是我妈一直在水下轻轻打水的双腿。山堆堆，堆成了云南，说到底，我们骨子里都是山里人，大概一辈子也学不会顺着浪潮游泳。我妈躺在水面上，浪推着她，她不会借势，也无力抵抗，但在那无言的水面之下，她一直拍动着自己的双腿，轻轻的，一直打下去。直达今天，那幅画面始终藏在我脑海里，偶尔，也会悄悄冒出头来。

我妈的颈椎还没好利落，李佩玉就失踪了。

李佩玉在离开之前，和要债的人大大搏斗了一番。和以往的孱弱不同，他这次应该使出了他全部的气力和憋屈。地上留下要债人的一只耳朵，不知道属于谁的血，漫漫地流了一地。所有熟人的联系方式，删除；家里可以变卖的东西，电视、冰箱、微波炉、带不走的名贵手表，砸烂；在此生活了几十年的痕迹和连接都被他亲自一一销毁。他做了永不再归的准备，下了任谁都佩服的决心。

警察来调查走访，我妈和全婶都摇头。只是偶尔听他抱怨，经济衰退，闭店通知，客流量归零，又下了政策什么的，那些名词，整天飘在新闻里，飘在阳台上，大家也都没怎样。这几年大家都说不好做，谁知道他是真的不好做。

警察走后，全婶说要去帮李佩玉清整清整，我妈暂时干不了活，就由我陪同全婶一同前往。除了警察，我们也并非首位造访者，门锁已被强行敲坏，屋里脚印纷杂，沙发处空余一圈印痕，餐桌的四条桌腿被粗糙锯断，丢在墙角，面上的大理石桌面不知所终，连墙边几盆发财树、琴叶榕也被收拾掠走。全婶强撑颜色，这倒不消我来搞么了。还是尽力，衣柜席梦思床整理如初，地面脚印灰尘清扫净爽，掠夺余料尽数丢弃，完毕后，整间屋子空旷静默，更显萧索凄凉。李佩玉上山下海几十年，最后除了自己带走的一副躯干，竟一无所有。墙上还剩一幅字：云山不求吾是，林泉不责吾非。不是名家手笔，写得勉强犹豫，倒还苟且保全。我取下来，卷好，暂免它在屋子被拍卖后，垃圾场烈火焚烧的命运，也算是一个留念。

我和全婶相对坐，默然无言。我先开口，致歉，对不起，全婶，那天我不该那样子对你。全婶摆手，没么子事，没么子事，是我讲话难听。在家你大爹就老是讲我，不会讲话，没得办法，我念书念得少嘛。要是有下辈子，哎哟，不管我爹我妈是打我还是骂我，我都要克多念几年书……走前，全婶说她不久要去昆明，帮姑娘带第二个娃娃，不能像李佩玉，最后一个挂念他的人都没有。我点点头，然后又摇摇头说，李叔用不着别人挂念他，他会自己继续折腾的，一直折腾到他一口气都没有，其实我挺羡慕他的。全婶笑我，乱讲话，不要挨你妈听见。

回到家，一如既往，猫啊又不在。我妈让我附近找找，它老了，走不了太远。我在心里暗暗嘲笑我妈，这么多年，对她的宝贝猫秉性还不了解。猫啊再老，也是那种眉发皆白，还"脚著谢公屐，身登青云梯"，在大江大河旁高颂自己"老骥伏枥，志在千里"的猫。结果出门，下楼，一回头，猫啊正站在楼顶。迎风而立，毛发飞扬，偶尔左右侧头，扫视一番，仿佛自己是一只正在巡视领地的老虎。老式居民楼不过五层，但见猫啊这般立在边缘，还是有些心惊。我忙上至五楼，从爬梯登上楼顶。

天气舒爽明朗，凉风扑面，畅快淋头。从楼顶俯瞰，平日里觉得庸俗老旧的职工小区，竟也有几分可观。灌木齐整，枇杷果疏疏杂入，高槐深绿，天竺桂叠翠，水木明瑟，难怪古时文人雅士都爱登高望远了。沉浸一番，我轻唤猫啊回家，猫啊踌躇犹豫了一会儿，跟我下了楼。我跟猫啊说，猫啊，以后不能上楼顶了，很危险。猫啊故技重施，打一呵欠，佯装听不见。

说也奇怪，连续多日，猫啊都偷溜上楼顶，长久逗留，正襟危坐。我妈说她近日心里常觉不安，我安慰她，人在慢慢变老的时候都这样，不是有什么事，只是身体自己发出的伤感情绪罢了。我妈放心不下，多次试图说服我去医院做全面体检无果，遂强行带猫啊前往宠物医院，预备给其来个猫咪血常规加腹部彩超加胸部X线的豪华宠物体检套餐。

一猫一人，离开不过一刻钟，家里来了客人。彼时我正把眼镜摘掉，戴上护眼仪，准备给疲劳不堪的残败眼球做个热敷，门就响了起来。开门，依旧是进门、脱鞋、洗水果，熟门熟路，只是动作不再如当年那样自信和麻利，透着迟缓，更透着试探。因为我没戴眼镜，那人的脸还是模糊不清的，这反倒和记忆中的样子一模一样了。

那人说普通话。我这几天都在你们小区的亭子里坐着。我不敢上来。

嗯。

你们家的小猫很威风，天天站在天台上看着我，生怕我来打扰你们似的。

它就是站着玩。

我尽力忍住紧张和害怕，心跳如擂鼓，我害怕她真说出什么，但又害怕她什么都不说。

屋子里陷入寂静。这时，猫啊突然回来。从窗子外一跃而入，站在茶几上，舔了舔爪子。

来人大概有些惊诧，发出了一声轻呼，虽然我看不清她的表情。

猫啊像要打呵欠，大大地张开了嘴。好几秒钟过去了，还是张着。茶几上的杯子、刚洗好的水果、电视遥控器、前几天抢购的布洛芬药片都缓缓地移动，窸窸窣窣地彼此摩擦着。

猫啊一吸气，所有物件尽数被它吸入腹中。

还不够，猫啊向外吐了口气，发出类似叹息的声音，缓了口气，继续张开嘴。整个屋子开始融化、变形，就像那年我放在窗外的三色冰淇淋，在阳光下逐渐变软，彼此渗透、扭曲。然后是树，是小区里那潭久未有人清理的金鱼池，是风，是雨，是金沙江上的船影。沉水秋月，棱砺山石，皆若乘风，飘飘乎落入猫啊嘴中。

等万物静止，我和那人也已成为猫啊的腹中之物。环顾四周，长河荡波，巨麓无言，俨然一辽阔山河。

中有小桌，不知何人设了普洱热茶，又一盘玲珑花饼。我与那人相对而坐，渐渐放下心防，相谈甚细。她告知我许多我妈的旧事，是比我参与的那几年，还要更年轻的时候。我也把我和我妈、猫啊这些年的种种，趣事难关，或喜或悲，一一描绘。不知谈了多久，猫啊腹中日月交替了无数次，我们把该说的能说的都说干了，说尽了。她拉住我的手问我，做了决定，不跟她走，永远不会后悔吗？我说，永远不会后悔。

猫啊似乎也累了，深深地打了一个呵欠。腹中星霜屡变，物换星移，猫啊张口一吐，万物归位，恍若什么都没有发生。四下空寂，那个女人不见了，甚至连猫啊都消失了。

我妈跟我说，养久了，就有感情，动物在临死之前，就会自己悄悄离开。猫啊大概是寿命到了，不想让我们伤心，自己走了。我说不会的，以猫啊那般的恣意，它肯定是又去了别的地方，或者别的人家，继续纵情山水，快意生活。不仅是为了安慰我妈，我心里也是真的这么相信的。

路上逛街，看到老街子上有人在卖瓦猫，我买了一个回来，放在客厅里。虽然还是陶土烧的，但上了白釉色，和猫啊倒是有几分相像。瓦猫前爪抚一块方形的太极八卦图，猫口大张，双目鼓暴，两只耳朵尖尖地立着。虽然刻画凶猛，但看着却并不可怖，反倒有几分憨态。以前大家还不住楼房的时候，家家屋顶上都会安置一只瓦猫，张着大嘴，威风凛凛，会把一切不好的事物都吞吃掉，守护着瓦檐下的家。后来大家都住在高高的楼房里，这些瓦猫也就渐渐少了。我妈时不时会给买回来的瓦猫擦擦灰，就像原来给猫啊洗澡一样。

我跟我妈说，我决定留在这边，做个民宿，或者搞个小酒吧，都蛮好。我妈还是训我，永远跟别个大部队反着来，人家现在个个奔着"国央公"去，我又要出来自己搞。我说，我们家哪个赶上大部队过。最后她叹口气，讲，不要想着我，你自己该干吗干吗。我笑她老孔雀开屏，自作多情，我是要守着等猫啊，才不是稀奇她。

这久在家，不像以前天天伏案盯着电脑，眼睛感觉松快了不少。晚上洗漱完，照镜子，两只眼睛亮亮的，湿湿的，像猫啊早晨刚睡醒的样子。

（原载《青年文学》2023年第5期）

焦典，1996年生，北京师范大学文学创作专业博士研究生在读。在《人民文学》《收获》《十月》《作家》《北京文学》等刊物发表作品二十余万字；获首届"京师—牛津 青年文学之星奖"首奖金奖、"2020中国·星星年度大学生诗人奖"、第六届"青春文学奖"等，出版小说集《孔雀菩提》。

巨人家族

◎ 李一默

一

你爹要死了。

二爹在电话里把这句话大声喊给我听。我不相信。父亲是我们家族的铁汉，身形高大，背宽腰圆，身体一直无恙，如果死神必须寻找一个宿主，怎么也不可能是他。关于这件事，我无法获知更多细节，二爹那头很快挂掉了电话。我的想象力开始发挥作用，父亲脾气向来暴躁，得罪过不少人，很有可能被人从后面捅了刀子，或者，他在干活时突然从屋顶上掉下来，伤了要命的部位。

很多事情说不清楚，但我与我父亲的关系，一句话就可以概括：不好也不坏。

就这么简单。

买好回老家的火车票，我试着联系高志。他也在北京，可我们几乎不见面，来北京三年，唯一一次见面是我趁送货之际去火车站接他。从小，我俩身形几乎无异，齐头并进向上生长，突然有一年，仿佛施下一道魔咒，命运之手关闭了我身体内部的生长阀门，逐渐抛给我一副五短三粗的丑陋肉身。这让我自卑和羞愧。这大概也确实成为父亲不喜欢我的主要原因。高志则近乎完美地继承了我们家族身形高大的优良基因，在人群中，我一眼就认出了他，当然他也认出了我。他的目光顺流而下，与我相撞，很快分开。高志说他不想在县城待了，没前途，想出来闯荡闯荡。那是我听他说过最豪壮的一句话。

高志说他也接到了他爸，也就是我二爹的电话，让他赶快回去，口气更硬。然而，电话那头也未说明白，我敢肯定，高志与我一样，并不知道事情详貌。挂断前，高志说他会回去，犹豫了一下，又问我，要一起吗？我说我已经买好票了。那头挂掉了。我们这一代的关系显然没有上一辈那么紧密。

二

我低估了事态的严重性。

父亲已在医院，且刚做完手术。他一直隐瞒着病情。他的右膝盖处长出一个瘤子，起初微小似米粒，他并不在乎，及渐大，如松仁，如核桃，且伴有疼痛症状，并严重威胁到正常行走，这才引起他的重视。

正是六月，酷暑难耐，病房里的父亲却盖着被子。床和被子都有点小，一个难以承载他，一个难以覆盖他。他的双脚只能横在病床之外，似乎被抛弃了，多余又不好看。他的袜子上还有几个破洞，更增加了一种残酷性。我的心里很不是滋味，走过去想把他的双脚塞回去，让它回到被子里去，与那长长的身体重新建立起更紧密的联系。我努力了几次，未果。而他的双腿也一直未能弯曲。父亲站起来形如巨人，躺下来却多余，这是特别让人伤感的地方。

二爹用目光制止我。他，还有我三爹、四爹、五爹，跟我父亲一样，继承了我爷爷高大威武的家族基因，此时此刻，他们正分列于病床两侧，紧紧围绕着他们的大哥，脸上愁云密布。

我则瘦黑矮小，站在他们中间，极不合群。于是我坐下来，坐在床边，离父亲更近一些。

父亲终于睁开眼睛。

二爹说："大哥，高远回来了。"

父亲没说话，眨巴了一下眼睛。

平时我都是仰望父亲的，现在他那么虚弱，而且在我的目光下一点一点变小，好像很快就要消失掉。我抓住他的右大胳膊，想把他拽回来，阻止事态的恶性发展。尽管隔着病号服，我还是感觉到了父亲的颤抖，不是因为病，而是因为我，准确点说，因为与我的肢体接触。

"怎么回事？"我终于问出口。

父亲极力保持着镇定和沉稳，可他的眼神出卖了他，那里开始泛起潮润的亮光。也只有此刻，我才能看到父亲高大的面具后面另外一些东西。

"没事，"父亲说，"做了个小手术。"

他身上的麻药劲还未完全散去，想坐起来显得极为艰难。我扶着他，他全身开始更剧烈地颤抖，颤抖中有一种要与整个世界一决高下的隐形力量。他的身子终于从被窝里出来，蓝白相间的病号服实在是小，他的胳膊肘还露在外面。他伸出手，努力试探水杯，都这个时候了，还不想麻烦任何人。或者，他还是无法放下那与生俱来的刚硬。我多么希望他能脆弱一些柔软一些，不是以一个父亲的形象，而是以一个需要被人照顾的病人形象。父亲终于握住水杯，细细抿了一下，跟他平时大口饮水完全不搭。父亲喝完水，清清嗓子，声音重新变得浑厚。他突然盯住我，这让我惊出一身冷汗。他严肃的表情让我误以为他要交代后事，传授我关于如何走完此生的道理和秘密。虽然据我了解，那不过是一个切除了瘤子的极小手术，不足以致命。

父亲说："既然回来了，正好有件事交给你办。"

也许，这才是我此行的真正目的。

二爹突然插了一句："让高志和高远一块儿去吧。"二爹大概怕我做不好。

父亲面朝二爹，眼神却落在我脸上："去把你六爹找回来。"

从小到大，许多事情都是父亲做主，他也乐意为我计划和安排一切，我只有接受或不接受的权利。在他看来，以我这副粗短身躯，想干大事几乎毫无可能，但掌握一门手艺还是可以谋生的。比如理发、修车、开出租车，或者跟着他学盖房子。不管干什么，他总希望我能留在他身边，可我不愿意，我想见识更大的世界。于是我违抗他的意志，从县城跑出来，四处流浪。我干过很多份工作，现在送快递。父亲知道大势已去，再多说无益，但他还是经常用六爹的例子提醒我：不能像你六爹那样，四处乱跑，一辈子也没个着落，更讨不到老婆，孤零零一个人，多可怜啊。

紧接着，二爹就把一个信封递给我，里面有一张照片。我不确定是不是六爹，因为我只见过他一次，那是在我爷爷的葬礼上。爷爷死后三天，六爹才回来，跪在棺材前，不穿白衣，亦不痛哭，只是安静地烧纸、磕头，好像我爷爷的死是一件再正常不过的事。事实上，我爷爷死时才五十五岁。六爹脸上平静的表情激怒了几个哥哥，二爹首先发威，跟六爹打起来。那年我五岁，许多事记不真切了，我只记得六爹没有还手，任他二哥踢来踢去。后来，六爹终于爬起来，在棺材前重重磕了一个头，走了。此后，我再也没见过他。

我把照片放在掌心，照片背面是地址。

"如果他不回来怎么办？"我还不确定能不能把这件事办好，"他不回来，我也没办法。"

父亲说："你就告诉他，说我快死了，看他回来不回来？"

"绑也要把他绑回来。"二爹说。

这我办不到。我从来不愿意强迫别人。同时我也知道，二爹他们说的是气话。

"过些天就是你生日了。"我正要走出病房，父亲又把我喊住，"我在你这个年纪，早就成家立业了，早就生你了。"

在我有限的印象中，每年我过生日，他都要把这句话重复一遍。而每次他说这句话，我都会想起我那难产而死的母亲。

我嘴上说知道了，腿已经迈出病房。

高志坐在走廊的椅子上，问到底怎么了，我说没啥事，做了个小手术。高志突然很认真地看着我，表情严肃，是不是切了个瘤子？我嗯了一声。是不是长在右膝盖腘窝处？我说是的。紫色的？我又嗯了一声。反问他怎么知道的，高志沉默了，很快说，爷爷当年也长过一个。那时候我只有五岁，怎么能记得？高志又补充，我偷听我爸说的，爷爷那个瘤子也长在右膝盖腘窝处。我恍然大悟，难道是家族遗传？高志说他也不知道，也不敢问，但是有这种可能。我说，既然长了瘤子，割掉就行了。高志说，听说还会长出来，而且长得更快更大。那就再割掉。割掉还会长。似乎陷入了某种恶性循环。

良久，高志问我爷爷死时多大，我说五十五岁。高志又问我爸今年多大，我被一种异常强烈的恐惧击中，如果这是真的，我不敢想象……想象是一只鬼，它一直拖拽着我，一下一下把我拽入死亡的深渊。

高志没搭理我，继续说："如果我没猜错，你爸今年五十四岁了。"

我嗯了一声。高志说："哥，你也别多想，我就是猜的，这事听起来也不科学。对吧？"

我想告诉他，有些事很难说清楚。

三

第二天，我就出门了。父亲说时间紧迫，他和几个弟弟都觉得把六爹找回来这件事比他身上的瘤子更重要。

高志没跟我一块儿去，用他的话说，事情太多走不开。再者，高志说，找六爹这件事，有一个人就够了，再多就是浪费人力资源。二爹不吃这一套，他跟高志在乎的不一样。二爹当着大家的面数落了高志几句。放在以前，高志肯定受不了，觉得这是屈辱。

现在则不同，高志的身形一点也不亚于甚至超过了其父，这似乎成了他视而不见充耳不闻的雄厚资本，由此，他获得了更强大的免疫力。

我则不同。我之所以去，原因有三。一与家族有关，父亲和爷爷身上的瘤子，肯定隐藏着家族一段不为人知的秘史。二与六爹有关，六爹"漂泊"或者说"失踪"已经多年，爷爷去世后，他再也没有回来。也许回来过，只是我并未见过。但是，找到六爹是我特别希望看到的结果，或者，它是我这么多年以来的一个强烈心愿，从某种意义上说，因为"失踪"，有关六爹以及他的事迹正逐渐成为一段传说，他是我们家族活出另一番景象的可能和证明。三与我自己有关，这又紧紧连接着上一条，因为我也渴望"漂泊"甚至"失踪"，所以，我愿意抓住每一次离开的机会。出去寻找六爹，又何尝不是一次"离开"的绝好机会呢？这跟我的身形、家族、事业等都无关，只跟我的渴望和想象有关。

六爹在鹿城，照片背面写的就是这个地址。其实，鹿城距离我们县城并不远，只是这么多年过去了，我的几个爹爹好像都没有试过去寻找六爹。长兄如父，凭借哥哥的天然身份，他们抱死了一个念头：等他回来。与其说他们高估了作为哥哥的权威，不如说他们低估了六爹，不管高估还是低估，都证明他们并不了解这个最小的弟弟。当然，六爹并没完全与家族断了联系，他留下一个地址。

我先坐汽车一路北上，然后转火车，跌跌撞撞，向西而去。停靠一站，一些人下去，另一些人很快涌上来，好像专门就为塞满那些空的座位。我站在两节车厢的交接处，把六爹的照片拿出来。他正侧身骑在一辆红色的摩托车上，烈日当空，头戴草帽，露齿大笑。更远处是浩瀚无边的沙漠。我想，六爹也许是一个特别开心的人。

临近傍晚，火车抵达鹿城，出站后我打了个车，告诉司机地址。出发前，司机跟我反复确认，那个地方拆了，现在是个大型商场。我说没关系。

司机所言不虚，一片崭新的商场巍然耸立，周边还有一些没拆的破旧房屋。看着照片上的地址，我突然觉得这毫无意义。我茫然无措，找人确实不是一件容易的事，而且还是一个失踪了几十年的漂泊者。还好，我似乎擅长找人，这符合我的快递员身份。当然，父亲当初交给我这一使命时，也许并未想到这一点。我先从周边的老房子问起。拿着照片，我向那些上了岁数的人打听一个叫高承的人，他们都说不认识。我就把照片拿到他们眼前，有人特意多看几眼，最终还是摇头而去。

一天就这样过去了。

我的肚子叫了一声，应该是饿了。我走进一家面馆，点了一碗刀削面和两颗鸡蛋，顺便拿出照片问面馆老板，他说没见过，又问了几个人，都不知道。

一个老人跟我借火，个头还没我高，却并不抬头，而两个手指已经夹好一支烟。我掏出打火机打着，送至他嘴边，他猛吸一口，呛了一下，好像第一次抽。他问我是不是从南面山西来的，我点点头。我问他咋知道的，他笑而不语，反问我来干啥，我说找人。他笑着说，找人可不是一件容易的事情。他穿着一件肥大的灰色宽袍布裤，好像整个人被局促在里面，但他毫不在意。我把照片拿出来，他并不看，而是抖一抖袖子，从袖口处掉出一个红色盒子，稳稳地盖住整只手掌。你猜猜里面有什么？他终于抬起头。见我不语，他又说，放心大胆猜吧，猜中了盒子里的东西归你。老人似乎在等我，缓缓抽完烟扔掉烟头，扭动着脚踩灭。我这才注意到，他穿着一双老式黑布鞋，两根钢管做的假肢插进鞋里，整条裤管空空如也，被穿堂风吹到一侧，像一面飘扬的旗帜。他却纹丝不动，脚下如有神助。

此刻，已有不少人围上来。

我对他盒子里的东西并不感兴趣。我再一次把手中的照片递过去。

他看了一眼，盯住我，却问，你相信我吗？大概看出我在犹豫，他又问了一遍。我点点头。他让我先猜。我说盒子里有照片。老人把盒子打开，果真是照片，好多，有黑白的有彩色的，皆为人物。我拿起一张，是个风中奔跑的少年，眉眼颇像老人，再拿一张，是个中年汉子，坐在轮椅上。这些照片不能给你，老人说，是为了让你相信，相信很重要。再猜，老人说，放心大胆地猜，想到什么就猜什么。我说盒子里有巨人。盒子里便出现了一把蒙古刀。再猜。盒子里有矮子。盒子里便出现了一个口琴。我想起了屹立在历史深处的我那遥远又模糊的家族，它犹如一个巨大不可测的深渊凝视着我。我说，盒子里有命运。老人怔了一下，打开盒子，是一只小巧玲珑的灰色麻雀。人群中发出一阵惊叹。我说，我不猜了，我也不会要你的东西。老人笑着说，你猜得蛮好的，不过，你太小心翼翼，还是错过了不少良机。他指了指蒙古刀、口琴和麻雀，说挑一个，送你。周围的人也在鼓动，可老人并不在乎他们的声音。他补充说，你不会白拿的，我要你的刀削面。我挑了尖利闪着寒光的蒙古刀。老人坐下，开始吃面，他吃得很快，目中无人亦无物，吃完站起来就往外走。我追出门去。把他喊住，再一次希望他给我答案。他告诉我，你的选择就是答案。我摸了摸口袋里的蒙古刀，问，还能猜一次吗？他说，你对自己的选择不满意？我说我不知道，只想找到我的六爹。老人笑了，张开手掌，那只麻雀飞入黑暗的夜空，然后他吹着口琴走了。

四

我带着蒙古刀走进一家琴行。老板光头，却留着很长的胡子，他除了卖马头琴、鼓、二胡、吉他等，墙上还挂满各式各样的蒙古刀。

我想知道我手里的蒙古刀是不是真的。

老板告诉我这是一把特别好的刀，问我卖不卖，我说不卖。

当然，我最想知道老人说的话是不是真的，为了验证，我把照片拿出来。老板扫了一眼，说他认识照片中的人。

我不敢相信。

老板说："差不了，虽然照片看着旧，可他的笑容就这样。"

我问老板他在哪，老板反而有些警惕了，反问我跟照片中的人是什么关系。

我说他是我六爹，叫高承。

老板冷笑一声："瞎说，你连他名字都没说对。他不叫高承，他叫高兴，高兴的高，高兴的兴。"

我很清楚，我不会记错的，我父亲叫高仁，二爹叫高廉，三爹叫高义，四爹叫高孝，五爹叫高礼。六爹是最小的儿子，我爷爷希望他能承前启后，就给他取名高承。

　　"我不会记错的。"我再一次强调。

　　"你这个小伙子，名字而已，何必在意。"老板笑着说，"看在你有照片，而且你和他长得好像差不多，我就告诉你吧。"

　　第二天下午，在水果批发市场，我终于找到了六爹。他刚从南方赶回来，拉了一整车砂糖橘。我看见他时，他正招呼人卸车。这大概是我第二次看见他，跟第一次比大为不同。当年我五岁，年龄稚嫩，身形矮小，任何人和事映入我眼都显得高大不可及。这种错觉伴随了我的成长，差点朝着我的一生延宕而去，让我误以为六爹和他的那些亲兄弟一样形如巨人，在我眼中也是用来被仰视的。及至六爹从车上跳下来，立于我眼前，我才发觉，原来他是那么矮小，且极瘦。如果没有血缘这一层关系，人们根本不会把他和那些哥哥联系起来。他真的跟我个头相当，我的目光向前笔直地伸出去，能十分平稳地落在他眼皮上。

　　我喊了一声六爹。

　　"叫我高兴。"他又说，"算了，别在乎这些细节，没啥意思。"

　　他居然喊了我的小名，一边喊还一边比画："你很小的时候，大概就这么高，我还抱过你呢。"那口气，好像我们远不止见过两面。

　　气氛很轻松，我不知道是否与血缘有关。

　　满车金灿灿的砂糖橘。六爹说，他刚从桂林拉回来的，走了整整三天。突然，他攀爬上车抓下一把，硬塞给我让我吃。我很快吞下一只，好像打翻了蜜，满嘴甜腻。"桂林山水甲天下"这句话一直萦绕在我心里，只是我还没去看过。当然，我的心思不在这上面，它很快被我的父亲和那庞大的家族占据、覆盖、吞没。我说我爸病了。六爹问什么病，我说我不知道，腿上长了个瘤子，做手术切掉了。六爹不说话。我看着他又说，好像我爷爷那时候就是这样，是不是挺严重？六爹说，事情没有严重不严重，只有发生不发生。我试探着问他回去不回去，六爹说，先回家。

车很快卸空，批发完砂糖橘，已是黄昏。

六爹不知从哪儿搞来一辆摩托车，说载我回家。摩托车一路疾驰，城市越来越远，路灯和车流越来越稀薄。很快就到了郊区的一处院落，大红门上开着一个小门，我还没来得及惊讶，摩托车已穿过小门和狭窄的走廊，稳稳妥妥停在院子里。进屋，地上一炉子，大概冬天用过，一直未搬出去。墙上挂了好几把蒙古刀。说实话，我对六爹的想象不是这样的。

六爹把炉子搬到屋外，塞了胡麻柴、木棍点着，及待火势燃起来，才把黑色的炭块倒进去，炉子很快噼里啪啦响起来。

六爹一边招呼我吃羊肉、牛肉干，喝草原白酒，一边给我讲述他去过的地方。

他去过的地方可真多呀。六爹的重卡几乎走遍了全国大江南北，他把鹿城的煤炭拉到全国各地，有时候也拉牛肉干、土豆粉条、西瓜、鸭梨、苹果、土豆、玉米等，然后把南方的香蕉、绿芒果、甘蔗、榴莲、菠萝等拉回来批发。有一次，他还从云南拉回一车花苗，整辆重卡被花香浸泡，好几天才散去。早年有一回，他去福建的一个沿海县城，拉了一车鱼，回来后鱼死了一大半，赔了不少钱。他说起这件事时，居然那么开心。作为我爷爷最小的儿子，他从小就饱受哥哥们的管教，他说他能理解，但不接受。他说他从小就想四处走走，看看外面的世界，不想一辈子待在县城，像几个哥哥那样过一眼就看到尽头的生活。在福建沿海的那个县城，他坐在海边看海，那是他第一次看海，海风吹，海浪涌，他在石头上安静地待了一下午。

我好几次想问六爹关于家族的事，但话到嘴边又咽下去。我想，或许六爹早已知晓家族的命运，当然也包括自己的宿命，只不过，他选择与哥哥们不一样的方式。或许，他压根儿就不信这些。更或许，他压根儿就不在乎这些。

后来六爹站起来，说要带我去一个地方。夜色浓黑，仿佛要把人吸进去。我问去哪，六爹不说话，已经跨上摩托车。他迷醉的样子，让我很担心他能否驾驶。我说我来试试。我经常开着一辆三轮摩托送货，从一个地点飞到另一个地点。

我跨上摩托车，高度正好。摩托车在夜色中冲出去，很快到了六爹所指的鹿园。盯着高高的围墙，六爹说里面有一群梅花鹿。我说我还没见过鹿，倒是白天看到了马。路灯昏黄，高大的墙面显出几分鬼魅，像一具庞大的身躯。六爹笑着，跳下摩托车，踏入草丛，并喊我一块儿向高墙走去。我踏着六爹踩出的一条路，走向高墙。靠近后，六爹扒开杂草，墙破了露出一个小洞，六爹顺势走进去。我没看错，六爹确实是走进去的。墙内的六爹冲我喊，快进来。我在犹豫，六爹又喊，怕什么？我说，洞太小。六爹说，别想那么多。此时此刻，我又想起了那个老人，于是我弯下腰。六爹大声说，把你的腰杆挺起来。我说怕磕了头。六爹说没事的。

我挺了挺胸，头发擦着洞顶，我也走了过来。

六爹拿掉我头上的杂草，笑着说，这就对了嘛，这个洞就是为我自己量身打造的。见我一脸吃惊，六爹说是的，在这高墙下，我给自己打了一个洞。打洞干什么？为了出入自如。哦，对了，我还要把关在里面的梅花鹿放出来。

六爹不像说醉话。

我看见月光下的那群梅花鹿，似乎睡着了，没什么精神，在离我们不远的草地上，或立或卧。六爹说，它们不属于这里，你看那只。这是我第一次如此近距离观看梅花鹿，我说，好像比网上看到的更疲惫一些。六爹说，不对，既然看，就要看仔细。那只小鹿卧在地上，歪着脑袋，眼睛紧闭，一只角高高立着，另一只角光秃秃的。我好像意识到了什么。六爹说，它的角被割掉了。我啊了一声。六爹示意我小声，然后慢慢靠过去，嘴里发出呦呦鹿鸣。那只小鹿突然站起来，一点一点朝六爹走来，随着呦呦声渐大渐急切，它跑起来了，姿态优美。同六爹一起，风一般消失在洞口。

回去的路上，我骑着摩托车，六爹抱着小鹿坐在后面。摩托车吐出一阵巨响。黑暗如潮水，被摩托车发出的光束劈开，分列于我和六爹的两侧，又很快在我们身后聚拢。

回去后，六爹把小鹿放入树林。他屋后有一大片广袤的树林，他说他已经放了好多。

五

第二天，六爹决定跟我回去，我没想到如此顺利。但是，关于我父亲的具体情况，他一点兴趣也没有，他不问，我也就不便与他多说。或许他都知道，只是不想过多谈及。

久未谋面，六爹见到了他的哥哥们，却很平静，好像昨天刚分开今天又重逢。我父亲他们一直问六爹这些年过得怎么样，怎么不回来看看，六爹只是笑而不答。在高大的他们面前，六爹是那么矮小，格格不入，可他依旧平静。其实，恰恰是这矮小，使他从他们中间分别出来，于六爹而言，这是命运赐予的一个良机。我才看明白。

我父亲很高兴，似乎六爹的归来印证了他的话语和地位的某种稳固和长久，他可以组织众兄弟一起商议家族大事了。其实六爹回来，仅仅是出于某种关心。他一直建议我父亲去更好的医院做检查，他甚至还提到了我，说我可以帮忙打听联系北京的相关医院。"没那么严重。"父亲以此为理由回绝。"再说了，"他又补充，"不想折腾了，太麻烦，即便折腾，也未必管用。"六爹就什么也不再说，坐在父亲床尾，盯着我父亲右腿膝盖处绑着的白色绷带。

虽然六爹不说话，但父亲他们接下来说的话全与六爹有关，好像他终于回来，他们也终于逮住这样一次教育他的机会。由此，我也就知道了更多。

原来，六爹有过一个老婆，是从杀虎口外领回来的。父亲那一辈娶老婆是头等大事，三十多岁还没讨到老婆，很有可能一辈子打光棍。因为没钱娶本地老婆，只能想方设法从外地往回"领"。除了我父亲和二爹、三爹，四爹和五爹的老婆分别是从甘肃和云南领回来的。六爹年龄渐长，他的几个哥哥比他着急多了，他却说出并不是人人都要娶老婆这样的混账话，自然遭到哥哥们一顿数落。后来，六爹终于答应娶老婆，但当他得知她是被骗来的，就又把她送了回去。于是，哥哥们更加猛烈地围攻，他们担心这个最小的弟弟一辈子庸庸碌碌，孤独终老，晚景凄凉。当然，他们最不希望看到的，就是带着作为哥哥的无能、遗憾和愧疚去见埋在黄土下的我爷爷。而这些话，六爹当然不会放在心上，他一直盯着我父亲的腿，然后往紧掖一掖被子。那是六爹最关心的内容，而他们却并不打算就此展开。

我早就听不下去了，大声说："为啥要说这些啊，难道不应该说说你的病怎么办？"

父亲愣了一下，很快镇定："这不是你该操心的事。"父亲盯着我又说："你也不小了，马上就三十了，我在你这个年纪，早就成了家立了业。"父亲又一次强调，使我又想起我的生日。

六爹与我站在同一阵营，或者既然他选择回来，他就要尝试最后的努力。

"我还是觉得应该再去好好检查检查。"六爹看着我的父亲。这么多年过去了，他变得心平气和，即便面对冲突。

"没多大的事儿，"父亲说，"再说了，我是怕死的人吗？"

"我回来不是听你说这些的，"六爹说，"我回来是解决问题的。"

"怎么解决？"二爹、三爹、四爹、五爹一起问，并且同时看向父亲。

"领你们去外面看一看，选择多着呢。"

大家都听到我父亲冷笑了一声："你要是能留下，说个媳妇，安安稳稳的，就最好了。我们兄弟也能在一起。我也对得起爹娘了。"

六爹不说话，脸上又恢复了平静，站起来走出去。

我也跟了出去。

六爹在走廊的长椅上坐下，我坐在他身边。过了一会儿，二爹出来，瞧了六爹一眼，又进了病房。又一会儿，六爹突然问我哪天的生日，我说下周。六爹掏出打火机，啪一下打着，火苗突突向上喷射，绽成一束燃烧的礼花。六爹说，生日快乐。我想，也只有六爹会做出这样的事。六爹说，许个愿吧。打火机肯定发烫了，火苗还在跳跃。我闭着眼睛，许了一个心愿。从小到大，父亲一直记得我的生日，每个生日都提醒我，又长了一岁，又多了一份责任，身上的担子又重了。可他从来没问过我心里是怎么想的，也从来没问过我快乐不快乐。

六爹把打火机放在我手掌上，它炽烈、热情、滚烫，像一颗跳动的心脏。然后，我看着他从口袋里掏出一把口琴，放在嘴边吹起来，是那种很简单的生日快乐歌。他却吹得认真，连续吹了三遍。天色暗下去了，楼道里有人走来走去，有一个人拄着拐杖默默地听。六爹吹完，朝我笑笑："送给你，当生日礼物。"

见我没反应，六爹又说："不喜欢？"

在我的认知里，只有接受不接受，喜欢和不喜欢，是六爹世界里的词语。

看出我在犹豫，六爹说："还记得那个琴行吗？我之前住那附近，经常去，买了不少乐器，还有蒙古刀。后来搬家都丢掉了，只留下这把口琴。其实应该再送你一把蒙古刀。"

我说口琴就挺好的。

我没告诉六爹，我已经有了一把货真价实的蒙古刀，它可以为我披荆斩棘，成为我的巨人。

六爹笑笑："我在你这个年纪，很喜欢烈性的东西，蒙古刀、草原烈酒、冬天的冻河，可现在呢，更喜欢一些柔软的物件。你还年轻，喜欢什么就去追逐什么。"

我嗯了一声，接过口琴，把它和打火机放在同一个口袋。

六

当天夜里，六爹就走了。他们都劝，我知道，没有一个人能留下他。他们大喊大叫，差点又要动手，六爹反而很平静，我知道他不属于任何人。

几周后，父亲回了村，说要给爷爷重新修葺墓地，我不知道这是不是他们最终想出来的解决之道。高志听从了他爸，答应回县城，凑些钱做小生意。父亲通过二爹，向我转达他的命令：回去。我没听，在北京联系了好几家医院，可劝不动父亲来看病，就像他劝不动我回去一样。

再后来，我四处流浪，开始给别人展示蒙古刀、打火机、口琴之类的魔术表演。对了，我还学会用口琴吹出一些美妙的旋律，那是我曾许下的心愿。

我就靠这个换取人们的笑声和掌声。

我也靠这个养活自己。

父亲打过几次电话。没用，我不回去，他也不出来。

第二年，我父亲就死了。他一直没跟我说，割掉的瘤子又重新长出来，再割掉，就以更加猛烈的密度和大小长出来，好像是对阉割进行疯狂的报复。瘤子越长越大，从右腿遍及全身，而且在瘤子生长的过程中，父亲高大的身体一点一点萎缩，变小，好像蚕食他的生命。直到他再也支撑不住，心脏停止跳动，身体渐渐变小，最后化为乌有。

我的心情有些复杂。

按照他大哥的方式，我的二爹两年后也死了。

紧接着是我的三爹、四爹、五爹，他们都躺在病床上，等着给死神开门。而死亡，就像是一个诅咒，一个从来不会缺席的造访者，总是准确又及时地按下门铃，好像在完成一场终究会上演的宿命。

自上次后，我再也没见过六爹，但我给他打过几次电话，每一次他都在不同的地方。他说的那些地方我也去过。

这一年冬天，我们相约，在鹿城相见。

我没想到的是，我再也没见到六爹。

到了鹿城，我走进那处院子，一个女人开了门。她看上去五十多岁，我问她认识高兴不，她说认识。我问她跟高兴啥关系，她说她没有家，一直在外流浪，有一年高兴开车行至松花江，就把她带回来了。我问她高兴去哪儿了，她开始没说，后来才告诉我，他出事了，拉了一车鸭梨，走到太行山坠崖了。

怎么会这样？

她说，她也觉得很奇怪。他驾驶技术特别好，她一点也不相信他会出事。

后来，我专门去了事发地点，在太行山王屋山连接处，道路狭窄，重卡根本不可能通行。

我的脑子里便产生很多奇怪的想法，六爹从来都是自由的，没有任何人可以阻止他，他会不会赶在死亡来临之前先把死亡给解决了，让其失去意义？或者，他想切断宿命的诅咒，为家族的延续留一脉希望？但是，这也未必是他的心意。

很多事情说不清楚，但有一点，我很肯定。如果我的六爹御风而去，他一定会像一只梅花鹿，或者像一只麻雀那样，飞走了。

许多年过去，我还活着。

我常常想念我的父亲、六爹，还有我的家族。

许多年来，我也一直在路上，靠一把口琴和蒙古刀养活自己。在我漫长而庸碌的一生中，我从来都没做成过什么事情，但是这算一件。

（原载《黄河》2023年第2期）

李一默，本名李英俊，山西右玉人。青年作家。作品散见于《青年作家》《黄河》《湖南文学》《红岩》《天津文学》《福建文学》《安徽文学》《南方文学》《文艺争鸣》《文艺报》等。